COLLECTION
FOLIO ACTUEL

Emmanuel Todd

Après la démocratie

Gallimard

Dans la même collection

L'ILLUSION ÉCONOMIQUE, *n° 66.*
APRÈS L'EMPIRE, *n° 107.*

Emmanuel Todd, né en 1951, est diplômé de l'Institut d'études politiques de Paris et docteur en histoire de l'université de Cambridge.

Pour Louise

INTRODUCTION

Le moment Sarkozy

Comment Nicolas Sarkozy a-t-il pu devenir président de la République ? Fébrile, agressif, narcissique, admirateur des riches et de l'Amérique bushiste, incompétent en économie comme en diplomatie, cet homme nous avait pourtant révélé, ministre de l'Intérieur, qu'il était incapable d'exercer la fonction de chef de l'État : ses provocations avaient alors réussi à mettre le feu aux banlieues dans l'ensemble du pays.

Élu, il a tenu ses promesses, et nous avons vécu dix longs mois d'apesanteur, une période folle durant laquelle aucune règle, aucune tradition, aucune valeur ne semblait plus limiter l'action de l'exécutif. Quarante ans après mai 1968, « l'imagination au pouvoir », mais une imagination qui aurait vieilli, à droite ! Après avoir fêté sa victoire au Fouquet's avec ses copains milliardaires, Nicolas Sarkozy a accordé des cadeaux fiscaux aux grands privilégiés, pour s'attaquer ensuite aux petits privilèges que sont les régimes spéciaux de retraite. Éberlués, nous l'avons vu, tel un voyou, insulter sans honte un marin-pêcheur puis un visiteur du Salon de l'agriculture.

Infatigable, il a, en quelques mois, exaspéré nos partenaires européens et spécialement les Allemands par sa prétention, affaiblissant la France dans la Communauté. En menaçant l'Iran de bombardements préventifs, en expédiant des soldats français dans le golfe Persique et en Afghanistan, Nicolas Sarkozy a mis en action, simultanément, ses tendances agressives et son incompétence diplomatique : transformer les soldats français en supplétifs de l'Amérique ne peut que ruiner la position de notre pays dans le monde. La planète n'a nul besoin d'une France obéissante, puissance moyenne qui, conformément à la théorie diplomatique, cesse d'exister si elle s'aligne sur la puissance dominante. Si l'on ajoute que l'Amérique décline, à grande vitesse, minée par son économie financiarisée, son dollar fondant et ses échecs militaires, notre indignation se transforme en inquiétude : le chef de l'exécutif français évoque l'image inhabituelle d'un rat pressé d'embarquer sur un navire qui coule. Mais il n'est pas plus apte à évaluer l'importance d'une puissance montante. Lors de son voyage en Inde, le caniche des États-Unis a par sa grossièreté gâché en quelques jours des années de négociations commerciales et militaires.

Nous savions que l'installation à l'Élysée de cet exhibitionniste allait mettre au premier plan de la vie politique française des désordres familiaux et sentimentaux. Mais nous ne pouvions prévoir l'ampleur que prendrait le phénomène, des conflits avec Cécilia au remariage avec Carla. Les médias nous ont imposé ici un spectacle qui, par son interaction avec la politique, dépasse de loin en intensité tout ce à quoi les people, français ou hollywoodiens, nous avaient habitués. Obscénité est le mot qui vient à l'esprit quand on regarde la couverture du magazine *Closer* des 21-27 janvier 2008 : des photos de Cécilia et de Carla en maillots de bain nous invitent à comparer l'état de fermeté des chairs selon l'âge. Télévisions et journaux français ont dû gérer la coexistence d'une population angoissée par la baisse de son niveau de vie et d'un président prompt à utiliser les conférences de presse pour vanter les qualités intellectuelles et morales de sa nouvelle épouse. Ses apparitions télévisées nous ont donné l'image d'un homme ivre de lui-même, franchement bizarre lors d'une rencontre avec Vladimir Poutine, toujours plus disposé à parler de sa satisfaction d'exister et de ses problèmes que du pouvoir d'achat et de la globalisation économique.

La chute de sa cote de popularité, à partir d'octobre 2007, montre que les Français n'ont mis que quatre mois, un long été, à comprendre que le vide était au pouvoir. Le résultat des élections municipales de mars 2008, désastreux pour l'UMP, suggère que les électeurs ont senti qu'ils n'avaient, en pratique, pas de président, que Nicolas Sarkozy s'agitait plus qu'il ne gouvernait. Cette sanction électorale n'aura pas suffi à le calmer. Ses attaques contre Jacques Chirac devant les députés UMP le 7 mai 2008, ses provocations antiprofs sur le service minimum, le 15 mai, attestent que le ressort primordial de sa personnalité, l'agressivité, a survécu à sa dégringolade dans les sondages. Transposée en politique, l'agression produit une désignation incessante de coupables. Le jeu du Président demeure une politique du ressentiment, une tentative permanente, consciente ou inconsciente, pour dresser les Français les uns contre les autres.

Quelle que soit l'évolution psychologique et politique à venir du chef de l'exécutif, nous devons admettre que son élection a ouvert une nouvelle époque de l'histoire de France. Le *moment Sarkozy*, c'est cette phase étrange durant laquelle les conventions politiques explosent, les traditions idéologiques disparaissent, les bonnes manières s'évanouissent. Députés et militants semblent échapper à tout système gravitationnel, et notamment à leur propre histoire. La politique d'ouverture à gauche, menée par le Président au lendemain de son élection, a été, de ce point de vue, capitale. Le recrutement de socialistes comme Éric Besson, Jean-Pierre Jouyet, Bernard Kouchner et Jean-Marie Bockel, ou de personnalités classées à gauche comme Fadela Amara et Martin Hirsch, fut un traumatisme pour le Parti socialiste, un choc à peine moins sévère pour l'UMP, un trait de génie présidentiel selon les commentateurs. Si l'on met à part le ministère des Affaires étrangères, il ne s'agit certes que de postes mineurs, sans implications pratiques. Mais la symbolique est dévastatrice parce qu'elle met en scène la désintégration de l'identité socialiste, ou plus généralement de l'identité de la gauche.

L'ampleur des dérives idéologiques observées ne se limite pas à l'opposition classique entre gauche et droite républicaines. Avant l'élection présidentielle, l'ouverture à l'extrême droite fut le vrai coup de génie de Nicolas Sarkozy, qui lui permit d'atteindre 31,2 % des voix au premier tour. Le *moment Sarkozy*, c'est aussi cette séquence étrange durant laquelle le ralliement à l'UMP d'une partie du Front national a précédé l'arrivée au gouvernement de socialistes en perdition.

Et n'oublions pas la dimension nécrophile du sarkozisme qui ne se contente pas d'emprunter des vivants à la gauche, mais lui vole aussi ses morts. En paroles au moins, un président de droite a tenté de s'approprier Jaurès, Blum et Guy Môquet, résistant communiste de dix-sept ans fusillé par les nazis. Au moment même où il accordait des avantages fiscaux aux plus riches ! Un psychiatre serait ici contraint de poser un diagnostic de perversion, combinant sadisme (anti-gauche) et exhibitionnisme (l'acte est public).

Les ministres d'ouverture ne constituent que la partie la plus visible de la volatilisation idéologique et programmatique du Parti socialiste. Plus significative encore que la conversion affichée de Bernard Kouchner, ex-médecin du monde, au militarisme atlantiste, ou d'Éric Besson, ex-secrétaire national du PS à l'économie, au néolibéralisme, fut l'élaboration chaotique par Ségolène Royal d'une doctrine que rien ne rattache à l'histoire de la gauche. Sarkozy est un homme de droite et l'assume. Mais Ségolène Royal, candidate de la gauche, désignée par plus de 60 % des militants socialistes, eut le culot de placer sa campagne sous la bannière de « l'ordre juste », une contradiction dans les termes pour un militant de gauche, mais qui évoque tellement bien le sabre et le bénitier d'une culture de droite traditionaliste. Ajoutons le désir de Ségolène Royal de remettre de l'ordre dans les familles, l'irruption de *La Marseillaise* et du drapeau français dans sa thématique et nous devons admettre que le problème que pose Nicolas Sarkozy — comment peut-il exister? — n'affronte qu'une partie de la réalité. Une interrogation symétrique se présente immédiatement à l'esprit : comment Ségolène Royal a-t-elle pu exister? Nous abordons ici une problématique plus vaste : celle de la décomposition politique. Ségolène Royal et Nicolas Sarkozy ne sont pas concevables séparément : ils constituent un tandem. Aux yeux de l'historien et du sociologue, ils ne sont que les symptômes complémentaires d'une situation globale de vide idéologique et d'une montée en puissance de forces négatives, antidémocratiques, dont l'analyse fait l'objet de ce livre.

Critiquer le président de la République, dans les termes les plus crus, est un exercice nécessaire mais non suffisant. Nous avons le devoir de le prendre au sérieux en tant que révélateur d'un état de crise psychologique, idéologique, économique de la société française. Selon les critères habituels de la morale ou de la simple bienséance, l'individu Sarkozy est insupportable. Mais il a été élu par 53 % des suffrages exprimés, après avoir été encensé par une bonne partie de la presse et des médias audiovisuels. Il a été l'idole des militants UMP. Il a réussi à séduire une bonne partie des électeurs du Front national. Il a pu transformer des sympathisants ou adhérents socialistes en égarés ravis, capables de s'autodéfinir en privé comme des « sarkozistes de gauche ». Or, tous ne sont pas des politiciens usés, en quête d'un dernier poste, d'une dernière voiture de fonction, d'une dernière apparition à la télévision.

Pour comprendre la situation nous devons poser une hypothèse radicale. Si Sarkozy existe en tant que phénomène social et historique, malgré sa vacuité, sa violence et sa vulgarité, nous devons admettre que l'homme n'est pas parvenu à atteindre le sommet de l'État *malgré* ses déficiences intellectuelles et morales, mais *grâce à elles*. C'est sa négativité qui a séduit. Respect des forts, mépris des faibles, amour de l'argent, désir d'inégalité, besoin d'agression, désignation de boucs émissaires dans les banlieues, dans les pays musulmans ou en Afrique noire, vertige narcissique, mise en scène publique de la vie affective et, implicitement, sexuelle : toutes ces dérives travaillent l'ensemble de la société française ; elles ne représentent pas la totalité de la vie sociale mais sa face noire, elles manifestent son état de crise et d'angoisse. Malgré le jugement bienvenu et sévère des élections municipales de 2008, il est trop tôt pour affirmer que ces forces mauvaises seront à coup sûr refoulées et vaincues. Il serait imprudent, après s'être imaginé que Sarkozy résoudrait tous les problèmes, de se figurer que son effacement suffirait à les dissiper. Il serait surtout plus imprudent encore de croire que Sarkozy est fini en tant qu'homme politique parce qu'il est aujourd'hui impopulaire dans les sondages. Si la société française continue de déraper, il peut rebondir, en pire. Il peut même, pour rebondir, aider la société française à déraper. L'une des caractéristiques fondamentales de la période que nous vivons est qu'après n'importe quelle expérience politique malheureuse une autre peut nous attendre, plus désastreuse encore.

Au fond, nous devrions être reconnaissants à Nicolas Sarkozy de son honnêteté et de son naturel, si bien adaptés à la vie politique de notre époque. Parce qu'il a réussi à se faire élire en incarnant et en flattant ce qu'il y a de pire autour de nous, en nous, il oblige à regarder la réalité en face. Notre société est en crise, menacée de tourner mal, dans le sens de l'appauvrissement, de l'inégalité, de la violence, d'une véritable régression culturelle.

Certains critiques de la personnalité de Nicolas Sarkozy comme Jean-François Kahn sont allés jusqu'à évoquer la folie. Ce point de vue n'est pas le mien. À mes yeux, le Président est un homme responsable de ses actes, tout au plus malheureux et mauvais. Les analystes qui se penchent sur l'étrangeté politique de la France actuelle sont, bien sûr, tenus d'envisager toutes les hypothèses, y compris psychiatriques, particulièrement dans un pays qui dispose de l'arme nucléaire. Mais si celle de la folie était retenue, cela ne changerait pas notre problématique. La rigueur historique et sociologique conduirait simplement à étendre le concept de folie à l'ensemble de la société française. Seule une société folle peut durablement traiter comme normal un président fou. Aucune critique de Sarkozy, même la plus radicale, ne doit nous aveugler sur nous-mêmes. Ce président est la preuve que la France est malade.

Nicolas Sarkozy peut donc servir de guide, involontaire, dans l'examen du mal qui ronge notre pays. Cinq traits saillants de son organisation (ou de sa désorganisation) mentale — incohérence de la pensée, médiocrité intellectuelle, agressivité, fascination de l'argent, instabilité affective —, les cinq parfums du sarkozisme, permettent d'aborder les problèmes de fond de la société française.

— L'*incohérence de la pensée* conduit à décrire la naissance du vide idéologique et religieux dans notre pays.

— La *médiocrité intellectuelle* renvoie à la stagnation éducative dans laquelle la France est entrée récemment, et qui implique une véritable crise de la démocratie.

— L'*agressivité* nous fait saisir la dimension négative de la démocratie : de manière latente, celle-ci s'appuie sur un mécanisme d'exclusion du non-citoyen. En période de crise, l'exclusion peut devenir explicite et aboutir à la désignation de boucs émissaires.

— L'*amour de l'argent* qui caractérise le chef de l'État réintroduit l'économie mais en tant que phénomène de mentalité. Par là s'éclaire l'incapacité des élites à affronter les questions du libre-échange, de l'appauvrissement, de la montée des inégalités. — Un problème en partie psychologique, pour ne pas dire psychiatrique.

— L'*instabilité affective et familiale* nous met sur la voie de l'aspect le plus fondamental de la situation présente : l'évolution des valeurs familiales. Une lente dérive anthropologique sous-tend la dérive politique et sociale du pays.

Une fois posés, les cinq traits constitutifs du sarkozisme amènent à identifier des pôles de résistance, au premier rang desquels la valeur d'égalité du système anthropologique qui domine, depuis le Moyen Âge, l'espace français central. Nous devrons cependant tenter d'évaluer sa permanence et sa solidité.

Le *moment Sarkozy* peut être ainsi replacé dans une perspective sociologique et historique longue. L'accident apparent prend un sens. Nous sentirons alors à quel point notre véritable problème n'est pas Sarkozy, mais un ébranlement général de la démocratie.

Une fois examinés les éléments fondamentaux de la crise, dont le refus des classes dirigeantes de nous débarrasser du libre-échange, nous pourrons réfléchir de façon réaliste à notre avenir politique. Va-t-on assister à une ethnicisation du pays ou à une remontée des luttes de classes ? Surtout, comment les hommes politiques, confrontés à une aggravation inéluctable de la crise, vont-ils réagir ?

Dans un contexte mouvant, et même indéfini

sur bien des points, il est impossible de prédire au sens strict. Mais on peut envisager diverses *issues* politiques, dont certaines seraient une dénaturation voire une disparition de la démocratie. Le chercheur doit s'efforcer d'échapper, un court instant, au petit défaut de l'espèce humaine, son incapacité à concevoir, et donc à prévoir, le pire, en l'occurrence la mort de la démocratie. Qu'elle survive reste cependant une possibilité.

CHAPITRE 1

Le vide est religieux

Pour que tant d'adhérents et d'électeurs du Front national aient pris le chemin de l'UMP, pour que des notables de gauche se soient entichés de Sarkozy, et que les militants socialistes aient plébiscité Ségolène Royal, il a fallu que les croyances et les doctrines politiques aient atteint un état de décomposition absolu. Le score résiduel du PCF, à l'origine le plus idéologique des partis français, est symptomatique de cette mort des idéologies qu'on nous a si souvent annoncée mais qui est désormais consommée. Marie-George Buffet a obtenu 1,9 % des suffrages exprimés en 2007 contre 3,4 % à Robert Hue en 2002.

Le Front national n'aura finalement été qu'une étape dans le processus de désagrégation des forces qui structuraient, depuis la Libération, la vie politique française : communisme, social-démocratie, gaullisme, droite modérée de tempérament catholique. Le FN fut un instant capable de réunir des ouvriers de tradition communiste et des petits commerçants d'origine RPR. Il ne représentait cependant que le début d'un processus de dilution, étape nécessaire sur le chemin du vide qui caractérise la période actuelle. Pour comprendre l'importance du moment que nous vivons, nous devons saisir la nature de ce qui a disparu : des croyances collectives puissantes et stables, d'origine religieuse, ancrées dans des territoires.

C'est en 1791 qu'apparut pour la première fois la carte qui allait structurer pendant près de deux siècles la vie politique française. L'historien américain Timothy Tackett a mis en forme cartographique le choix des prêtres qui acceptèrent ou refusèrent de prêter serment à la Constitution civile du clergé, votée par l'Assemblée constituante le 12 juillet 1790[1]. Ce texte est fort peu catholique puisqu'il prévoit l'élection des curés et des évêques par les fidèles, éliminant ainsi le pouvoir du pape.

C'est alors que se manifeste l'opposition géographique entre une France déchristianisée où les curés acceptent la subordination de l'Église à la Révolution, et une France catholique appelée à devenir le bastion le plus stable de la droite française. La France déchristianisée est pour l'essentiel un bloc central, un Bassin parisien étiré le long d'un axe oblique allant des Ardennes à Bordeaux, auquel il faut ajouter la majeure partie de la façade méditerranéenne. La France fidèle à l'Église est constituée d'une constellation de provinces périphériques, à l'ouest, au nord, à l'est, dans le Massif central et le Sud-Ouest. Il y aura quelques évolutions par la suite mais la sociologie religieuse, fondée par Gabriel Le Bras au lendemain de la Seconde Guerre mondiale, montre que, pour l'essentiel, la pratique religieuse ne s'est jamais relevée dans le Bassin parisien et sur la façade méditerranéenne de son effondrement du milieu du XVIIIe siècle. Elle a résisté avec efficacité dans les bastions périphériques jusqu'au début des années soixante[2]. Dès 1913, André Siegfried analysait dans son *Tableau politique de la France de l'Ouest* l'essentielle stabilité conservatrice, avec ses nuances, du plus considérable des bastions périphériques[3]. Dans ces régions, le catholicisme, bien loin de s'effriter, s'est, en pratique, consolidé tout au long du XIXe siècle. Sa puissance retrouvée a fait peur et conduit les hommes de la République à réaliser en 1905 la séparation des Églises et de l'État.

Siegfried s'appuyait, dans son étude novatrice, sur l'expérience de quarante années de suffrage universel. En établissant la liberté d'expression et de désignation politique, la IIIe République avait fait apparaître une géographie stable des comportements électoraux. Ces régularités suggéraient que l'individu n'était pas tout, que des pesanteurs, des forces invisibles décidaient, au moins statistiquement, de l'orientation idéologique des citoyens.

Par la suite, la gauche et la droite évolueront, une radicalisation apparente masquant la fin des violences politiques révolutionnaires ou contre-révolutionnaires. Des partis meurent, d'autres naissent. Mais toujours l'affrontement des forces idéologiques s'inscrit dans la vieille géographie primordiale. Lors de l'élection du Front populaire en 1936, les pôles de résistance de la droite conservatrice dessinent toujours la même constellation périphérique. Dans la France déchristianisée du Bassin parisien se succèdent ou se combinent, entre 1880 et 1980, les prédominances radicale, gaulliste, communiste. Le PCF dispose même, comme l'Église, de quelques points forts dans la France rurale, en Limousin, dans la Marche ou le Berry, et sur la façade méditerranéenne. La complémentarité géographique du catholicisme et du communisme est l'un des traits frappants de la géographie politique de la France durant les trois décennies qui suivent la Seconde Guerre mondiale. En 1978, alors que le Parti communiste se tient à peu près stable à 20,5 % des suffrages exprimés, l'essentiel de son assise électorale se situe dans la France déchristianisée, telle qu'elle apparaît dans l'*Atlas de la pratique religieuse* qui utilise surtout des données concernant le milieu des années soixante : un grand Bassin parisien allant de l'Aisne au Lot-et-Garonne, et la façade méditerranéenne[4].

Cette belle structuration religieuse s'effondre par étapes à partir du concile Vatican II, ouvert par Jean XXIII en 1962, clos par Paul VI en 1965. Le reflux n'est pas seulement français; il définit, à l'échelle de l'Occident, une crise terminale du catholicisme. Presque tous les bastions de l'Église sont touchés : les Flandres, la Bavière, la Rhénanie, les parties nord de l'Espagne, de l'Italie et du Portugal, le Québec. L'Irlande dans les années quatre-vingt, la Pologne après la chute du communisme connaîtront cet irrésistible déclin.

Une lente érosion de la pratique religieuse catholique était cependant déjà perceptible en France avant le tournant du début des années soixante. Le pourcentage de catholiques déclarant aller régulièrement à la messe a décru de 37 % en 1948 à 25 % en 1968, puis à 13 % en 1988. Il est tombé à 8 % en 2007. Les proportions effectives devaient être un peu plus basses dans la mesure où les sondés surestiment en général leur propre niveau de pratique. Les 8 % de 2007 se ramènent sans doute dans la réalité à un peu moins de 5 %, dont la majorité sont des gens déjà âgés. Les 37 % de 1948, moyenne nationale, recouvraient, dans les provinces périphériques de forte imprégnation catholique, une pratique majoritaire, nettement supérieure à 50 %[5].

La décomposition politique

La crise terminale du catholicisme rythme, depuis le début des années soixante-dix, les mutations du système politique français. C'est tout à fait normal dans la mesure où les pôles de résistance catholiques constituaient les points d'appui négatifs du système. Libérés, les électeurs catholiques se tournent d'abord vers le Parti socialiste, que l'on voit progresser entre 1967 et 1978, non seulement en Bretagne mais dans tout l'espace catholique. C'est le temps de la deuxième gauche, de la déconfessionnalisation de la CFDT (1964) et de l'absorption du PSU et de Michel Rocard par le nouveau PS. La droite catholique, dont les innombrables mutations avaient porté successivement le légitimisme, le cléricalisme, l'antidreyfusisme, le MRP, la droite modérée et le giscardisme, s'évanouit en tant que tendance autonome de la vie politique française. La fondation de l'UMP en 2002 est son acte de décès. Son fantôme apparaît parfois dans la géographie de certains votes pour François Bayrou, dernière incarnation à droite, pardon ! au centre, de la bonne éducation chrétienne.

Le phénomène le plus significatif, du point de vue sociologique, est l'effondrement du Parti communiste, qui suit après un délai assez court celui de la pratique religieuse. Jusqu'en mars 1978, le PC se tenait au-dessus de 20,5 % des suffrages, contre 22,5 % en mars 1967 et 20,0 % en juin 1968. L'élection présidentielle de 1981, qui voit l'arrivée au pouvoir de François Mitterrand, est le moment du plongeon : 15,4 % des suffrages pour Georges Marchais contre 21,3 % pour Jacques Duclos en 1969. Tout se passe comme si le PCF et l'Église avaient constitué un couple, et que le stalinisme ne pouvait survivre à la disparition de son double négatif.

Le Front national émerge lors des élections européennes de 1984. Il s'affirme à l'occasion des élections législatives de 1986 : il est dès l'origine fort dans le tiers est du pays parce que son implantation électorale est fortement déterminée par la présence d'immigrés d'origine maghrébine. Mais, indépendamment du nombre d'immigrés, le Front national apparaît nettement plus puissant dans les départements imprégnés d'une tradition laïque, au cœur du Bassin parisien et sur la façade méditerranéenne. Il prend des électeurs à gauche et à droite, sur les terres du communisme qui sont aussi celles du gaullisme, droite laïque ancrée dans une aspiration nationale plutôt que religieuse, héritier du bonapartisme plutôt que du légitimisme. Le FN gardait donc, par la géographie de son électorat, quelque chose de la vieille structuration religieuse du système politique.

Dans le courant des années quatre-vingt-dix, l'érosion des partis traditionnels s'accélère. Les dirigeants politiques perdent leurs programmes, mais la réalité décisive est l'atomisation du corps électoral. L'opposition peuple-élite ne présente ici aucun intérêt explicatif : électeurs et élus dérivent en parallèle. Les citoyens agissent de plus en plus en individus non régulés par des croyances solides. En résulte l'effet essuie-glace, un coup à droite, un coup à gauche, qui rythme la vie politique française. Le communisme et la droite catholique disparaissent de la statistique électorale. La bipolarisation droite-gauche se fixe sur l'opposition des deux partis qui résistent le mieux à l'affaiblissement des idéologies, parce qu'ils sont au départ plus plastiques, et tout disposés à mollir encore, jusqu'à extinction complète de toute idéologie propre : le Parti socialiste et le parti gaulliste.

La survie apparente de la social-démocratie et de la droite nationale dans le système des partis ainsi que leur position globalement dominante ne doivent pas faire illusion. Il n'y a plus là aucune croyance collective solide, capable de structurer et d'organiser la vie politique. C'est la vérité qui finit par émerger lors de l'élection présidentielle de 2002, à l'issue de laquelle Lionel Jospin n'atteint que 16,2 % des suffrages exprimés et Jacques Chirac à peine plus à 19,9 %. Le Pen, désigné par les urnes comme candidat de deuxième tour, atteint 16,9 %. Cinq ans avant le moment Sarkozy, il y avait eu ce moment Chirac, premier saut du système politique français dans l'apesanteur, aboutissant à l'élection d'un président de la République avec 82,2 % des voix, digne d'une démocratie populaire, ridicule en apparence mais tragique au fond parce qu'il signifiait le premier échec absolu de la démocratie d'alternance en France.

Trahisons comparées

Conversion au libéralisme économique, acceptation du capitalisme financiarisé, carriérisme cynique de ses hauts fonctionnaires : la trahison par le Parti socialiste des valeurs de la gauche est une évidence, et pas seulement pour les analystes politiques. À intervalles réguliers, l'électorat de gauche se dérobe, se volatilise. En 1994 les sondages d'opinion donnent, un temps, le sentiment que le second tour de la présidentielle de 1995 opposera Édouard Balladur à Jacques Chirac, et qu'il n'y a plus de gauche. En 2002, c'est fait, Jospin est éliminé dès le premier tour. Au deuxième s'affrontent, pour la première fois, deux candidats de droite, Jacques Chirac et Jean-Marie Le Pen. Rien dans le programme de Ségolène Royal ne nous permet de dire qu'il y a eu, au deuxième tour de l'élection de 2007, un candidat de gauche. Après trois défaites présidentielles successives, les dirigeants socialistes semblent incapables d'imaginer autre chose qu'une poursuite fiévreuse de leur glissement à droite. C'est ce que Bertrand Delanoë appelle « de l'audace ». Dans le livre d'entretiens réalisé avec Laurent Joffrin, paru sous ce titre, le maire de Paris s'étale en « manager » libéral, dénué d'idées économiques, content de lui, dernier narcisse gonflé par le système médiatique[6].

À l'échelle internationale la trahison socialiste peut s'épanouir sans frein. Le PS a donné deux exemples d'une soumission absolue au système. Pascal Lamy est directeur de l'Organisation mondiale du commerce et s'épanouit en défenseur naïf du libre-échange. Dominique Strauss-Kahn, à la tête du Fonds monétaire international, nous montre que si les chefs de la gauche française ont renoncé à sauver leur pays, ils gardent la capacité de se sauver eux-mêmes.

Mais se moquer de la trahison socialiste, exercice qui constitue le fonds de commerce de néo-gauchistes comme Olivier Besancenot, est trop facile. Plus intéressant est l'abandon par les gaullistes et leurs alliés de leurs propres valeurs. On y pense moins immédiatement parce que le triomphe de l'argent et des inégalités est aujourd'hui perçu comme celui de la droite. Mais les deux grandes droites françaises, catholique et gaulliste, n'avaient pas le « fric » pour raison d'être et légitimité ultime.

La droite classique s'appuyait sur des valeurs chrétiennes, de soumission sociale certes, mais aussi de responsabilité, de charité et de désintéressement. Le catholicisme déteste l'argent. Le sarkozisme, qui l'adore en un sens quasi religieux, manifeste bien la disparition de toute influence chrétienne sur la mentalité de droite française.

Le retournement antinational du parti gaulliste n'est pas moins spectaculaire. Le RPR, fondé en 1976 et dissous en 2002, a renoncé à la nation autant que le PS a abandonné la classe ouvrière. Si nous cherchons des coupables, nous avons le choix, puisque tous les dirigeants et les cadres du RPR ont contribué au déclin de l'idée de nation. On pense immédiatement à Jacques Chirac, qui semble finalement n'avoir fondé le parti néogaulliste que pour présider à sa dissolution dans l'idéologie européiste. L'opposition aux États-Unis, lors du déclenchement de la guerre d'Irak, suggère quand même qu'une petite lueur gaulliste éclairait encore cet homme politique. Sarkozy, amoureux des États-Unis bushistes, représente, au-delà du fatras identitaire de ses discours, la fin officielle de la nation en tant que valeur de la droite, le point d'arrivée. Mais s'il fallait désigner à l'intérieur du gaullisme le traître de comédie digne d'affronter sur une scène de théâtre les énarques socialistes, l'homme qui a le mieux démoli l'idée de nation, je choisirais Philippe Séguin, dont la carrière est en vérité tout à fait extraordinaire. En 1992, il s'impose comme leader de l'opposition au traité de Maastricht, héraut autoproclamé de la nation républicaine. Le oui l'emporte d'extrême justesse, à son grand soulagement. Philippe Séguin ne continue pas la lutte, si bien engagée, mais échange aussitôt la France contre un bureau de tabac, deux plutôt, successifs, la présidence de l'Assemblée nationale en 1993, puis celle de la Cour des comptes en 2004. Muet durant le débat de 2005 sur le Traité constitutionnel européen, il trouve le moyen de garder sa réputation d'homme bourru, colérique et, pourquoi pas, intègre. Il a en réalité appris la trahison à une génération politique. Il n'est guère étonnant de retrouver en 2007, autour de Sarkozy, autant d'anciens proches de Séguin : de Roger Karoutchi, qui fut son chef de cabinet à l'Assemblée nationale et son conseiller politique, à Henri Guaino, pourfendeur de la « pensée unique » et antimaastrichtien notoire, sans oublier les anonymes. À tous, Philippe Séguin a démontré par ses actes que la nation républicaine, c'était pour rire, un truc pour monter dans la hiérarchie de la bande RPR. Le séguinisme a été une étape nécessaire pour les hommes politiques d'origine gaulliste qui acceptent aujourd'hui sans broncher la transformation de la France en satellite des États-Unis. Nous sommes donc injustes lorsque nous insistons trop exclusivement sur la trahison du Parti socialiste. Le parti gaulliste aussi s'est renié, dans les mêmes proportions, et c'est ce qui explique, entre 1986 et 2007, le désarroi, puis la dissidence frontiste du peuple de droite : petits commerçants, artisans et paysans.

Primauté de la décomposition religieuse

Au début du troisième millénaire, la crise politique révèle une situation de vide idéologique total. Lors de l'élection présidentielle de 2002, les candidats des deux partis de gouvernement — UMP, nouvellement fondée par la réunion des gaullistes et des modérés ; Parti socialiste devenu à gauche absolument hégémonique — ne recueillent ensemble que 36 % des suffrages exprimés. Durant la non moins folle élection présidentielle de 2007, les électeurs ont le choix entre quatre candidats principaux qui sont au fond tous de droite, si l'on regarde leurs programmes et les thèmes de leurs discours : un candidat d'extrême droite, Le Pen ; un candidat de droite extrême, Sarkozy ; un candidat de centre droit, Bayrou, et une candidate de droite loufoque, socialo-traditionaliste, Royal. Avant ce point d'aboutissement, toute l'histoire politique des années 1970-2007 peut être décrite dans les termes d'une décomposition progressive et chaotique des forces politiques et idéologiques traditionnelles. Crise du communisme, crise du gaullisme, montée d'un Parti socialiste et d'un parti de droite de plus en plus flous idéologiquement. À la course au vide des partis correspond une chronologie complexe qui ne révèle finalement qu'un élément sûr : le caractère primordial de la décomposition religieuse, de la foi comme de la pratique, qui entraîne à sa suite celle du champ politique.

Le gaullisme avait pour trait caractéristique une culture du chef — un chef acclamé et suivi par une bande de godillots enthousiastes — qui rend difficile une datation fine de son déclin. Pompidou peut encore être considéré comme un gaulliste d'un genre un peu spécial, technicien de l'ombre avant de devenir le symbole de la modernisation. Valéry Giscard d'Estaing fut le tombeur du général, un acteur majeur de l'échec du référendum d'avril 1969, mais on ne peut considérer son élection en 1974 comme le signe d'une montée en puissance de la droite modérée, à substrat catholique. Sans les divisions internes du mouvement gaulliste et le ralliement de Jacques Chirac, il n'aurait pas été élu — et encore, d'extrême justesse, avec 50,8 % des voix. Le phénomène idéologique central de la période est la libération idéologique des électeurs des régions catholiques qui glissent de la droite vers le PS, alors en pleine ascension. Reste que la division du mouvement gaulliste a bien été le début d'une longue chute, qui se déroula intégralement sous la direction de Jacques Chirac.

Il serait absurde de déduire de ces quelques dates que la crise du gaullisme a été antérieure à celle du communisme. La plongée électorale du PCF n'a commencé, certes, qu'en 1981, lorsque Georges Marchais perdit d'un coup près du quart de l'électorat communiste. Mais les difficultés du Parti en mai 1968, les pamphlets antistaliniens des « nouveaux philosophes » qui explosèrent médiatiquement en 1976 montrent que la crise du communisme était déjà bien engagée au moment où s'accentuait celle du gaullisme. Quelques années d'antériorité dans un sens ou dans l'autre n'ont pas de signification historique réelle.

Une seule antériorité émerge clairement de la séquence temporelle, celle de la crise religieuse. L'effondrement terminal du catholicisme s'est amorcé au milieu des années soixante, l'ébranlement du système idéologique et politique n'est devenu manifeste que dans les années 1974-1981. À la jonction de la phase religieuse et de la phase politique, nous trouvons, de façon caractéristique, les événements de mai 1968, qui, en tant que tournant, relèvent de toutes les catégories possibles de l'analyse historique et sociologique : religion, idéologie, éducation, mœurs et vie familiale

Une crise religieuse est donc à l'origine de notre malaise actuel. Entre 1965 et 2007, tout se passe comme si l'effondrement des derniers bastions de la foi avait engendré une mécanique de décomposition politique globale. La nature quasi religieuse des grandes croyances politiques est un lieu commun sociologique. Il est depuis longtemps évident que le communisme et le nazisme, violents et millénaristes, ont tenté de substituer aux visions du monde et de la vie proposées par les diverses branches du christianisme des modèles de rédemption de type terrestre, garantissant aux individus l'éternité parfaite de la cité communiste ou de la race aryenne. Le fondement quasi religieux de l'idéologie est moins bien admis pour les croyances politiques plus raisonnables, démocratiques et républicaines. Mais en France aussi l'effondrement religieux a précédé l'émergence de la politique moderne. L'idéologie libérale et égalitaire qui a nourri tant de partis et de républiques depuis 1789 a suivi d'à peine quelques décennies la déchristianisation, entre 1730 et 1750, des deux tiers du territoire français.

Les développements des quarante dernières années nous montrent cependant que la persistance d'une religion active sur le tiers du territoire national était restée, jusqu'au bout. nécessaire au bon fonctionnement du système idéologique français. Républicanisme, socialisme, communisme se sont en pratique définis contre un catholicisme résiduel, qui les structurait pour ainsi dire négativement. La mort de cette religion a tué comme par ricochet les idéologies modernes.

Nous sommes ici tout proches de l'un des points nodaux de la crise qui, bien loin de n'affecter que la surface politique des choses, touche en réalité le socle métaphysique de la société, fonds de croyances irrationnelles et inconscientes venues d'une histoire très lointaine.

L'athéisme difficile

L'identification du fonds religieux de la crise nous permet d'éclairer certains aspects du malaise actuel, et en particulier la difficulté que peut avoir une société à vivre sans croyance religieuse. L'athéisme a triomphé. Il est bien entendu synonyme de liberté. Sa justification logique est simple et solide : le monde est, il n'y a rien d'autre qui soit perceptible et l'inexistence de Dieu n'a même pas à être prouvée. Démontrer Dieu à la manière de Descartes, parier qu'il existe comme le fait Pascal sont des tentatives bien futiles face à l'évidence du rien. L'athéisme n'a d'ailleurs pas tort lorsqu'il dénonce l'agnosticisme, qui prétend se tenir à égale distance de la croyance et de l'incroyance, comme illogique. Peut-on sérieusement mettre sur le même plan le monde réel des athées, vide d'être suprême aussitôt que l'on cesse de croire aux miracles, et l'espace métaphysique des croyants, empli d'une créature plus imaginaire encore que puissante ? Libérés de l'illusion, les hommes devraient se sentir mieux. Mais l'histoire concrète de l'athéisme nous dit autre chose que sa justification logique : loin de mener au bien-être, l'émergence d'un monde sans Dieu conduit à l'anxiété, au sentiment d'un manque. Le monde mental des êtres humains n'est pas le monde physique des sciences dures.

Les hommes croient, depuis longtemps, posture mentale devenue avec le temps une habitude. L'athéisme lutte pour l'émancipation de l'esprit contre un dogme religieux hérité du passé ; il est mouvement, conflit. Privé d'adversaire, il doute, fléchit et s'effondre. La déchristianisation conduit donc à une situation paradoxale : l'incroyant semble ne se sentir bien dans sa certitude que s'il y a encore dans la société une Église, minoritaire, mais porteuse d'une croyance positive en l'existence de Dieu, qu'il peut critiquer et nier.

Le saut dans l'irrationnel de la foi avait, à la fin

de l'Empire romain, permis la construction d'un système explicatif et moral stable et rassurant. Le christianisme avait alors réglé, sur le plan psychologique, la question de la mort, cette dimension incompréhensible de la condition humaine.

L'abandon de la foi émancipe certes l'homme d'un ramassis de mythes indémontrables, mais il le fait atterrir dans le non-sens de sa propre vie. Tant qu'il y a encore des croyances à dénoncer, des croyants à libérer, l'existence a encore un sens, métaphysique. Mais la disparition du dernier groupe solidement organisé de croyants donne le signal du mal-être pour les vainqueurs, qui, libérés de tout, ne peuvent que constater qu'ils ne sont rien, rien qui ait un sens du moins. La mort de l'Église réactive la question de la mort de l'individu.

Au-delà de l'interrogation métaphysique de base, toutes les constructions idéologiques et politiques ayant pour fondement théorique l'inexistence du Ciel sont ébranlées. La disparition du paradis, de l'enfer et du purgatoire dévalorise bizarrement tous les paradis terrestres, qu'ils soient grandioses, de type stalinien, ou d'échelle plus modeste, républicain. Alors commence la quête désespérée du sens qui, banalement, va se fixer sur la recherche de sensations extrêmes dans des domaines historiquement répertoriés : argent, sexualité, violence — tout ce que la religion contrôlait.

L'examen empirique de la réalité sociale montre la validité de cette séquence. La société française n'est plus structurée par aucune croyance religieuse solide. Le catholicisme, dans la mesure où il subsiste, est privé, résiduel. L'argent, la sexualité et la violence sont désormais au centre de notre dispositif mental et médiatique. Les anxiolytiques ne peuvent remplacer complètement les croyances collectives. Ceux qui aiment lire assurent, par leur anxiété, le succès des classiques de l'athéisme antique, parfois épicurien mais le plus souvent stoïcien. Sénèque (4 av. J.-C.- 65 apr. J.-C.) et l'empereur Marc Aurèle (121-180) sont sans doute aujourd'hui les plus lus. Il y a deux millénaires en effet la pensée antique eut à définir, dans le cadre d'un effondrement des religions païennes, un sens purement terrestre de la vie, une discipline de l'âme et du corps pour opérer dans un monde privé de ses dieux. Cette prodigieuse tentative, ne l'oublions pas, fut un échec et déboucha, on l'a dit, sur le saut massif dans l'irrationnel de la vie éternelle et du christianisme.

Il serait déraisonnable, et surtout contraire à l'expérience, de pousser trop loin cette vision pessimiste. Ce qui vient d'être décrit n'est qu'une tendance de l'esprit humain, qui réémerge actuellement mais n'est encore nullement dominante. Dans un pays comme la France, la plupart des ménages sont satisfaits d'équilibrer leurs comptes dans le cadre d'une vie décente ; la vie sexuelle des individus, plus expérimentale et variée qu'autrefois certes, produit, au final, un indicateur de fécondité parfaitement satisfaisant de deux enfants par femme ; le taux d'homicide n'augmente pas. La France a dans l'ensemble tenu le choc du vide métaphysique. Les effets pathogènes de l'incroyance de masse ne sont nullement dominants. L'instinct de vie existe, et nous devons bien admettre que, même dépourvue de sens, la vie contemporaine peut être très agréable, en vérité de plus en plus intéressante avec l'ouverture du monde par les moyens de transport et de communication de l'âge électronique.

Aujourd'hui, en l'absence de sécurité métaphysique, il nous reste du moins la Sécurité sociale, et un certain confort de l'existence qui permet à la majorité des hommes et des femmes de profiter raisonnablement de cette vie dénuée de sens. Chacun fait ce qu'il peut de son côté pour s'en sortir métaphysiquement. Mais que se passera-t-il si le bien-être matériel, avec en son cœur un bon niveau de revenus et la Sécurité sociale, recule ou disparaît ? L'Amérique, où c'est en partie le cas, suggère la possibilité d'un retour de l'irrationnel, qui provoque dans d'assez vastes secteurs sociaux une régression intellectuelle et morale. Une religiosité exhibitionniste et morbide se répand, qui réclame la fin de la liberté d'avorter et le rejet de la théorie darwinienne de l'évolution.

De l'incroyance à l'islamophobie

Nous vivons donc, sans en être pleinement conscients, une crise religieuse. Sans cette hypothèse, nous ne pouvons pas comprendre l'ampleur de la fixation négative sur l'islam. Dans les cinq ou dix dernières années s'est répandue en

France, et ailleurs en Europe, une islamophobie des classes pensantes et parlantes, intellectuelles et médiatiques. Cette islamophobie a succédé à l'arabophobie des électeurs du Front national, plus populaire. Les déterminants de l'arabophobie, dont l'émergence visible remonte au milieu des années quatre-vingt, sont clairs. Elle a résulté des difficultés concrètes que présentait l'absorption en période de chômage et de pression sur les salaires de populations maghrébines portant un système de mœurs très distinct, dur aux femmes et refermé sur lui-même par le mariage entre cousins. L'islamophobie actuelle des classes supérieures est plus difficile à expliquer.

L'attitude des politiques n'est pas le problème. Nicolas Sarkozy et les cadres de l'UMP voient certainement dans l'exagération du risque terroriste, dans l'accentuation de la pression sur l'Afghanistan, dans l'hostilité à l'entrée de la Turquie en Europe, dans les menaces militaires contre l'Iran, bref dans l'activation d'une thématique qui met l'islam au cœur de la politique générale, un moyen commode de toucher et de rallier l'électorat du Front national. Mais que dire des intellectuels et des journalistes qui, peu affectés par la vie des banlieues, fort peu menacés par des attentats, s'excitent sur l'essence de l'islam, son incapacité supposée à tolérer la modernité et sa prétendue violence intrinsèque. Pourquoi affirmer, au moment même où l'ensemble du monde musulman voit sa fécondité baisser, comme ce fut le cas en Europe et ailleurs, que la modernisation mentale des pays arabes, de la Turquie ou de l'Iran est impensable ? La théorie du choc des civilisations, présentée en 1993 par Samuel Huntington dans un article de la revue *Foreign Affairs*, colle des étiquettes religieuses sur les individus et les peuples. Dans l'esprit de beaucoup, elle a été validée par les attentats du 11 septembre 2001. Mais la violence qui existe effectivement dans le rapport de l'Amérique au golfe Persique n'est pour l'essentiel ni religieuse ni civilisationnelle. On devrait parler d'un « choc impérialiste » pour décrire le contrôle instauré par les États-Unis sur l'Arabie saoudite, l'invasion de l'Irak ou les menaces de frappe préventive contre l'Iran. Or, une banale politique impériale, combinant usage de la puissance militaire et corruption des élites locales, n'est pas un conflit religieux. L'article puis le livre de Huntington, publiés en 1993 et 1996, cinq ou huit ans avant les attentats du 11 septembre, ne sont au fond qu'une déclaration de guerre idéologique de l'« Occident » à l'islam et à la Chine (aspect un peu oublié aujourd'hui sur lequel je reviendrai[7]). *Le Choc des civilisations* démontre par sa date de publication que l'islamophobie et plus généralement l'émergence d'un nouveau narcissisme culturel occidental sont antérieures à l'entrée en action d'al-Qaida[8]. L'ethno-atlantisme est une doctrine offensive. Nous sommes les agresseurs. Il n'y a qu'à faire le compte des morts du conflit, aux États-Unis, en Europe et dans le monde musulman, pour le vérifier. Notre islamophobie est assez largement endogène, effet de notre propre trouble religieux.

Nous percevons bien la crise de transition que traverse le monde musulman, où l'alphabétisation sera bientôt universelle, où une désorientation religieuse et idéologique engendre manifestement angoisse, désordre et violence. La désislamisation s'avance masquée, parce qu'elle entraîne, dans un premier temps, une dernière réaffirmation de la croyance religieuse ébranlée par la modernité. Mais nous refusons de voir notre propre crise, beaucoup plus grave au fond, parce qu'elle n'est pas, elle, le résultat d'un mouvement éducatif ascensionnel, du progrès en somme. Nous sommes angoissés par le vide religieux qui s'est creusé dans le dernier demi-siècle. Dans un pays comme la France, la présence d'une Église catholique minoritaire mais socialement importante donnait un sens à l'incroyance, à l'athéisme, ou comme on dit pudiquement à l'affirmation laïque. La disparition de ce point de repère a détruit l'ensemble de l'organisation idéologique de la France. Il n'est pas étonnant que dans un tel contexte une laïcité désorientée par la disparition de son adversaire catholique s'efforce d'en trouver un autre, en l'occurrence l'islam, perçu comme la dernière des croyances religieuses actives. Choix paradoxal puisque, justement, la pratique religieuse des musulmans de France est faible, et que l'Iran avec deux enfants par femme semble beaucoup plus menacé par la désislamisation que par l'islamisme. Mais rien n'y fait. Dans cette France où la pratique religieuse catholique est désormais sans importance sociale, la laïcité devient laïcisme, et réunit dans une hostilité commune à un islam fantasmé les incroyants venus de la vieille laïcité républicaine et ceux qui viennent de sortir du catholicisme terminal. L'islam prend le statut de bouc émissaire, d'ennemi indispensable. Dans l'Europe du début du troisième millénaire, il devient la victime sacrificielle de notre mal-être métaphysique, de notre difficulté à vivre, sans Dieu, tout en clamant que notre modernité est la seule possible, la seule valable.

En France, une théorie plus ancienne encore que celle du choc des civilisations contribue souterrainement à la désignation de l'islam comme problème, celle du christianisme « religion de la sortie de la religion » proposée en 1985 par Marcel Gauchet, mais simplifiée depuis par ses utilisateurs et retournée contre le monde musulman. Le christianisme serait différent parce que capable de se dépasser lui-même. Cette vision de l'histoire confère au monde occidental une spécificité inexistante[9]. Il n'est pas même nécessaire de réfléchir sur l'islam pour le percevoir. Le Japon, essentiellement bouddhiste avant la crise religieuse amorcée à l'ère Meiji, est actuellement aussi indifférent que l'Europe à toute croyance religieuse. Mais, au-delà des théories savantes qui nous assurent que nous restons chrétiens même lorsque nous ne croyons plus en Dieu, nous trouvons le thème plus répandu et plus maniable politiquement des racines chrétiennes de l'Europe. Le christiano-laïcisme — l'incroyance d'origine chrétienne est la seule valable — trouve dans *Fier d'être français*, petit pamphlet de Max Gallo, idéologue sarkoziste et académicien l'une de ses expressions caractéristiques. En 2006, quelques mois avant l'élection présidentielle, Gallo s'émerveillait de sa propre audace : « Quoi ? Oser proclamer que la France laïque est un pays chrétien, alors que la deuxième religion du pays est l'islam et qu'il y a profusion d'églises vides, alors que les rares mosquées sont si pleines que les fidèles de Mahomet sont contraints de prier sur les trottoirs, dans des caves ou des hangars[10] ? » Max Gallo devrait s'éloigner plus souvent de la place du Panthéon et du jardin du Luxembourg pour visiter les banlieues, où la pratique religieuse musulmane est en réalité aussi faible qu'ailleurs la pratique religieuse catholique. Mais le sens de son angoisse est clair, le vide religieux chrétien précède l'islamophobie.

Notre crise métaphysique, à l'inverse de celle du XVIIIe siècle, se déploie sur fond de stagnation éducative. C'est pourquoi elle ne mène pas à la liberté de l'action, mais à une dépression collective de très grande ampleur.

CHAPITRE 2

Stagnation éducative et pessimisme culturel

Ni au lycée ni à l'université, Nicolas Sarkozy ne fut un brillant sujet. Il a redoublé sa sixième, n'a obtenu aucune mention au baccalauréat et a achevé sans hâte les études de droit qui lui ont permis de devenir avocat ; il semble être sorti sans diplôme de l'Institut d'études politiques à cause d'une note éliminatoire en anglais[1]. Nous sommes ici bien loin de l'ENA, de l'École normale supérieure ou de Polytechnique. Au-delà du cas individuel du Président, le moment Sarkozy marque une réelle chute du pouvoir des énarques, ces bons élèves de la République. Brice Hortefeux, ministre de l'Immigration, de l'Intégration, de l'Identité nationale et du Développement solidaire est, selon Wikipédia, sorti de Sciences-Po sans diplôme[2]. Henri Guaino, plume du futur président durant la campagne, promu chef-baratineur à l'Élysée l'année suivante, a quant à lui fait Sciences-Po mais non l'ENA[3]. Pour la première fois depuis bien longtemps, ni le Président ni le Premier ministre ne sont passés par ce moule. Valéry Giscard d'Estaing, Jacques Chirac, Alain

Juppé, Dominique de Villepin en sortaient tous. Dans les gouvernements Fillon 1 et 2, on ne trouve, au rang de ministre proprement dit, qu'une seule énarque, Valérie Pécresse, également diplômée d'HEC[4]. Il serait tout à fait absurde de regarder de haut des hommes politiques parce qu'ils ne sont pas issus des grandes écoles, mais se sont contentés d'études supérieures de niveau normal. La mutation est cependant trop nette pour que l'on n'en tienne pas compte et que l'on ne cherche pas à savoir si la chute du niveau scolaire du gouvernement a un rapport avec ce qui se passe dans la société française en général.

Le succès au concours de l'ENA nécessite d'ailleurs autant de soumission aux règles que d'aptitude intellectuelle. Un gouvernement qui échappe à l'emprise de l'ENA se libère en partie du conformisme des élites françaises. La pensée unique trouve en effet parmi ses sources principales le couple « Sciences-Po - ENA », formation intellectuelle qui en vaut d'autres mais est trop bien représentée dans les hautes sphères. Sortir de Sciences-Po sans diplôme, c'est donc aborder la politique l'esprit libre et dégagé de toutes connaissances inutiles. Surtout, dans une société comme la nôtre, rongée par une crise éducative, ne pas être surdiplômé, avec ce que cela entraînerait d'arrogance, peut être un avantage lorsqu'on se présente devant le corps électoral. Si beaucoup de Français pensent avoir été mis en échec scolaire, les grosses têtes certifiées de type Juppé ou Fabius peuvent susciter plus d'hostilité que d'admiration. L'incohérence intellectuelle du président « bling-bling », sa capacité à dire tout et son contraire, son mépris des bonnes manières, bref son manque d'éducation ont pu plaire aux citoyens qui se considèrent comme des laissés-pour-compte du système éducatif. Réciproquement, le fait pour le PS d'être un parti de « bons élèves » n'est pas forcément un avantage. La longue procession de ses énarques — Michel Rocard, Lionel Jospin, Laurent Fabius, Jean-Pierre Chevènement, Martine Aubry, Élisabeth Guigou, Hubert Védrine, Michel Sapin, Catherine Tasca, François Hollande, Ségolène Royal, Pierre Moscovici, etc. — peut énerver un électorat souffrant de frustration scolaire. Le conformisme des hauts fonctionnaires socialistes est, statistiquement, supérieur à celui de leurs homologues de la sphère UMP. Les énarques de droite trouvent souvent dans leurs valeurs de départ — la religion, l'argent, de Gaulle — un contrepoids à leur formation. Les énarques de gauche sont plus souvent des méritocrates purs, sans autre dieu que l'État. Très bien formés à contrôler l'administration, ils sont encore moins bien armés pour penser tout seuls. Cette simplicité étatiste de leur formation initiale explique peut-être, lorsqu'ils tentent de s'en libérer, la brutalité enfantine de leur engagement néolibéral.

Il n'est pas impossible que le ségolénisme (plutôt que « royalisme » qui prête à confusion) représente, à l'intérieur du Parti socialiste, la tendance à s'émanciper du dogme scolaire qui a triomphé à l'UMP avec le sarkozisme. Ségolène

Royal a certes fait l'ENA. Mais elle en est sortie à un rang très médiocre[5] et n'appartient, par conséquent, à aucun des grands corps qui institutionnalisent, dans le système administratif français, le principe de vanité : inspection des Finances, Conseil d'État ou Cour des comptes. Son équipe immédiate comporte bien quelques énarques, comme Jean-Louis Bianco, mais on sent que, dans le choix de ses conseillers, elle échappe à la matrice de l'ENA, cette magnifique machine à formater des cerveaux qui tournent bien mais à vide.

S'il suffisait cependant d'être scolairement de niveau moyen pour avoir des idées, cela se saurait. Le drame présent de la classe politique française est qu'elle juxtapose des cerveaux paralysés par leur excellente formation et des cerveaux rebelles à cette même formation, mais essentiellement stériles et probablement complexés par leur scolarité simplement normale.

On pourrait, en caricaturant, présenter dans les termes d'une opposition absurde, ancrée dans la performance scolaire, ce qui tient lieu de débat d'idées dans la classe politique française. Les bons élèves conformistes récitent inlassablement leur credo néolibéral et proposent en fait de poursuivre les politiques qui ont mené à la crise économique et sociale : toujours plus de libre-échange, d'ajustement structurel, de flexibilité, pour assurer toujours moins de revenus et encore plus d'inégalités aux Français. Les élèves moyens et émancipés prétendent rejeter la pensée unique, mais au profit d'une tragique absence de programme économique. Chef-d'œuvre du genre : la démocratie participative de Ségolène Royal donne aux citoyens le droit de faire le boulot dont les politiques sont incapables, définir un programme. L'affirmation identitaire, dans la forme soft du salut au drapeau comme dans la version hard de l'immigré bouc émissaire, est cependant la conséquence la plus fréquente de l'incapacité des élèves moyens à proposer des solutions économiques.

Stagnation éducative et pessimisme culturel

Le moment Sarkozy correspond effectivement à une phase particulière du développement éducatif de la France. Il ne s'agit pas d'une baisse de niveau comme le suggèrent d'incessantes campagnes sur le thème de l'illettrisme, désormais commun à la droite néolibérale et au national-républicanisme. Dans la mesure où les premiers essais de mesure de l'illettrisme ne datent que de 1988, toute tentative d'évaluation de son évolution sur une longue période est impossible. Actuellement, 5 à 10 % d'« analphabètes fonctionnels » maîtrisent mal l'écrit, sans que l'on puisse faire une évaluation de la tendance à ce niveau inférieur de la formation intellectuelle[6].

En revanche, tous les indicateurs concernant les niveaux éducatifs plus élevés indiquent que la France a atteint dans les années 1990-1995, après des décennies de hausse, une sorte de plateau. Le nombre des « sortants sans qualification » du système scolaire chute de 35 % en 1965 à 15 % en 1980, à 7,5 % en 1990, mais il cesse de baisser par la suite et se stabilise[7]. À la sortie du système secondaire, la progression du baccalauréat général est arrêtée depuis 1995. La proportion d'une génération qui obtient ce diplôme, passe de 4,8 % en 1950 à 11,3 % en 1960, 16,7 % en 1970, 25,9 % en 1980, 27,9 % en 1990[8]. Cette proportion stagne autour de 33 % dans les années 1997-2006. En 2007, la proportion a été de 34,3 %. Le décollage du bac dans les années 1950-1995 fut un vrai progrès. Les discussions sur son niveau réel sont sans objet : les tests de raisonnement et de logique passés par les conscrits entre 1981 et 1995 révélèrent une hausse globale du niveau intellectuel de près de 18 %. À niveau scolaire équivalent, les performances sont constantes, avec une hausse légère pour les titulaires du baccalauréat[9]. L'augmentation de la proportion de bacheliers dans la population mesure bien une hausse du niveau d'aptitude intellectuelle.

Le blocage à une proportion du tiers des individus obtenant dans chaque génération le bac général n'empêchera pas le *niveau moyen de la population* de continuer à monter jusqu'à ce que disparaissent les générations anciennes dont le taux d'obtention du baccalauréat était inférieur à 33 %. Si ce taux ne bouge pas, l'élévation du niveau éducatif moyen de la population, de plus en plus lente, continuera jusque vers 2050.

L'idée d'une société scolairement inerte est donc une illusion, mais une illusion puissante qui agit sur l'ambiance sociale et politique. Reste qu'une pause éducative est évidente.

Depuis plus de dix ans, le progrès, mesuré par génération, a cessé. Il n'est même pas nécessaire de considérer le développement des bacs technologiques et professionnels pour constater que la situation actuelle est d'un type nouveau. Le simple arrêt de la progression du baccalauréat a suffi à engendrer la déprime scolaire qui caractérise la société française. Le pessimisme culturel s'exaspère, et sort de la réalité historique en produisant un sentiment de déclin. Rien ne va plus, l'école et la société se décomposent. Le passé était tellement plus intelligent. La nostalgie règne. Une telle ambiance explique l'influence d'essayistes comme Alain Finkielkraut ou Philippe Muray, deux auteurs dont le tempérament et les écrits étaient pessimistes bien avant que ne se mettent à stagner les performances éducatives des jeunes Français. *La Défaite de la pensée* de Finkielkraut date de 1987, la critique des mœurs par Muray s'étale sur les années 1985-2006[10].

Le pessimisme culturel n'est pas l'apanage de la droite. Un soir de l'année 2007, j'eus la désagréable surprise d'entendre un socialiste d'une trentaine d'années, appartenant à la gauche du parti, c'est-à-dire libéré des lieux communs néolibéraux, me faire l'apologie de Philippe Muray et de Céline. Un auteur comme Jean-Claude Michéa, que son anticapitalisme mettrait en théorie à gauche, participe pleinement à la diffusion d'une thématique réactionnaire de la régression : dans

L'Enseignement de l'ignorance, la catastrophe éducative est présentée, assez banalement, comme une nécessité intrinsèque du capitalisme, c'est-à-dire sur le mode matérialiste, téléologique et paranoïaque qui caractérise tant d'interprétations de l'histoire de l'éducation[11].

Le chef-d'œuvre du pessimisme culturel n'est cependant pas spécifiquement fixé sur l'école. Dans *La France qui tombe*, de Nicolas Baverez, tout fout le camp — économie, diplomatie, intégration, laïcité, armée, recherche — en une débâcle qui n'est pas sans évoquer, par son rythme et sa globalité, 1940[12]. Lire ce livre dans un TGV traversant la France à 300 kilomètres-heure, ce pays net et développé comme il ne l'a jamais été, est un exercice qui rend presque matérielle et palpable la notion de fausse conscience. Reste que le succès de ce livre dans nos classes supérieures et moyennes est un symptôme grave, plus significatif encore qu'un bon sondage d'opinion. Ainsi que l'a noté François Lenglet, ce genre de pessimisme nous ramène aux années trente, autre époque vécue comme désespérante par une bonne partie des classes pensantes[13].

Le pessimisme culturel transcende les notions de gauche et de droite, mieux il crée un espace, véritable mur des Lamentations, où gens de gauche et de droite peuvent se retrouver. Ce lieu de culte est néanmoins à droite : idéalisant le passé, la nostalgie finit toujours par engendrer une posture réactionnaire. Puisque c'était mieux, retournons-y. Dès 2002, Daniel Lindenberg a saisi quelque chose d'important dans *Le Rappel à l'ordre. Enquête sur les nouveaux réactionnaires*[14]. Il a malheureusement oublié de nous rappeler qu'il y avait en France bien d'autres manières que celle des nouveaux réactionnaires d'être de droite : en acceptant l'Europe néolibérale, le libre-échange et la compression des salaires.

Vide contre vide : national-républicanisme contre pensée unique

En 2008, deux pensées politiques et sociales dominantes s'affrontent en France, dont aucune ne peut être considérée comme une idéologie au sens plein du terme. L'idéologie, instrument de cohésion des nations ou des classes, est tournée vers le futur et l'action. Comme la religion, elle annonce, exige la réalisation d'une cité idéale. Mais ni la pensée dite unique (elle ne l'est plus), dont l'existence fut révélée par le traité de Maastricht, ni le national-républicanisme qui émergea en réaction entre 1995 et 2000 ne parlent de futur ou d'action.

La pensée unique est fondamentalement panglossienne : son petit credo néolibéral lui permet d'affirmer, comme Pangloss, le leibnizien caricatural du roman de Voltaire, que tout est pour le mieux dans le meilleur des mondes possibles. Le marché, étendu par le libre-échange à la terre entière, régule, tel un dieu aveugle. Dans ce monde automatisé, tout ce qui est demandé aux hommes est une adaptation passive. Dans l'état actuel d'anarchie économique, marqué par des déséquilibres monétaires, le retour de l'inflation et la baisse du niveau de vie, une telle doctrine ne peut prétendre mobiliser pour l'action et proposer un futur meilleur. Le national-républicanisme, devenu entre 1998 et 2007 plus qu'une pensée de contrepoids, presque une doctrine dominante, est, sous ce rapport, aussi vide. C'est maintenant le nain Grincheux, Walt Disney succédant à Voltaire, qui pourrait servir de totem. Le « Tout est pour le mieux dans le meilleur des mondes possibles » de Pangloss est simplement remplacé par un « tout *était* pour le mieux dans le meilleur des mondes possibles ». Ce monde merveilleux était, bien sûr, celui de notre jeunesse puisque le national-républicanisme est sans conteste la pensée, l'humeur plutôt, d'une tranche d'âge. La nation vivait, la république vivait, l'école, la laïcité vivaient, etc., etc. Tout cela n'est guère plus qu'un rêve identitaire fixé sur le passé, qui oublie les bidonvilles, le stalinisme, les bénitiers, les avortements clandestins, une mortalité infantile atteignant encore en 1968 20 ‰, contre 3,5 aujourd'hui. Il n'est pas même nécessaire de recourir à la statistique : il y a plus de vérité historique dans un film comme *Les Choristes*, avec son pensionnat ignoble des années cinquante, que dans les constructions nostalgiques des nationaux républicains.

La pensée réactionnaire trouve ses points d'appui les plus sûrs dans une mauvaise connaissance de l'histoire, dans un fantasme de fixité des normes culturelles. Exemple : septuagénaires, sexagénaires et quinquagénaires souffrent aujourd'hui de l'accent des banlieues, ce n'est pas la peine de le nier. La langue française évolue dans sa prononciation, et l'irruption d'intonations d'origine maghrébine ne peut que troubler des locuteurs d'âge mûr de la langue nationale, qui, comme moi, n'ont ni la prétention ni même l'intention d'évoluer. Ceux-ci interprètent donc tout naturellement la transformation en cours comme une déformation, une détérioration, une régression. Autrefois, on parlait mieux la langue de Molière. Mais quelle serait la réaction de la plupart d'entre eux s'ils devaient écouter une pièce de Molière en prononciation restituée du XVIIe siècle ? Ils seraient plus que désorientés par un accent évoquant pour eux la paysannerie normande ou nivernaise, avec ses *r* roulés, avec ses *oué* à la place de *oi*. « Le roi c'est moi » donnant « le rroué, cé moué ». Le *oi* moderne, issu du patois populaire parisien, est aujourd'hui notre forme correcte, pour les gens éduqués comme pour l'ensemble de la population urbaine[15]. Je ne parierais pas cependant sur la survivance à long terme d'intonations venues de l'Afrique du Nord. Quoi qu'il en soit, l'accent n'est pas compris dans le cœur stable de la civilisation française. Son évolution ne dit rien d'important sur l'évolution éducative et culturelle. Indépendamment de l'accent cependant, nous voyons pointer l'égalitarisme du système anthropologique dans le comportement des servantes de Molière.

Notre monde est bien sûr en crise, ridicule et inquiétant par bien des aspects. Mais comment refuser de voir les dimensions positives de la transformation actuelle ? L'histoire est contradictoire par nature. Dans les sociétés développées, l'éducation patine, sans régresser, sauf peut-être un temps aux États-Unis. Mais simultanément une mutation technologique rend les communications plus rapides et la vie objectivement plus intéressante. C'est un monde nouveau qui se constitue. C'est pourquoi les jeunes en cours d'appauvrissement ne peuvent se contenter d'être bêtement désespérés. Ils ont du mal à se loger et à trouver du travail pour un salaire correct, mais Internet, les billets d'avion à bas prix et le téléphone portable définissent quand même un univers élargi par rapport à celui de leurs aînés.

C'est parce que cette contradiction existe qu'il est indispensable de distinguer entre globalisation et mondialisation. La « globalisation », c'est le mécanisme économique et financier aveugle dont nous ressentons désormais les effets négatifs. La « mondialisation », c'est quelque chose de beaucoup plus vaste et diffus, une ouverture mentale des cultures de la planète les unes aux autres, et ce concept devrait garder une connotation positive. Ni la pensée unique ni le national-républicanisme ne font clairement cette distinction.

Le sarkozisme a le mérite de nous démontrer par l'action — pardon, par l'inaction — que pensée unique et national-républicanisme ne sont pas opposés mais, parce que également vides de projet, superposables. Les discours enflammés rédigés par Henri Guaino pour le candidat

Sarkozy ont dénoncé, à de multiples reprises, et sur un mode presque incantatoire, la pensée unique, cause de tous nos maux. Le nouveau président exige un retour à l'idée de nation, il célèbre l'identité nationale et la fierté d'être français. Contre le fantôme de mai 68, il prône l'ordre, l'autorité. Dans sa pratique politique il a cependant continué, comme Chirac, ou comme n'importe quel inspecteur des Finances socialiste, dans la voie de la « réforme » : flexibilisation du marché de l'emploi, baisse du coût du travail et donc du revenu. La rhétorique nationale-républicaine est devenue une ritournelle creuse, sans rapport avec le futur et sans implication pour l'action.

Le sens de l'histoire : le niveau éducatif dans la longue durée 1690-2008

Les philosophes des Lumières, comme Condorcet, les sociologues de la fin du XIXe siècle, comme Durkheim, considéraient le développement de l'éducation comme une variable autonome et primordiale. Une vision hégélienne grandiose de la marche de l'Esprit dans l'Histoire n'est pas nécessaire pour observer, de façon empirique, que le décollage de l'alphabétisation précède celui de l'industrie. L'apprentissage de la lecture, de l'écriture et du calcul par des groupes sociaux de plus en plus vastes indiquait clairement aux hommes des XVIIIe et XIXe siècles la dynamique de l'histoire : la capacité de l'homme à s'élever sur le plan intellectuel. Le développement économique leur semblait une conséquence logique de l'élévation du niveau éducatif. Au XXe siècle, le marxisme, puis les néolibéraux, marxistes retournés, finirent par imposer l'idée, aujourd'hui dominante, du primat de l'économie. Le « matérialisme historique », doctrine étrange, semble ne plus voir que la technique, support du mouvement économique, est dans son essence l'application de l'intelligence humaine — l'esprit — à la transformation de la matière et de l'environnement physique. Cette erreur de perspective est le fonds d'illusion commun aux expériences stalinienne, maoïste et bushiste (pour mettre chaque fois sous le nom d'un homme l'époque et le système).

Nous pouvons échapper à cette illusion et tracer, pour la France d'abord, de manière très simple, la courbe du mouvement éducatif sur une longue période. Cette courbe va nous indiquer la pulsation fondamentale qui définit l'ambiance politique et culturelle, positive ou négative. Les données concernant l'alphabétisation de base nous permettent de remonter jusque vers 1690. La signature par les nouveaux époux de leur acte de mariage, ou son absence, permet d'évaluer le niveau d'instruction des jeunes de 20 à 30 ans depuis cette date. À partir du XIXe siècle, des données concernant le niveau d'instruction des conscrits, ainsi que d'autres statistiques tirées des recensements rendent possible une évaluation plus précise. Le développement des études secondaires et supérieures intervient à l'âge de la statistique et ne pose guère de problème de documentation.

Sur la base des signatures au mariage, le taux d'alphabétisation des jeunes adultes était en France en 1686-1690, de 29 % pour les hommes et de 14 % pour les femmes. En 1786-1790, moment du déclenchement de la Révolution, les hommes étaient à 47 %, les femmes à 27 %. Au lendemain de la Commune de Paris, en 1871-1875, la proportion des hommes sachant signer s'élevait à 78 %, celle des femmes à 66 %[16].

Le recensement de 1911 permet d'évaluer le pourcentage d'illettrés parmi les hommes et les femmes qui avaient entre 20 et 24 ans en 1881. Il donne un taux d'alphabétisation encore plus élevé que ne le suggéraient les signatures des actes de mariage : 86 % pour les hommes, 79 % pour les femmes (83 % et 74 % en 1876)[17]. On ne peut dire si l'analyse par les signatures conduit à sous-estimer, ou la question du recensement à surestimer, le niveau d'alphabétisation.

En 1911, le taux d'alphabétisation à 20-24 ans était de 96 % pour les deux sexes. En fait, dès cette date, le niveau éducatif des femmes dépassait légèrement celui des hommes puisqu'il atteignait 96,3 % contre 96,0 %. Les débats récents sur l'illettrisme suggèrent que la simple déclaration de la capacité de lire et d'écrire masque l'existence d'un certain taux d'analphabétisme fonctionnel qui existait déjà à la veille de la guerre de 1914 mais que les enquêtes menées depuis 1988 ont révélé et mesuré[18].

On peut certes faire une histoire gouvernementale de l'éducation, menant de la loi Guizot de 1833, qui instaura une école primaire par commune, à la loi Berthoin de 1959 qui prolongea la scolarité obligatoire jusqu'à 16 ans, puis à la réforme Haby de 1975 qui institua le collège unique. L'examen global des données sur une longue période suggère cependant que s'élever sur le plan éducatif et intellectuel est une tendance naturelle et primordiale de l'individu. Les données recueillies par Maggiolo permettent d'observer une croissance lente et spontanée tout au long du XVIIIe siècle, menant à une alphabétisation des jeunes hommes presque majoritaire à la veille de la Révolution de 1789. Aucune politique nationale n'a mené à ce résultat. La croissance s'accélère au XIXe siècle, particulièrement pour les femmes, dans le contexte d'un début de prise de conscience et d'un début d'action centralisée. Mais le gros du mouvement s'est effectué avant que l'État ne légifère. L'instruction obligatoire est décidée par la IIIe République en 1882, à un moment où l'essentiel de l'alphabétisation est déjà réalisé. Au vu des courbes, Guizot, contrairement au légendaire républicain, apparaît plus important que Ferry. Il suffit que l'État mette un minimum de moyens à la disposition des familles pour que le rythme de progression se précipite. Ce que nous voyons en œuvre est, fondamentalement, une tendance autonome de l'esprit humain. La IIIe République ne fit que mener à son terme un mouvement qui venait non pas du XVIIe siècle, mais du Moyen Âge. L'invention de l'imprimerie et la réforme protestante donnèrent, à l'échelle européenne, un double coup d'accélérateur.

Les progrès de l'esprit humain ne s'arrêtent pas au stade de l'instruction primaire. L'éducation secondaire est une deuxième étape, dont le développement fut en France précédé par une pause. Jusqu'au lendemain de la Seconde Guerre mondiale, le lycée resta un privilège bourgeois, fermé aux masses. Le taux de scolarisation en sixième bougea à peine entre les deux guerres : de 4,6 % en 1925-1926 à 6,4 % en 1938-1939. Le taux d'obtention du baccalauréat par classe d'âge passa de 1 % en 1881 à 1,1 % en 1911, 1,6 % en 1926, 2,7 % en 1936[19]. Malgré cette presque stagnation au niveau des générations les plus jeunes, le niveau éducatif moyen de la population continua de s'élever, par disparition des analphabètes âgés. Mais l'entre-deux-guerres a été une période de relative stagnation éducative dont le corrélat culturel manifeste fut bien, comme aujourd'hui, une phase de pessimisme culturel, qui n'a pourtant pas empêché l'explosion de joie du Front populaire.

Le choc de la Seconde Guerre mondiale relance la société. Le retour à la paix marqua le début d'un nouveau décollage éducatif : la proportion de chaque classe d'âge obtenant le baccalauréat passa, on l'a vu, d'un peu moins de 5 % en 1950 à 33 % vers 1995. Le développement de l'enseignement supérieur suivit logiquement celui du baccalauréat, qui en ouvre les portes.

Le nombre d'étudiants s'élève de 200 000 en 1950 à 310 000 en 1960, 850 000 en 1970, 1 175 000 en 1980, 1717000 en 1990-1991 et atteint enfin 2179000 en 1995-1996. Il entre presque en stagnation par la suite, ou tout du moins dans une phase de croissance très lente, puisqu'il n'est encore que de 2275000 en 2005-2006. Stabilité des effectifs démographiques et de la performance scolaire se conjuguent pour produire un arrêt de la croissance qui donne son rythme, ou plutôt son absence de rythme à la vie sociale. À la veille de 1968, poussée démographique et hausse de fréquence de l'éducation supérieure s'étaient combinées pour insuffler à la société dans son ensemble le sentiment d'un bond en avant, d'une irruption des jeunes aux niveaux de formations les plus élevés. Mais les nombres et la proportion d'étudiants étaient alors bien inférieurs à ce qu'ils sont aujourd'hui. Ce que nous vivons, depuis 1995, est une stagnation à un niveau élevé.

Le modèle américain

Au risque de peiner à la fois gaullistes et atlantistes, nous devons admettre que la France n'est même pas au premier rang pour ce qui concerne l'entrée en stagnation éducative. Une fois de plus, elle ne fait que suivre, avec une trentaine d'années de retard, le beau modèle américain. Les États-Unis ont en effet découvert dès 1965 le phénomène, quelques années à peine avant qu'un de leurs cosmonautes marche sur la Lune. Pour le pire comme pour le meilleur, les États-Unis font décidément la course en tête depuis la fin de la Seconde Guerre mondiale.

Mais ils furent d'abord, dès leur fondation, des pionniers dans le domaine de l'éducation avec quelques autres pays protestants comme la Suède, la Prusse, l'Écosse et, dans une moindre mesure, l'Angleterre. Dans le premier tome de la *Démocratie en Amérique*, Tocqueville observe, sans en tirer grand-chose sur le plan interprétatif, la très grande avance des États-Unis en matière d'instruction primaire, qu'il oppose, sans doute maladroitement, à leur retard dans le domaine de l'éducation supérieure : « Je ne pense pas qu'il y ait de pays dans le monde où, proportion gardée avec la population, il se trouve aussi peu d'ignorants et moins de savants qu'en Amérique. L'instruction primaire y est à la portée de chacun; l'instruction supérieure n'y est presque à la portée de personne[20]. »

Tocqueville note bien l'origine religieuse de la précoce performance scolaire américaine. Il cite un code puritain de 1650 : « Attendu, dit la loi, que Satan, l'ennemi du genre humain, trouve dans l'ignorance des hommes ses plus puissantes armes et qu'il importe que les lumières qu'ont apportées nos pères ne restent point ensevelies dans leur tombe; — attendu que l'éducation des enfants est l'un des premiers intérêts de l'État, avec l'assistance du Seigneur[21]... »

En 1880, le taux d'alphabétisation de l'ensemble de la population née aux États-Unis est déjà de

92 %. L'alphabétisation ne touche pas seulement les jeunes mais aussi les personnes âgées et doit donc être ancienne[22]. Au lendemain de la Seconde Guerre mondiale, le développement de l'éducation supérieure est en proportion de cette avance initiale. Parce qu'ils devancent les autres pays, les États-Unis, dès le milieu des années soixante, éprouvent des difficultés éducatives, atteignent en vérité un plafond, ou un palier. La proportion d'hommes et de femmes obtenant un *Bachelor's degree* (une licence) marque le pas, un peu au-dessus de 30 % pour la génération née entre 1946 et 1950. La génération 1956-1960 retombe même à 25 %. Il faut un certain temps pour que la stabilisation de la proportion de jeunes faisant des études supérieures bloque la croissance du niveau éducatif moyen, puisque ce taux de 25 %, remonté depuis à 30 %, est très supérieur à celui des générations nées avant la guerre[23].

Parallèlement, les tests d'aptitude à l'entrée dans l'éducation supérieure chutent à partir du milieu des années soixante. Les SAT Scores révèlent une baisse de niveau impressionnante entre 1967 et 1980, de 543 à 502 pour le test dit « verbal », de compréhension de l'écrit et de raisonnement, de 516 à 492 pour les mathématiques[24]. Par la suite une remontée intervient pour les mathématiques, qui ramène l'indice un peu au-dessus du niveau de départ, à 520 en 2005. Mais le test « verbal » reste calé à 508 en 2005, soit 35 points au-dessous de son niveau de 1967. Il ne baisse plus cependant. Cette chute avant stabilisation ne peut être observée en France.

Mais aux États-Unis comme en France une sorte de plafond a été atteint, sans que l'on puisse parler en termes millénaristes d'un effondrement général. Le bon concept est celui de stagnation. L'effet de pessimisme culturel est largement aussi sensible aux États-Unis qu'en France puisque c'est durant les années 1967-1980 que s'amorce, pour s'épanouir jusqu'à nos jours, le *backlash* (le retour de manivelle), qui met en question les avancées optimistes de l'après-guerre. Au-delà de la réaction socio-économique lancée par Reagan, on doit évoquer le nouvel anti-intellectualisme de la droite républicaine, l'émergence dans de larges secteurs d'une sensibilité religieuse répressive et régressive, tonalité sombre de la vie politique et culturelle qui évoque plus la déprime allemande de la république de Weimar que le traditionnel optimisme américain.

L'optimisme britannique

Contrairement à ce que suggérerait la parenté linguistique, culturelle, et néolibérale entre sociétés américaine et britannique, le Royaume-Uni ne suit pas les États-Unis dans ses rythmes éducatifs. Le modèle français n'est pas non plus applicable.

En fait, la France et l'Angleterre se livrent depuis le XVIIe siècle une sorte de course-poursuite dans laquelle l'une puis l'autre l'emporte, pour aboutir à la situation actuelle d'une relative égalité dans la performance. Venant après l'inaction chiraquienne, l'anti-intellectualisme sarkoziste risque cependant de remettre la France dans la situation de retard qui était la sienne au départ de la course.

Au cours d'une première étape, qui commença sans doute dans la première moitié du XVIIe siècle, l'Angleterre, et plus encore l'Écosse, deux nations protestantes, étaient très nettement en avance sur la France, pays catholique où la lecture était considérée par l'Église comme la voie royale vers l'hérésie. À la veille de la Révolution française, la proportion d'hommes capables de signer leur acte de mariage était, on l'a vu, en France de 47 % mais en Angleterre de 62 %. 27 % seulement des femmes étaient alphabétisées en France, 40 % en Angleterre. La France effectua l'essentiel de son rattrapage au XIXe siècle : l'alphabétisation des hommes y était, à la veille des lois Ferry, de 78 % contre 82 % en Angleterre, celle des femmes de 66 % contre 76 %[25]. À la veille du conflit de 1914, les hommes jeunes des deux pays étaient, tout comme ceux de l'Allemagne, complètement alphabétisés, fin prêts intellectuellement pour la boucherie de la guerre moderne. Au XIXe siècle s'est donc produit en France une accélération de la dynamique culturelle. En Angleterre, ce fut l'inverse : la révolution industrielle, qui commença vers 1750 et combina, dans sa première étape, déqualification de l'emploi, déracinement, explosion démographique et paupérisme, condamna les hommes à une stagnation éducative entre 1750 et 1820, suivie de progrès très lents jusqu'à 1840. Pour les femmes, le retour d'un mouvement positif de faible ampleur est sensible dès 1800. Jamais cependant l'Angleterre ne fut distancée par la France dans cette course à l'instruction primaire.

C'est l'étape suivante qui mit le pays de la révolution industrielle en difficulté. L'éducation secondaire y demeurait encore plus fermée qu'en France[26]; elle n'était même pas le privilège de la bourgeoisie. Sa fermeture réellement aristocratique explique le retard universitaire anglais au lendemain de la Seconde Guerre mondiale. La société britannique des années 1960 produisit les Beatles, les Stones, les Who et la minijupe, mais la progression de l'éducation secondaire et supérieure, réelle, y restait néanmoins modeste par rapport à ce que l'on observait sur le continent : 621 000 étudiants en 1970-1971, 827 000 en 1980-1981, 1 079 000 en 1990-1991. À cette date, la France en avait 1 717 000. Si nous représentons le nombre d'étudiants en France par un indice 100, la Grande-Bretagne en comptait seulement 75 vers 1970, 70 vers 1980, 60 vers 1990. Le rapport diminue. Ensemble, travaillisme tardif et thatchérisme ont représenté une seule époque éducative durant laquelle le Royaume-Uni n'a progressé que très lentement par rapport à ses voisins. Comment ne pas rapporter à cette performance éducative modeste le sentiment de déprime élégante qui caractérisait l'Angleterre vers 1975, et qui entraîna certainement la réaction thatchérienne ? Mais doit-on vraiment attribuer à la destruction de l'industrie, réalisée par les conservateurs, le redécollage qui intervint ensuite ?

Les années Blair (1997-2007) ont été caractérisées par un optimisme social et culturel qui ne doit pas tout à la très relative prospérité économique de la période. La baisse du taux de chômage a été obtenue par la prolifération de très bas salaires, par une spectaculaire augmentation des inégalités et par l'expulsion du marché du travail de centaines de milliers de personnes devenues pensionnées. Le mouvement éducatif du pays, cependant, n'est pas seulement resté positif, il a marqué, entre 1990 et 2005, une prodigieuse accélération. L'augmentation massive du nombre des étudiants n'est pas une illusion statistique due à la réforme de l'enseignement supérieur et à l'intégration des « Polytechnics » dans le réseau des universités. Le nombre total d'étudiants dans le supérieur a fait plus que doubler entre 1990-1991 et 2004-2005[27]. Si nous comparons à la croissance des effectifs en France, nous voyons immédiatement qu'il s'agit d'un rattrapage et peut-être même d'un léger dépassement. Les populations de 18-25 ans étant de tailles comparables, les chiffres peuvent être confrontés directement : 2 494 000 étudiants en 2004-2005 au Royaume-Uni contre 2 269 000 en France. Une comparaison rigoureuse des niveaux universitaires est à peu près impossible et il est difficile d'affirmer que le Royaume-Uni a réellement dépassé la France. Ce qui est sûr, c'est que l'optimisme des années Blair doit plus à cette révolution éducative qu'à l'acceptation des réformes néolibérales par le New Labour. Imiter l'exemple anglais, ce pourrait être relancer la machine éducative et augmenter les dépenses publiques plutôt qu'assouplir à l'infini le marché du travail et réduire le nombre des enseignants.

Peut-on parler de causes ?

Nous devons à ce stade nous poser la question des causes de ces mouvements de hausse, d'accélération, de stagnation, de reprise. Je n'aurais pas la prétention de proposer une interprétation complète de la stagnation actuelle, à peine une hypothèse. Je n'oserais surtout pas dire si elle est temporaire ou définitive. Nous avons observé, dans le passé, des pauses — en Angleterre durant la révolution industrielle, en France durant l'entre-deux-guerres. Le mouvement ascendant a repris sa marche par la suite, et seul un pessimisme de principe pourrait conduire à affirmer que le plafond actuel est définitif.

Un facteur évident de blocage peut être identifié, en France comme aux États-Unis, et statistiquement observé dans la période qui a précédé immédiatement l'entrée en stagnation : la télévision. Cette innovation a clos l'âge de Gutenberg, celui de l'imprimerie, et d'une lecture occupant le cœur des loisirs. La télévision ramène tendanciellement l'individu à la culture orale ; elle encourage un rapport passif au divertissement et à la culture. La statistique de diffusion des récepteurs permet d'apporter un début de vérification empirique à l'hypothèse d'un blocage du progrès éducatif par le nouvel instrument audiovisuel. L'entrée en stagnation éducative des États-Unis intervient plus tôt non seulement parce qu'ils font la course en tête et qu'ils atteignirent les premiers un plafond supérieur, mais aussi parce que le développement de la télévision y a été plus précoce et massif. En 1958, le taux d'équipement en téléviseurs était aux États-Unis de 287 pour 1000 habitants, en France de 22 pour 1000. Les États-Unis atteignirent le taux de 300 pour 1000 dès 1960. Le Royaume-Uni dut attendre 1972, l'Allemagne 1973, la France 1978. Les dix-huit ans de retard de l'Hexagone sur le modèle américain dans la course au téléviseur expliquent pour une bonne part qu'il soit entré en stagnation éducative avec trente ans de retard.

Rien ne nous autorise cependant à sombrer dans le catastrophisme puisque l'âge de la télévision s'achève. Internet ramène progressivement les jeunes générations à une prédominance de la culture écrite. Les adolescents qui discutent aujourd'hui d'ordinateur à ordinateur écrivent vraisemblablement plus, moyennant certes une orthographe simplifiée, que les adolescents lecteurs des années cinquante. Les anxieux de l'orthographe, s'ils veulent se rassurer, n'ont qu'à consulter quelques manuscrits du XVIIe siècle pour constater que les fondateurs de notre tradition classique ne se laissaient guère embarrasser par des règles rigides.

Un facteur important comme la télévision peut donc être identifié. Mais nous devons comprendre que la recherche d'une cause, ou de plusieurs, n'est pas une priorité, ni même le vrai problème.

L'universalité du mouvement d'alphabétisation de masse, qui achève aujourd'hui de se déployer à l'échelle planétaire, doit en fait nous inciter à une certaine humilité vis-à-vis de la notion de cause. Entre l'invention de l'écriture en Mésopotamie à l'aube du troisième millénaire avant Jésus-Christ et le décollage de l'alphabétisation de masse au XVIe siècle, bien des arrêts et des régressions se produisirent dans le processus de diffusion. L'Irak, qui occupe aujourd'hui l'ancien espace de la Mésopotamie, achève son alphabétisation bien après l'Europe du Nord-Ouest. On pourrait en dire autant de la côte syro-libanaise, le long de laquelle les Phéniciens conçurent l'écriture consonantique, ou même de la Grèce où le stade ultime de l'écriture alphabétique fut atteint. Les innovateurs de l'Antiquité ont pris bien du retard. Reste que durant le dernier demi-millénaire le mouvement n'a plus marqué de régression. La mondialisation, c'est peut-être d'abord et surtout le rattrapage universel, l'alphabétisation de l'ensemble de la planète à l'horizon 2030.

Nous devons admettre que l'accès général à la lecture, à l'écriture et à l'arithmétique de base, puis le décollage des éducations secondaire et supérieure constituent ensemble l'un des axes essentiels de l'Histoire. Aucune réflexion théorique sur l'Homme ne nous fera avancer plus loin dans la compréhension. C'est l'Histoire qui nous dit ici ce qu'est l'homme et, en un sens, il n'y a rien à expliquer. Les accélérations et les blocages doivent être élucidés sans perdre de vue que l'essentiel est le caractère universel et irrésistible du mouvement sur une longue période.

Il est vrai cependant que nous ne savons pas si la stagnation actuelle représente une pause, comme il y en a eu tant ou un arrêt définitif. L'Histoire répondra à cette question plutôt que la philosophie ou la psychologie.

La faculté de lire et d'écrire est plus qu'une compétence, elle suppose une transformation de l'homme. Son acquisition est facile avant la puberté, difficile et le plus souvent imparfaite après, tout comme l'acquisition d'une langue étrangère, qui laisse toujours subsister un accent si elle n'est pas réalisée avant que l'enfant devienne adulte. Il s'agit bien d'une transformation en profondeur de l'activité mentale. La lecture silencieuse développe les capacités d'introspection et démultiplie le potentiel d'introversion. L'apprentissage de la lecture fabrique l'homme anxieux de la modernité, européen avant d'être japonais, chinois, arabe, indien, africain. Cet Européen, mentalement modernisé par l'alphabétisation, fut perçu jusqu'à très récemment comme agité et sinistre par les populations de l'ancien tiers-monde. La hausse du taux de suicide a suivi pas à pas le développement de l'alphabétisation. C'est l'émergence de cet individu triomphant et malheureux qu'étudie au fond Durkheim dans *Le Suicide*.

Abandonnant ici toute spéculation sur les causes, nous devons maintenant nous intéresser à l'une des plus importantes conséquences de la diffusion de la lecture et de l'écriture. L'alphabétisation, c'est évident, mène à la démocratie. Nous devons comprendre comment. Et nous demander si l'entrée en stagnation éducative est responsable de l'ébranlement actuel des valeurs et des pratiques démocratiques.

CHAPITRE 3

De la démocratie à l'oligarchie

En ce début du troisième millénaire, la démocratie n'a pas bonne mine dans le monde développé. La France, qui est avec l'Angleterre et les États-Unis l'une des trois nations où a été conçue la démocratie représentative moderne, est certainement l'un des pays qui à cet égard va le plus mal. Sa population semble structurellement mécontente de ses gouvernants. L'abstentionnisme électoral augmente, le vote effectif devient de plus en plus incontrôlable, produisant de consultation en consultation des résultats de plus en plus inattendus. Une dérive vers la droite est toutefois perceptible, de la première élection de Jacques Chirac en 1995 à sa réélection loufoque contre Jean-Marie Le Pen en 2002, puis à la désignation de Nicolas Sarkozy en 2007.

Depuis 2002, le peuple et ses représentants semblent jouer au chat et à la souris, sans que l'on sache très bien qui est le prédateur et qui est la proie. La présence de l'extrême droite au second tour de la présidentielle de 2002, le succès du « non » au Traité constitutionnel européen en mai 2005, les émeutes de banlieue en novembre de la même année composent une sorte d'ouverture officielle de la crise de la démocratie en France. Ces trois événements évoquent une société qui échappe à ses dirigeants, un système représentatif qui ne parvient plus à représenter. Une majorité de commentateurs a essayé de nous vendre l'élection de Nicolas Sarkozy comme un « retour de la participation électorale », ou la « sortie de crise du politique ». Le sarkozisme, rupture positive, marquerait la réintégration du peuple contestataire dans le système de représentation, le retour à la république des électeurs du Front national. C'était compter sans la remontée brutale de l'abstention lorsqu'il s'est agi d'élire les députés. De 16 % au second tour de l'élection présidentielle, le taux d'abstention s'est envolé à 39,5 % au premier tour des législatives.

Les Français ont alors été confrontés à quelque chose qu'ils n'auraient sans doute pas cru possible : un président hyperactif mais impuissant, pédalant vigoureusement sur une version politique du vélo d'appartement. Ni ses provocations à l'encontre des faibles — immigrés, cheminots —, ni ses attaques contre les professeurs — tenus pour responsables de l'échec scolaire —, ni son exhibitionnisme matrimonial n'ont pu masquer le fait qu'il s'est contenté, après tant d'autres, de suivre la ligne de plus grande pente du système : favoriser les riches, augmenter la flexibilité du travail, restreindre l'accès des jeunes à la fonction publique en ne remplaçant qu'un fonctionnaire sur deux. Et il a banalement fini par amorcer, au bout de dix mois, une politique de rigueur. Mais les Français avaient déjà vu ce film. L'homme de la rupture n'est, par sa politique économique, qu'un Chirac lent. L'homme de la « fracture sociale » avait été en effet deux fois plus rapide dans le renoncement puisque son retour à l'orthodoxie était intervenu dès l'automne 1995, après seulement cinq mois de rodomontades anti-pensée unique. Et quel panache dans la dissolution par Chirac de l'Assemblée nationale, acte suicidaire mais grandiose dont on ne voit malheureusement pas venir l'équivalent aujourd'hui ! Le peuple contestataire n'est décidément pas près de retrouver son pouvoir.

En février 2008, l'Assemblée et le Sénat réunis en congrès ont ratifié le traité de Lisbonne, forme simplifiée du Traité constitutionnel européen. Les électeurs ont dû comprendre que leur vote n'avait plus désormais que la valeur d'un veto suspensif, et qu'il n'était plus question de tenir compte de leur avis dans le long terme. En mars 2008, les Français ont massivement désavoué leur vote présidentiel de 2007 en confiant aux socialistes une large majorité de leurs grandes municipalités. Mais s'agit-il d'autre chose que d'un vote contre le Président et son UMP ?

Ainsi que l'a observé Guy Hermet dans *L'Hiver de la démocratie*, la pratique actuelle, ce qu'il appelle le *nouveau régime*, combine deux aspects, la « gouvernance » et le « populisme », souvent présentés à tort comme contradictoires :

> [...] à y regarder de près, ne serait-ce pas plutôt qu'une complémentarité des deux registres du populisme et de la gouvernance est en train de s'instaurer, un partage des tâches entre deux modes de traitement des affaires publiques : d'une part une pratique populiste et plébiscitaire au niveau de la compétition électorale assortie d'un recours à la « démocratie participative » dans les affaires locales abandonnées en partie aux représentants autoproclamés de la « société civile » : d'autre part des méthodes relevant de la gouvernance, réservées au petit nombre, s'agissant des orientations économiques, sociales ou politiques d'envergure nationale, régionale ou globale négociées entre des acteurs cooptés protégés des humeurs trop volatiles des électeurs[1].

Hermet tient ici quelque chose de fondamental. Je préfère parler, en des termes plus classiques, d'une tension entre peuple et élites, entre démocratie et oligarchie que nous devons expliquer.

Stratification éducative et rejet des élites : Maastricht

C'est durant le débat qui a précédé la ratification par référendum du traité de Maastricht, adopté par 51 % des suffrages exprimés, que l'opposition entre « élites » et « peuple » est devenue l'un des lieux communs du commentaire politique ; treize ans plus tard, lors du vote sur le Traité constitutionnel européen, elle a pris une nouvelle vigueur. Mais cette opposition peut être interprétée de deux façons différentes, quoique complémentaires, selon que l'on adopte comme critère la catégorie socioprofessionnelle ou le niveau d'éducation.

Vote « non » en 1992 et 2005

	MAASTRICHT 1992	TCE[2] 2005	ÉVOLUTION
Cadres, prof. intellectuelles supérieures	30	38	(+8)
Professions intermédiaires	43	54	(+11)
Employés	56	60	(+4)
Ouvriers	58	81	(+23)
Commerçants, artisans, chefs d'entreprise	56	55	(–1)
Retraités, inactifs	45	44	(–1)

	MAASTRICHT 1992	TCE 2005	ÉVOLUTION
Enseignement universitaire	29	43	(+14)
Baccalauréat	39	59	(+20)
BEPC, CAP, BEP	60	68	(+8)
Sans diplôme	37	60	(+3)

En 1992, la catégorie socioprofessionnelle a certes un pouvoir explicatif satisfaisant. Les ouvriers votent non à 58 %, les employés à 56 %, les artisans, petits commerçants et chefs d'entreprise à 56 %. Le non n'obtient que 43 % dans les professions intermédiaires et à peine 30 % chez les cadres et professions intellectuelles supérieures. Et les retraités et les inactifs assurent le succès du oui par un vote « non » à 45 % seulement. Mais la distribution des votes selon le niveau éducatif donne une image encore plus régulière, et un écart maximal entre valeurs limites : 29 % de non pour les électeurs ayant fait des études supérieures, 60 % chez les titulaires d'un diplôme minimal du type BEPC, CAP ou BEP. Les distributions éducative et socioprofessionnelle sont très proches parce que la catégorie « cadres et professions intellectuelles supérieures » est elle-même fortement définie par le niveau de diplôme. Mais parce qu'elle mêle ouvriers de gauche et petits commerçants de droite, deux groupes socio-économiques à faible niveau d'études, la distribution éducative est la plus significative. Elle révèle le dénominateur commun au vote de deux groupes que l'on trouve d'habitude opposés dans le champ politique.

En 2005, lors du vote sur le Traité constitutionnel européen, le non l'emporte largement avec près de 55 % des suffrages. Les deux grilles d'analyse restent pertinentes, mais la distribution du corps électoral selon la catégorie socioprofessionnelle a retrouvé sa prééminence explicative traditionnelle. Le non atteint alors 81 % chez les ouvriers, ce chiffre extrême donné par la Sofres n'étant pas confirmé par tous les instituts de sondage qui font cependant état de proportions à peine moins impressionnantes. La progression du non, entre 1992 et 2005, a donc été de 23 % dans le monde ouvrier. Le vote négatif est de 60 % chez les employés, soit une augmentation de seulement 4 %. Le non stagne au niveau élevé de 55 % chez les commerçants, artisans et chefs d'entreprise, un point de moins qu'en 1992. Les catégories intermédiaires basculent dans l'opposition et lâchent les cadres, votant non à 54 %, soit une progression de onze points entre 1992 et 2005. Leur mouvement assure le désaveu du Traité constitutionnel par le corps électoral dans son ensemble. Seuls les retraités et les inactifs demeurent inertes, continuant de voter non à seulement 44 %. Les cadres et professions intellectuelles supérieures restent la catégorie qui résiste le mieux à la prédominance du non, mais ils faiblissent puisque le refus s'élève chez eux à 38 %, gagnant huit points par rapport à 1992. Les données par âge confirment ce que suggère la stabilité du vote des retraités : ce sont les jeunes cadres qui ont bougé vers le non.

En 1992, un écart maximal de trente et un points séparait les titulaires d'un diplôme d'études supérieures des titulaires d'un BEPC, d'un CAP ou d'un BEP. En 2005, cet écart est tombé à vingt-cinq points parce que la progression du non a été plus forte chez les titulaires d'un diplôme supérieur. Mais, à cette date, l'écart entre ouvriers et cadres a atteint quarante-trois points, signe d'une polarisation fondamentalement socio-économique.

Une fois de plus, pour comprendre le présent, on ne peut se contenter des données les plus récentes. Seul un examen sur une longue période permet d'apprécier l'importance décisive du mouvement éducatif dans l'épanouissement comme dans la crise actuelle de la démocratie ; prédominance originelle, même si, dans un second temps, le conflit socio-économique apparaît comme un déterminant essentiel de la vie politique. Une fracture culturelle a précédé la fracture socio-économique.

Alphabétisation de masse et émergence de la démocratie

En France, la philosophie politique, lorsqu'elle s'intéresse à la démocratie, la définit le plus souvent comme un système fermé sur lui-même, pourvu d'une logique interne mais venu on ne sait d'où. Tocqueville voyait dans son avènement un phénomène irrésistible, « providentiel », qu'on ne pouvait que constater, accepter, tout en déplorant certaines de ses implications fâcheuses. Sa pensée est aujourd'hui dominante, pour de bonnes et de mauvaises raisons. On lit toujours avec plaisir la *Démocratie en Amérique*, dont le premier tome, merveilleux mélange de sociologie et de journalisme, fut publié en 1835, et le second, plus spéculatif et logicien, en 1840. Mais si Tocqueville a aujourd'hui plus d'héritiers que de contradicteurs, c'est aussi pour quelques thèses banales, dont celle d'une égalité menaçante pour la liberté, ou celle d'un individualisme qui tend à se contredire lui-même[3]. La vérité est qu'en notre âge de remontée du sentiment inégalitaire, l'aristocrate normand est devenu une figure totémique. Depuis Raymond Aron, qui le remit à la mode, beaucoup d'universitaires d'origine fort peu aristocratique s'identifient à Tocqueville, comme tant d'intellectuels petits-bourgeois s'identifièrent à Karl Marx. Autres temps, autres rêves, même groupe social : porteur autrefois d'une aspiration à l'égalité mais qui se perçoit aujourd'hui comme une élite savante menacée par une plèbe mal éduquée.

Tocqueville est aussi un symbole du lien transatlantique, même s'il est difficile de percevoir une unité d'inspiration entre l'agitation de Nicolas Sarkozy en faveur de l'OTAN et l'examen perspicace, nonchalant et secrètement dégoûté des États-Unis par Alexis de Tocqueville en 1831. Notre élégant Normand n'aurait jamais pris ses vacances sur la côte du New Hampshire. Rebuté par les mœurs démocratiques, il écourta son voyage d'étude ainsi que le montre sa correspondance. Il n'en a eu que plus de mérite d'avoir accepté, du bout des lèvres, l'inévitabilité de la démocratie.

La philosophie politique actuelle va donc chercher l'origine de la crise du système démocratique dans les contradictions internes de l'individualisme démocratique. Je n'en ferai pas l'inventaire et me contenterai de citer un exemple particulièrement représentatif, simplifié, et même dégradé, une sorte d'état entropique limite du tocquevillisme, pris dans un ouvrage de Guy Coq dont le titre — typiquement culturel dépressif — est conforme à l'esprit du temps : *La démocratie rend-elle l'éducation impossible ?*

> La démocratie ne produit pas automatiquement un homme nouveau, parfait, désaliéné, humanité meilleure dans une communauté idéale. Cet individu que fait émerger la société démocratique, il faudrait en percevoir l'ambiguïté.
>
> Évoquons Tocqueville pour qui le succès de la démocratie comporte un danger pour elle-même : c'est que l'individu démocratique, par son comportement, ses attitudes, son affirmation propre, engendre un pouvoir despotique nouveau[4].

La canonisation de Tocqueville nous prive de l'esprit critique nécessaire : celui-ci avait bel et bien frôlé mais laissé échapper la cause de l'émergence de la démocratie : l'alphabétisation de masse, phénomène central et massif de l'histoire européenne, qui porte les progrès de la démocratie mais n'a aucun caractère « providentiel ». On apprend à lire et à écrire parce que ça sert à quelque chose, à mille choses : causer avec Dieu si on lit la Bible, maîtriser une machine s'il s'agit d'un mode d'emploi. On n'apprend pas à lire pour être l'égal des autres, pour être un « individu démocratique », mais pour être un individu mieux formé intellectuellement. D'ailleurs, la loi Guizot, si importante, on l'a vu, pour le développement de l'instruction primaire, a été mise en place par un ministre, protestant, qui est tombé en 1848 pour avoir défendu avec acharnement la conception la plus étroite du système électoral censitaire.

Ce qui est vrai, c'est qu'à partir de la Réforme la diffusion progressive de la capacité à lire et à écrire a entraîné l'éclosion effectivement irrésistible de la démocratie. L'écrit fut d'abord le privilège des prêtres, puis celui des marchands, des nobles et des artisans, avant de s'étendre enfin aux ouvriers et aux paysans. Le processus même de l'alphabétisation donne le sentiment que naît un monde où tous les groupes sociaux, tous les individus ont quelque chose en commun, au-delà des différences de statut économique. On peut à la rigueur dire que l'alphabétisation « est » la naissance de la démocratie en tant qu'égalité des conditions. Mais la démocratisation politique n'est qu'un effet, non une cause.

À la décharge de Tocqueville, on doit souligner que les études statistiques sur les progrès de l'alphabétisation ne faisaient que commencer à son époque. La première carte de l'alphabétisation en France fut réalisée en 1826 par le baron Dupin. Sa *Carte figurative de l'instruction populaire de la France* eut un énorme retentissement. Elle suscita des débats importants et fut l'une des raisons de la loi Guizot de 1833. Ces discussions ont certainement atteint Tocqueville, qui avait la variable en tête, lorsqu'il décrivait le haut niveau éducatif de la société américaine[5]. Mais l'accélération des progrès éducatifs de la France ne pouvait être saisie entre 1826, date de la carte de Dupin, et 1840, année de publication du tome II de la *Démocratie en Amérique*. C'est en effet tout au long du XIXe siècle que l'accélération du mouvement d'alphabétisation accentue la poussée démocratique dans l'Hexagone et entraîne, en cascade, la révolution de 1830, celle de 1848, la montée des démocrates socialistes en 1849, la Commune, et, en fin de période, la victoire de la IIIe République et les débuts du mouvement ouvrier.

Éducation et révolution

Le boom éducatif de l'après-guerre avait ravivé, dans le courant des années soixante, l'intérêt des historiens pour l'éducation, en France comme en Angleterre ou aux États-Unis. En 1964 et 1969, deux articles décisifs de Lawrence Stone font de la diffusion de la lecture et de l'écriture une condition fondamentale des révolutions anglaise de 1640, française de 1789 et russe de 1917.

> Si nos chiffres concernant l'alphabétisation sont exacts, ne serait-ce qu'approximativement, ils suggèrent que les trois grandes révolutions modernisatrices de l'Ouest, l'anglaise, la française et la russe, ont eu lieu à un moment ou le taux d'alphabétisation des hommes se situait entre un tiers et deux tiers, ni moins, ni plus[6].

En 1640, la population masculine de Londres, mégalopole de l'époque, était plus qu'à moitié alphabétisée. La révolution anglaise produisit, en rapide succession, Cromwell, la décapitation de Charles Ier, les Niveleurs, groupe radical qui pensait la société en des termes égalitaires inconcevables quelques décennies plus tôt[7]. La multiplication des « pamphlets » atteste l'importance de l'écrit dans la fièvre idéologique et religieuse qui met l'Angleterre en mouvement.

Un siècle et demi plus tard, c'était au tour de la France d'entrer en révolution. Lorsque les États généraux se réunirent en 1789, la proportion d'individus capables de signer leur acte de mariage n'était encore que de 47 % pour les hommes et de 27 % pour les femmes. Mais les cartes réalisées d'après l'enquête de Maggiolo (qui confirment pour l'essentiel la première carte réalisée par Dupin) montrent que dans le Bassin parisien les hommes avaient très largement franchi le seuil d'alphabétisation de 50 %[8]. Dans onze départements la proportion de signatures dépassait 70 %. L'hypothèse de Stone, après spécification régionale, tient tout à fait. Au XIXe siècle l'alphabétisation s'est particulièrement accélérée dans les provinces de l'Ouest et du Sud, et explique donc l'activation idéologique du reste du territoire national. Entre 1848 et 1851 les quartiers populaires de Paris jouaient certes toujours un rôle moteur, mais on observe aussi la percée des démocrates-socialistes en 1849 le long d'une bande centrale menant du Jura à la Dordogne et à l'Ardèche. Et n'oublions pas l'insurrection des villages du Var contre le coup d'État du 2 décembre en 1851.

Nous pourrions multiplier les exemples d'association entre alphabétisation et révolution, en incluant les événements plus récents que furent les révolutions chinoise et iranienne. Mais cette association n'est pas seulement caractéristique de la phase ultime de l'alphabétisation de masse qui, amorcée en Europe à partir de la Réforme protestante, a fini par se diffuser sur l'ensemble de la planète. Les premiers décollages éducatifs, avortés si l'on pense dans la perspective d'une histoire humaine globale, laissaient aussi apparaître un lien entre lecture et écriture d'une part, vie démocratique de l'autre, à Athènes notamment, où naquit l'idée démocratique dans l'Antiquité. Selon Alfred Burns, la société athénienne était assez largement alphabétisée. Sans une maîtrise suffisamment répandue de la lecture et de l'écriture, les institutions démocratiques de la cité n'auraient pu fonctionner, et seraient pour nous incompréhensibles[9]. L'apparition en Grèce plutôt qu'ailleurs d'une pratique courante de la lecture et de l'écriture n'est pas vraiment surprenante. Les Grecs, on le sait, furent le premier peuple à disposer d'une écriture complètement alphabétique, combinant consonnes et voyelles, point de départ indiscutable du « miracle grec ».

Le rôle moteur de l'alphabétisation dans la poussée démocratique me semble, depuis la lecture des articles de Stone il y a plusieurs décennies, une sorte d'évidence. J'ai découvert avec une certaine surprise que l'hypothèse était dans l'ensemble absente de la philosophie politique française. L'« alphabétisation » n'apparaît que très tardivement dans la fresque de Marcel Gauchet sur l'avènement de la démocratie, et comme une reprise de l'erreur d'Ernest Gellner : il faut que les gens apprennent à lire et à écrire pour que s'épanouisse la société industrielle[10].

Si Pierre Rosanvallon dans son beau livre sur l'émergence en France du suffrage universel,

Le Sacre du citoyen, observe le lien entre maîtrise de la lecture et participation politique de masse[11], il présente seulement l'instruction comme une préoccupation des idéologues des Lumières et des républicains de toutes les époques, qui estiment devoir éduquer le peuple pour qu'il puisse participer à la vie de la cité. Il ne semble pas conscient de l'existence d'un mouvement autonome des populations vers l'alphabétisation, phénomène historique amorcé bien avant la Révolution française, à l'insu aussi des philosophes du XVIIIe siècle.

Retour de la stratification éducative et tentation oligarchique

La France atteint à la veille de 1914 le stade de l'alphabétisation universelle, tout du moins pour les jeunes adultes, hommes et femmes. Les Français peuvent lire des journaux, des tracts, des prières, des modes d'emploi. Mais le nombre de lycéens, de bacheliers, d'étudiants reste infime. L'homogénéité éducative du pays est maximale. L'âge d'or des idéologies correspond à cette démocratisation de base des savoirs. L'alphabétisation permet l'affirmation de l'individu, que la lecture rend plus autocentré, capable d'introspection et vulnérable à une anxiété d'un type nouveau. La hausse du taux de suicide, de la consommation d'alcool et du nombre d'internements psychiatriques qui accompagne la marche de l'alphabétisation en témoigne. Mais cet individu reste à un stade littéralement « primaire » de développement éducatif, plus susceptible d'entraîner une adhésion passive aux textes qu'une activité critique autonome ; il accepte les propositions idéologiques simples contenues dans la littérature politique et religieuse : radicale, anarchiste, communiste, socialiste, nationaliste ou catholique. La culture politique des années 1900-1960 concerne tous les citoyens, à travers l'écrit, mais sur le mode de la réception. L'alphabétisation permet la naissance de partis politiques puissants et le militantisme sur une vaste échelle : en somme la mise en marche des masses.

À partir du milieu des années soixante, l'augmentation du nombre des lycéens, des bacheliers, des étudiants brise l'homogénéité éducative du pays. Les progrès de l'éducation secondaire et supérieure sont évidemment perçus, dans un premier temps, comme la poursuite de la « démocratisation » amorcée par l'alphabétisation.

Mai 68 résulte en partie de cette nouvelle révolution éducative, portée par les classes d'âge plus nombreuses nées au lendemain immédiat de la guerre. Les événements ébranlent la tranquillité d'esprit gaulliste de la France et l'explosion est naturellement interprétée, d'abord, comme une subversion de l'ordre établi, ou plus modestement comme une renaissance de la gauche. On ne se rend pas compte alors que le développement des systèmes secondaire et supérieur est sur le point de recréer une distribution inégalitaire des formations, de restratifier la France. Il faudrait imaginer une extension de l'éducation supérieure à l'ensemble de la population pour concevoir un monde à nouveau homogène. Le non-dit des évolutions d'après guerre est que la « démocratisation » des enseignements secondaire et supérieur va à nouveau soumettre au test de l'Histoire l'hypothèse de l'égalité intrinsèque des hommes. Tous sont-ils capables d'atteindre le bac et la formation supérieure qui le suit ? Dans le contexte actuel de pause éducative, les commentateurs pensent avoir la réponse à cette question, négative évidemment. Mais l'histoire est longue et n'a pas dit son dernier mot. Qui, au Moyen Âge, aurait été capable de penser un monde globalement alphabétisé ?

Reste que la nécessaire phase intermédiaire produit une division de la société en « instruits primaires », « éduqués secondaires » et « diplômés supérieurs ». Dans les nomenclatures internationales, le mot supérieur commence d'ailleurs à être affecté d'une charge symbolique négative : les publications de l'OCDE évoquent désormais une éducation « tertiaire », signe sûr que le mot supérieur pose un problème social réel.

Tant que l'on était dans le mouvement ascensionnel, la réapparition, sous une forme nouvelle, de l'inégalité culturelle pouvait être ignorée. C'était la situation en France jusque vers le milieu des années quatre-vingt-dix Rappelons quand même que l'opposition peuple/élite a émergé dès 1992, lors du débat sur le traité de Maastricht, comme si la société pressentait que la stratification éducative allait devenir l'un des traits caractéristiques de notre vie politique Depuis 1995, on l'a vu, la proportion de bacheliers par tranche d'âge semble bloquée au tiers d'une génération. La société est culturellement hétérogène

Selon le recensement de 1999, il y avait alors parmi les plus de 60 ans seulement 2,2 % de « bac + 2 » et 6,8 % de « diplômés supérieurs ». Les proportions montaient pour les 40-59 ans à 7,1 % de « bac + 2 » et 11,6 % de « diplômés supérieurs », pour les 30-39 ans à 10,8 % de « bac + 2 » et 12,8 % de « diplômés supérieurs », chez les 25-29 ans à 14,1 % de « bac + 2 » et 14,1 % de « diplômés supérieurs », soit 28,2 % au total. Le seul maintien des performances éducatives de cette génération parmi les suivantes assurerait donc une élévation du niveau éducatif moyen jusqu'à une proportion globale de 28 % de « bac + 2 » et de « diplômes supérieurs », après la disparition intégrale des générations précédentes évidemment. Cette progression jusqu'à 28 % ne ferait cependant que consolider une division stable de la société. En 1999, chez les plus de 60 ans, le nombre des « supérieurs » au sens large est de 9 %, proche de la proportion de « cadres et de professions intellectuelles supérieures », de 10,1 % dans la population active ayant un emploi.

On ne peut se contenter d'opposer le groupe supérieur au reste de la population : en bas de l'échelle des formations, la proportion de « sans diplômes » a aussi un sens puisqu'elle tend à définir un groupe que la nouvelle sensibilité sociale inégalitaire désignera comme inférieur. Il s'agit des laissés-pour-compte de la révolution éducative, ceux qui n'ont ni le certificat d'études primaires, ni le BEPC, ni un CAP, ni un BEP, ni un diplôme plus élevé. En 1999, la proportion de « sans diplômes » s'élevait à 28 % chez les plus de 60 ans, pour tomber à 16 % chez les 40-59 ans et les 30-39 ans, à 13 % enfin chez les 25-29 ans.

	SANS DIPLÔME	CEP, CAP, BEP, BAC	BAC + 2 ET SUPÉRIEUR
25-29 ans	13 %	59 %	28 %
30-39 ans	16 %	60 %	24 %
40-59 ans	16 %	65 %	19 %
60 ans et plus	28 %	63 %	9 %
Total	19 %	63 %	18 %

Si l'on se représente la société comme une population distribuée selon des niveaux éducatifs, sans s'intéresser dans un premier temps à la dimension matérielle, économique de la stratification, le phénomène essentiel de la période 1950-2000 est l'émergence de ce que l'on pourrait appeler, sur le mode de l'oxymore, une « élite de masse ». Dans la France noble ou bourgeoise une infime partie de la population avait fait des études supérieures, ou atteint de façon informelle ce niveau par le recours à des précepteurs privés. Mais 10 %, 15 % ou 30 % de citoyens que leur éducation définit comme « supérieurs », « tertiaires » selon la terminologie récente, ce n'est plus au sens strict une élite si ce terme inclut l'idée de faible nombre. Une élite qui comprend déjà 9 % des plus de 60 ans, et 28 % des 25-29 ans, c'est aussi une masse, puisque l'unité de compte élémentaire passe du millier au million.

À ce niveau quantitatif, s'agit-il même de vraies élites ? Les éduqués supérieurs pourraient n'être qu'une composante parmi d'autres de la cité démocratique. Le pessimisme culturel, l'une de nos doctrines dominantes, considérerait sans doute que les nouveaux diplômés ne sont pas de vrais... de vrais quoi au juste ? Les élites des générations âgées vivent mal la banalisation de leur compétence ; elles affectent de mépriser une nouvelle plèbe universitaire. La réalité est tout autre. Ainsi que l'a bien vu Éric Maurin, la montée d'une concurrence féroce, portée par des jeunes nombreux, entraîne les enfants de l'*establishment* dans une compétition scolaire à laquelle leurs pères avaient échappé[12].

Peut-on considérer à l'inverse que la massification de l'élite annonce une sortie de l'élitisme ? Je pense qu'au contraire l'avènement d'une classe culturelle éduquée et nombreuse a créé les conditions objectives d'une fragmentation de la société et provoqué la diffusion d'une sensibilité inégalitaire d'un genre nouveau. Pour la première fois, les « éduqués supérieurs » peuvent vivre entre eux, produire et consommer leur propre culture. Autrefois, écrivains et producteurs d'idéologies devaient s'adresser à la population dans son ensemble, simplement alphabétisée, ou se contenter de parler tout seuls. L'émergence de millions de consommateurs culturels de niveau supérieur autorise un processus d'involution. Le monde dit supérieur peut se refermer sur lui-même, vivre en vase clos et développer, sans s'en rendre compte, une attitude de distance et de mépris vis-à-vis des masses, du peuple, et du populisme qui naît en réaction à ce mépris.

À l'échelle d'une classe se produit un phénomène de narcissisation qui mène à une culture d'ordre inférieur parce qu'elle se désintéresse de l'homme en général pour ne plus refléter que les préoccupations d'un groupe social particulier. Le roman, le cinéma sombrent dans les petits soucis des éduqués supérieurs, dans un nombrilisme culturel qui se pense très civilisé mais s'éloigne des problèmes de la société, et donc de l'homme. Paradoxalement, la hausse du niveau éducatif produit donc à ce stade une régression de la haute culture. Rien de définitif dans ce constat : l'appauvrissement économique en cours des jeunes éduqués supérieurs nous promet un revirement dans les décennies qui viennent.

La fin des pyramides idéologiques

La société qui correspondait au stade de la simple alphabétisation était fortement intégrée alors même qu'elle se considérait comme divisée et ravagée par des luttes idéologiques inexpiables. La France des années 1945-1965 a offert un bel exemple de structuration primaire par les idéologies.

En apparence, le communisme, la social-démocratie, le gaullisme et la droite modérée de tradition catholique n'en finissaient pas de s'affronter. Le système des partis produisit d'abord l'instabilité gouvernementale de la IVe République, puis toujours, vivant mais gelé, la trop grande stabilité des débuts de la Ve République. Mais si l'on applique de manière rétrospective les concepts raffariniens de « France d'en haut » et de « France d'en bas », entendus en termes éducatifs, la structure sociale d'alors apparaît extrêmement dense et intégrée.

La droite modérée, catholique assumait pleinement, à la suite de l'Église, l'idéal d'une collaboration des classes dans une structure verticale. Le patron se devait d'être paternaliste, l'ouvrier déférent; et les autres catégories socioprofessionnelles s'inséraient chacune à leur manière dans une pyramide socioreligieuse associant tous les groupes. Les ouvriers, moins pratiquants, étaient sous-représentés dans cet ensemble. Mais dans les bastions catholiques de la périphérie, dans l'Ouest où les ouvriers étaient peu nombreux comme en Alsace, en Lorraine et en région Rhône-Alpes, où la puissance de l'industrie en faisait une classe massive, une proportion non négligeable d'entre eux assistait à la messe dominicale, et votait à droite. Cette pyramide avait ses élites, sa classe politique, ses essayistes, ses romanciers. Sous cette fine pellicule supérieure, petits patrons, paysans, artisans, petits commerçants, cadres et ouvriers de tradition catholique avaient en commun de savoir lire et écrire, sans plus. Aucune élite nombreuse de diplômés ne coupait la pyramide, quelque part vers les deux tiers de la hauteur en partant de la base.

Au contraire de l'Église, le Parti communiste parlait haut et fort le langage de la lutte des classes. Il appelait le prolétaire à assumer sa vocation de dictateur. Mais il possédait ses propres élites, à l'École normale supérieure ou en littérature, deux caractéristiques qui pouvaient se combiner. Par ses enseignants du primaire et du secondaire il pénétrait largement les classes moyennes. Il était surreprésenté dans le monde ouvrier, c'est la moindre des choses, mais il avait aussi ses paysans rouges, notamment le long de la bordure nord et ouest du Massif central, entre l'Allier et la Dordogne, en passant par les départements du Limousin. Le PCF, sans le savoir, avait fini par devenir l'armature d'une deuxième pyramide idéologique, qui pratiquait une collaboration des classes d'un genre particulier. Annie Kriegel avait plus que raison de parler d'une contre-société communiste[13].

La social-démocratie de type SFIO formait, dans le Nord et le Sud-Ouest, une troisième pyramide idéologique associant des milieux socioprofessionnels très divers. Dans la société du Sud-Ouest, centrée sur ses classes moyennes, le rôle était facile à tenir, le socialisme modéré succédant paisiblement au radical-socialisme. Dans le Nord la SFIO partageait avec le PCF la représentation du prolétariat minier et textile le plus traditionnel.

Le gaullisme pur et dur du Bassin parisien rassemblait lui aussi des catégories socioprofessionnelles distinctes, englobées dans l'unité rêvée de la nation. Son centre de gravité socio-économique était constitué par des petits commerçants et des artisans, sa base militante. Mais il avait ses grands bourgeois et ses agrégés, ses paysans et même ses ouvriers dans le secteur de la petite entreprise.

À l'intérieur de chacune des quatre grandes pyramides idéologiques, l'alphabétisation universelle était un facteur d'homogénéité, de communication entre les niveaux, de communion dans une foi nettement définie.

À partir de la fin des années 1960, le développement des éducations secondaire et supérieure a brisé l'homogénéité culturelle de ces pyramides autant que celle du pays dans son ensemble. Plus nombreux, les diplômés supérieurs constituent désormais une catégorie distincte et rebelle aux fortes affiliations qui structuraient la nation, la république, le champ social. La pratique religieuse catholique s'affaiblit. La pratique communiste est brutalement mise en question en mai 1968. Cette date conventionnelle n'est, on l'a vu, que le point de départ sociopolitique du processus de destruction des idéologies qui s'achève avec le moment Sarkozy. À partir de 1968, chaque étape de leur processus d'érosion libère des électeurs de toutes les catégories sociales et produit une montée en puissance de la variable éducative dans la détermination du vote. C'est lors des consultations référendaires que la nouvelle stratification éducative du champ politique se manifeste avec le plus de force, tout simplement parce que ce qui reste des vieux alignements partisans — gauche/droite, PC/PS, gaullistes/modérés — est, le temps du vote, mis entre parenthèses.

La disparition des idéologies traditionnelles renvoie chaque strate éducative, chaque profession à ses déterminations propres. La société prend son allure actuelle de millefeuille. La communication se raréfie entre les niveaux ; idées, valeurs, préoccupations circulent horizontalement. Le métier devient un objet d'identification primordiale, fragmentant encore plus finement le corps social. En 2008, les défections socialistes vers le sarkozisme ont révélé l'existence d'un métier politique indifférent à l'idéologie. Mais il y a vingt ans déjà, en 1988, Franz-Olivier Giesbert ouvrait une ère nouvelle du journalisme en passant directement du *Nouvel Observateur* au *Figaro*, en véritable pionnier de la mort des idéologies dans ce milieu. Depuis, la circulation des journalistes entre médias écrits de couleurs censées différentes est devenue plus qu'une pratique banale : la règle, marquant la fin de l'âge idéologique.

L'exemple du Parti socialiste : de l'égalitarisme au narcissisme militant

Le travail silencieux des forces culturelles a désintégré toutes les conceptions religieuses et idéologiques. Il a vidé de sa substance l'Église catholique là où elle subsistait en tant que puissance sociale ; il a liquidé par étapes le Parti communiste ; il a fait des militants gaullistes, autrefois fidèles d'une personnalité historique hors du commun, les groupies d'un politicien ridicule. Le cas du Parti socialiste, étudié par Rémi Lefebvre et Frédéric Sawicki dans *La Société des socialistes*[14], est exemplaire de l'effet désintégrateur produit par la nouvelle stratification éducative du pays. Le découpage du Parti en niveaux culturels superposés l'a conduit à éliminer en son sein la représentation populaire et à se transformer en parti d'élus, largement décroché de la structure sociale globale. Dans ce livre d'une qualité exceptionnelle, on trouve une citation d'une cruauté involontaire non moins exceptionnelle : voici comment une militante du PS lilloise, cadre supérieur à France Télécom mais au cœur de l'ancienne région ouvrière socialiste, décrit sa section :

> Ici la distinction classique c'est de dire qu'il y a d'un côté les intellos, un peu bourgeois et de l'autre les populaires. C'est vrai d'un militant à l'autre et surtout d'une section à l'autre. Moi je pense que c'est un peu caricatural. En même temps, chez nous, c'est la section des intellos, des cadres, des profs, on ne peut pas le nier. En fait, moi, les militants populaires, je n'en connais que le peu qu'il y en a dans ma section. Mais quand je les vois à l'œuvre, j'imagine comment ça doit être ailleurs... Vous en avez trois ou quatre, très gentilles, disponibles, toujours là... ce sont un peu les petites mains de la section mais est-ce que ce sont vraiment des militantes ? Quand il s'agit de faire la claque, de dire amen, de faire des sandwichs, de décapsuler des bouteilles, vous pouvez compter sur elles, mais dans le débat, quand il s'agit de réfléchir, il y a plus personne... d'accord elles font du terrain, elles sont là, mais le terrain n'est pas une fin en soi, il faut des idées, avoir quelque chose à dire... pour moi le militant c'est celui qui réfléchit, qui parle, écrit, discute, donne son avis, fait avancer les idées, ce n'est pas le décapsuleur de bouteilles[15]...

Ce militant idéal a surtout facilité l'émergence du Front national, en attendant le sarkozisme, parce qu'il a rejeté de la gauche, activement, les milieux populaires.

Reste que la description de la mutation du militantisme est spectaculairement exacte. Le militant ancien, de type populaire ou — mais cette militante récente ne le sait pas — enseignant, considérait qu'il était au service du Parti, de la cause, dans un rapport passif à la doctrine. Mais il était actif dans sa diffusion par le collage d'affiches, la distribution de tracts, l'organisation de meetings, de fêtes, incluant — ciel ! — la confection de sandwichs et le décapsulage de bouteilles. Le militant ancien faisait vivre le Parti dans la collectivité, et vivre la collectivité par le Parti. Le militant nouveau vient pour contribuer, certes, mais surtout pour s'exprimer, « s'épanouir » personnellement. Il est, dans sa section socialiste, l'un des millions de nouveaux narcisses engendrés par la révolution éducative supérieure ; il se pense « créateur » de doctrine, s'imagine que l'originalité de sa « parole » va faire avancer les choses. On peut parler d'un militantisme performatif, qui pense que la parole est action. On pourrait parler dans les mêmes termes de Henri Guaino, parolier du Président, qui a placé la confusion entre le verbe et l'action au cœur de la vie politique française. Avec Nicolas Sarkozy, l'exhibitionnisme bavard règne à la tête de l'État, mais, en ce début du XXIe siècle, il baigne l'ensemble des strates supérieures de la société française.

Psychologie de l'homme nouveau : constater avant d'expliquer

Le concept de narcissisme est désormais au cœur de l'analyse sociale et culturelle. C'est à Christopher Lasch, un intellectuel américain de tradition marxiste (décédé en 1994), qu'en revient le mérite[16]. Dans son œuvre, la dénonciation du narcisse postmoderne, « supérieurement » éduqué, s'accompagne d'une nostalgie de la posture psychologique ancienne, un individualisme raisonnable qui aurait accepté l'existence de la communauté et la notion de condition humaine. Cette posture existerait toujours de façon résiduelle dans le peuple. L'élite postmoderne s'acharnerait à nier les limites infranchissables de la vie humaine et la nécessité pour chacun de s'intégrer dans un groupe social ou national. Ces élites arrogantes et révoltées, contre le peuple, contre l'évidence de la mort, combattraient le temps par le jogging, les rollers, et le régime antioxydant. L'homme du peuple serait modeste, acceptant avec une sage résignation la fatalité du vieillissement et la réalité objective de la dégradation des corps.

Les pessimistes culturels français originaires de la gauche, comme Jean-Claude Michéa, apprécient fort la pensée de Lasch. Elle est effectivement indispensable ; mais il faut bien comprendre que le concept de narcissisme, omniprésent de nos jours en France après être apparu il y a trente ans aux États-Unis, décrit plutôt qu'il n'explique.

Nous aurions pu attendre de l'élévation du niveau éducatif l'émergence d'une nouvelle classe supérieure vraiment supérieure, consciente de ses responsabilités : des millions de philosophes prêts à se dévouer à la collectivité. Ce que nous observons est un groupe supérieur implosé, une multitude d'individualités isolées, farouchement préoccupées d'elles-mêmes, détachées de la religion, des idéologies, obsédées d'épanouissement corporel, sexuel, esthétique. Les pessimistes culturels condamnent ces mœurs, pensant peut-être que dénoncer suffira à réformer, mais ils n'expliquent pas. D'ailleurs, est-il si méprisable, si déraisonnable de se maintenir en bonne forme physique, de faire l'amour et de courir les musées ?

L'homme nouveau est vraiment nouveau. Il n'y a dans l'histoire aucun précédent à l'émergence d'un groupe social comprenant des millions de personnes formées par quinze à vingt ans d'éducation continue : six ans de scolarisation primaire, sept ans d'éducation secondaire, et de deux à sept ans d'enseignement supérieur. Il serait particulièrement absurde d'attribuer à « l'individualisme démocratique » la responsabilité du narcissisme ambiant. Tocqueville n'a rien à nous dire sur la massification de l'éducation supérieure, lui qui n'avait même pas identifié l'alphabétisation de masse comme vecteur primordial de la démocratie. La narcissisation n'a rien à voir avec la démocratie. Le narcissisme est par définition inégalitaire et donc antidémocratique dans ses conséquences.

L'histoire, à la différence sans doute de la philosophie politique, permet d'adopter, face à certains phénomènes sociaux et psychologiques, une attitude simplement descriptive, humble. L'homme nouveau, supérieur, narcissique nous est révélé par le développement historique. Aucune réflexion a priori ne nous permet d'expliquer, et ne nous aurait permis de prévoir, ce qui se passe sous nos yeux. La description historique est modeste sur le plan interprétatif, mais elle nous dit ce qu'est l'homme, au stade actuel.

Le narcissisme étant reconnu comme un trait fondamental nous pouvons l'insérer dans une description générale de l'implosion des idéologies, comme une tendance des groupes sociaux à une dérive centripète, conduisant à l'oubli de la collectivité globale et du monde extérieur. Au narcissisme individuel des membres de l'élite répond un narcissisme du groupe de l'élite, reniant ses responsabilités économiques et sociales, méprisant les humbles et enfermé dans une politique économique libre-échangiste, qui dégage des profits pour les riches et implique la stagnation puis la baisse des revenus pour les autres. Mais les couches intermédiaires, les milieux populaires vivent aussi leur vie propre, dans une sorte de séparatisme social généralisé. Les moyens de communication de masse permettent de recréer parfois l'illusion d'une vie collective, le temps d'une Coupe du monde ou d'Europe de football, si l'équipe nationale n'est pas éliminée trop tôt. Une sorte de rituel d'expiation conduit même les catégories supérieures à se passionner comme jamais pour le football, sport populaire à l'origine.

Il serait aussi absurde d'idéaliser le peuple que

de prendre les élites au sérieux. Je ne pense pas pour ma part que l'obésité et un taux de cholestérol élevé conduisent au bien-être métaphysique. En admettant même que l'individu ancien et sage ait existé, il a disparu du peuple autant que des élites, sur le plan physique comme sur le plan mental. Les Français de sexe masculin ont pris, grâce à une alimentation plus abondante et plus riche, 10 cm en un siècle, essentiellement depuis 1950. Un homme de 20 ans mesurait en moyenne 165,8 cm en 1900, 168,3 cm en 1950, 175,7 cm en 2005. Avec quelques décennies de décalage, les Français commencent à grandir en largeur, même si la proportion d'obèses, 9 %, est très loin d'atteindre dans notre pays les records caractéristiques des États-Unis (31 %) et du Royaume-Uni (23 %)[17].

Le succès prodigieux d'un film comme *Bienvenue chez les Ch'tis* suggère que le mythe d'un peuple dépositaire de valeurs simples et puissantes n'est pas le propre du seul Lasch et de ses lecteurs. Mais la vérité psychologique et sociologique est que le monde populaire, enrichi pendant plusieurs décennies, puis fragilisé et parfois détruit par l'évolution économique, n'a rien à envier à celui des énarques pour ce qui est de la fermeture au monde. Les cadres, au moins, sont insérés dans des réseaux de relations et des activités culturelles dépassant le réseau de parenté. Dans le monde ouvrier, formidablement centré sur la famille, le narcissisme peut aujourd'hui devenir autisme[18]. Décrire le peuple comme merveilleux, après avoir dénoncé les élites comme abjectes, c'est bien sûr faire du « populisme ». C'est aussi ignorer la réalité : le peuple, laissé à lui-même, ne peut que donner une version aggravée des valeurs et du comportement de ses élites. L'idéalisation du peuple n'est au fond qu'une entorse de plus au principe d'égalité des hommes, parce qu'elle accepte, en simulant un retournement, la nouvelle thématique inégalitaire.

CHAPITRE 4

Les Français et l'égalité : l'apport de l'anthropologie

L'alphabétisation de masse n'est une condition nécessaire et suffisante de la démocratie que dans la longue durée de l'Histoire. Si l'on examine l'ordre d'arrivée en démocratie des grandes nations d'Europe, on ne peut établir une correspondance absolue avec le niveau éducatif. La première à être alphabétisée, l'Allemagne, n'apparaît guère, avant la République fédérale actuelle, comme un modèle du genre. La Prusse du XIXe siècle, société de rangs, militaire et autoritaire, était pourtant, avec la Suède, l'un des pays les plus avancés sur le plan culturel. Elle n'était une démocratie ni au sens large d'un système social fonctionnant sur la base d'une égalité des statuts, ni au sens restreint d'un système politique assurant une participation égale de tous à la désignation des dirigeants. Si l'on s'en tient aux deux grandes nations de l'Ouest, l'Angleterre et la France, cofondatrices en Europe de la démocratie libérale, nous devons admettre qu'aucune des deux ne fut capable à elle seule de faire apparaître la totalité des instruments classiques de la démocratie. À l'Angleterre revient une pratique régulière de la représentation parlementaire, de la responsabilité gouvernementale et de l'alternance ; à la France revient l'idée de citoyens égaux en droits et le suffrage universel.

Si l'alphabétisation avait été une condition suffisante pour qu'émerge la démocratie achevée, l'Angleterre aurait nettement précédé la France, sur laquelle, on l'a vu, elle avait, au milieu du XVIIe siècle par exemple, un bon siècle d'avance en matière d'éducation. On pouvait avoir le sentiment, entre la révolution puritaine de 1640, qui décapita un roi, et la *Glorious Revolution* de 1688, qui établit un système parlementaire, que tel était pourtant le sens de l'histoire. Les *Lettres anglaises* de Voltaire viennent tout droit d'une France qui se savait en retard. La révolution de 1789, qui proclama les idéaux de liberté et d'égalité, celle de 1848 qui instaura le suffrage universel direct pour les hommes, ne laissèrent cependant aucun doute sur la capacité de la France à accélérer dans la direction de l'égalité, malgré son retard relatif en termes d'alphabétisation. Quelque chose dans la constitution sociale et mentale de la France a dû déterminer cette propension à l'égalité. Nous devons identifier ce facteur, non seulement pour comprendre le passé, mais pour évaluer les chances de succès de l'expérience sarkoziste. Le président de la République se comporte en effet comme s'il n'existait plus de préférence française pour l'égalité, comme si la montée en puissance des inégalités économiques pouvait être non seulement acceptée, mais facilitée par des réformes fiscales en faveur des riches. Durant la première année de son quinquennat, il a agi comme si la France pouvait désormais suivre les États-Unis et la Grande-Bretagne dans leur voie néolibérale sans que cela entraîne de rejet massif : des manifestations et des grèves, suivies d'une défaite électorale massive et le retour au pouvoir d'un Parti socialiste toujours dépourvu de programme économique mais amical à l'État providence, dernière forteresse égalitaire du pays.

Si on tourne le regard vers l'est, au-delà de la Prusse, on observe en Russie une longue période d'hésitation entre décollage de l'éducation et démocratie. Entre l'alphabétisation, qui atteint la majorité des hommes jeunes à la veille de la guerre de 1914, et la très réelle bien qu'imparfaite démocratie poutinienne, il y a eu Staline et les camps. Plus loin encore, la Chine donne l'exemple d'une alphabétisation de masse réalisée, d'une économie de marché qui se développe, mais d'un système politique qui reste, pour l'essentiel, la dictature d'un parti unique. Rien n'interdit d'imaginer qu'en 2050 une Chine apaisée et enrichie pratiquera la démocratie d'alternance. Mais comment expliquer ces décalages, et surtout le rôle fondateur de la France et des deux grandes nations anglo-saxonnes — si l'on ajoute les États-Unis à l'Angleterre ? Pourquoi aussi ces différences entre les trois grandes démocraties occidentales qui définirent le modèle avant qu'il ne se diffuse à une bonne partie de la planète ?

Français et Anglo-Saxons

Il faut plonger plus profondément dans la vie sociale, analyser les systèmes de mœurs pour comprendre la préférence anglaise pour la liberté, la passion française de la liberté et de l'égalité, la résistance allemande aux notions de liberté et d'égalité, russe ou chinoise à l'idée de liberté. Dans ces deux derniers pays, des révolutions communistes spectaculaires nous indiquent que rien ne s'opposait à la valeur d'égalité.

L'anthropologie des structures familiales explique les divergences temporaires. La diversité des systèmes familiaux paysans traditionnels, structurés par des valeurs distinctes, parfois opposées, permet de saisir à la source la diversité des voies d'accès à la démocratie.

Commençons par l'Angleterre, où s'effectua la percée intellectuelle menant à la compréhension du rôle de la famille dans la détermination des idéologies et des systèmes politiques. Dès 1965, Peter Laslett mit en évidence le caractère anciennement nucléaire de la famille paysanne anglaise[1]. Rien ne permet d'identifier, dans le passé du pays qui fonda le parlementarisme, ces vastes groupes familiaux enserrant l'individu dans un réseau dense de contraintes et d'obligations qui furent la tarte à la crème de la sociologie historique. Dès le XVIIe siècle, au premier signe de puberté, le fils d'un riche fermier était expédié comme domestique chez un collègue. Le mariage impliquait toujours la formation d'une unité domestique indépendante, ménage ne contenant qu'une seule famille nucléaire. Alan Macfarlane émit en 1978, dans *The Origins of English Individualism*, l'hypothèse d'un lien entre l'individualisme repéré par Laslett au niveau de la structure familiale et l'individualisme social et politique qui allait apparaître comme la caractéristique fondamentale de l'Angleterre moderne[2]. La liberté de l'individu est inscrite au cœur du système familial anglais, tel qu'il se présentait en tout cas à la veille des révolutions du XVIIe siècle.

Mais pourquoi l'Angleterre, qui regarda quelques mois avec sympathie l'idéal libéral de la Révolution française, devint-elle par la suite le pivot européen de la résistance à son idéal d'égalité? Et pourquoi la France elle-même s'affirma-t-elle à partir de 1789 comme porteuse d'un idéal double associant systématiquement les notions de liberté et d'égalité? Une descente au niveau de la structure familiale des paysans du Bassin parisien permet de le comprendre. Les fermiers et les manouvriers, entre Arras et Orléans, entre Le Mans et Reims, pratiquaient depuis la fin du Moyen Âge au moins un système familial nucléaire, proche du système anglais. Mais le modèle anthropologique qui dominait le cœur de la France du Nord se distinguait de son homologue anglais par une règle d'héritage frénétiquement égalitaire, en vertu de laquelle chaque enfant, garçon ou fille, devait recevoir une part égale du bien de ses parents. La famille anglaise, elle, n'est nullement égalitaire. Ce qu'on trouve en

Angleterre, à l'aube de la modernité, est une règle de primogéniture mal appliquée, supplantée en pratique par un usage très libre du testament Les parents n'étaient pas tenus par une norme égalitaire ; ils distribuaient leurs biens comme ils l'entendaient, souvent bien avant leur mort, au fur et à mesure que s'établissaient leurs enfants.

Il faut se représenter concrètement ces règles et pratiques égalitaires, dans toute leur force, pour sentir leur puissance de détermination. Écouen et Villiers-le-Bel sont aujourd'hui des banlieues dans l'agglomération parisienne, dont la seconde a eu droit, en 2007, à une notoriété temporaire de banlieue « à problèmes ». C'étaient aux XVIe et XVIIe siècles des paroisses rurales sur lesquelles nous disposons d'une très belle monographie décrivant, à partir d'un fonds notarial, la vie familiale. Dans *Valeurs et pouvoir : la reproduction familiale et sociale en Île-de-France. Écouen et Villiers-le-Bel (1560-1685)*, Jérôme-Luther Viret trace le tableau d'un égalitarisme familial sans concession[3]. Pour un partage successoral, des lots égaux sont tirés au sort ; en l'absence même de spécification coutumière, dans le cas des biens meubles, le partage est égal.

> Si l'on met autant de soin à faire un partage égal des meubles alors que la coutume accorde une totale liberté de disposition sur cette sorte de biens, à plus forte raison est-on attentif à l'égalité dans la transmission des immeubles. C'est un égalitarisme forcené qui caractérise ici les pratiques successorales dès le milieu du

seizième siècle et de manière ininterrompue jusqu'au milieu du dix-septième siècle.

Dans le Bassin parisien comme dans celui de Londres, l'alphabétisation a bien mené à la modernité politique, à une démocratisation de la vie sociale et ultimement à la démocratie politique. Mais dans un premier temps, la crise de transition qui ouvre le processus révèle d'une manière particulièrement abrupte les idéaux différents qui structuraient, depuis des siècles, la vie familiale. Libéraux et égalitaires dans leur vie familiale, les paysans du Bassin parisien s'enflamment pour la devise de la Révolution française : liberté et égalité. Libéraux mais non égalitaires, les Anglais se contentent dans un premier temps d'un système représentatif restreint. L'Angleterre invente l'oligarchie d'alternance, avec ses deux grandes tendances : à partir de la fin du XVIIe siècle whigs et tories s'affrontent pour le pouvoir sans que la masse de la population soit consultée. La France fait très tôt l'expérience du suffrage universel, d'abord à plusieurs degrés, durant la première révolution, puis direct à partir de 1848. Mais quant au pluralisme, à l'alternance, elle peine à trouver sa voie. L'histoire du suffrage universel, retracée par Pierre Rosanvallon, montre à quel point celui-ci n'était pas destiné, à l'origine, à la désignation de partis distincts, auxquels il s'agirait de donner une représentation, d'accorder ou de refuser une majorité. Le suffrage universel exprime alors le vote de la nation tout entière, la souveraineté populaire, mais sans que l'on imagine vraiment la possibilité d'une division partisane du peuple. Le terme même de suffrage universel apparaît, selon une logique unanimiste que l'on ne discerne pas au premier coup d'œil, au lendemain du coup d'État du 18 Brumaire, associé donc au bonapartisme naissant[4]. Dans sa forme directe, introduite en 1848, le suffrage universel n'empêche pas la révolution parisienne de se poursuivre. Il conduit à la désignation de Louis Napoléon Bonaparte comme président, à une paralysie parlementaire et au coup d'État du 2 décembre 1851, qui rétablit pleinement le suffrage universel que l'Assemblée conservatrice avait restreint.

Ce n'est que sous la IIIe République que seront efficacement associées en France les notions de suffrage universel direct et de pluralisme des partis, après un long travail d'expérimentation. De l'autre côté de la Manche, il est vrai, l'élargissement du droit de suffrage par les réformes de 1832, 1867 et 1881 aboutit, par un autre chemin, au même résultat d'une association du pluralisme partisan et du suffrage universel.

La matrice anthropologique du Bassin parisien explique assez bien la tendance à l'unanimisme mise en évidence par Rosanvallon. Le principe d'égalité — des enfants puis des hommes en général — peut conduire à une exigence d'homogénéité. Même détermination, de sens opposé, de l'autre côté de la Manche : la différenciation des enfants qui caractérise la famille anglaise, étendue en différenciation des hommes, rend le pluralisme plus facile, et même naturel. À l'intérieur du système social et politique, le principe de l'altérité est accepté, que celle-ci repose sur l'opposition entre *high church* et *low church* (protestantisme de faible ou de forte intensité), entre intérêts terriens et commerçants (puis industriel), entre bourgeois et prolétaires. En France, le système central a du mal à accoucher d'une division dualiste. Jamais les bourgeois n'auraient accepté l'idée d'une différence de nature avec les nobles. Principe d'égalité oblige. Pour les ouvriers, même jeu : seule la société sans classes peut assurer leur émancipation ultime. Jamais les ouvriers de la région parisienne n'auraient pu se considérer, dans leur essence la plus profonde, comme différents de leurs exploiteurs bourgeois.

Dans le cas de la famille comme dans celui de l'alphabétisation, Tocqueville est hors jeu mais avec honneur. À nouveau, il frôle la variable sans pouvoir l'exploiter parce que le travail d'exploration de la structure familiale n'a pas même commencé à son époque. L'inventaire des formes familiales, en France et en Europe, ne commencera qu'après 1848. L'œuvre majeure de Frédéric Le Play (1806-1882), *Les Ouvriers européens*, commence d'être publiée en 1855, quatre ans à peine avant la mort de Tocqueville (1805-1859).

Dans *De la démocratie en Amérique*, ce dernier remarque cependant que les Américains ont supprimé la règle de primogéniture anglaise (qui n'avait à vrai dire jamais été rigoureusement appliquée en Angleterre), montrant qu'il pressent un lien entre famille et idéologie. Il évoque le mouvement vers l'ouest de la population américaine, qui affecte les règles d'héritage. Mais il ne peut aboutir à la constatation que, dans ses traits essentiels, le système familial américain, adopté par les immigrants de toutes origines, reste celui de l'Angleterre, et ne contiendra jamais, comme celui de la France du Bassin parisien, un trait égalitaire.

Le monde anglo-saxon — selon l'expression française qui fait horreur aux Américains d'origine irlandaise, italienne ou juive — n'est pas seulement défini par la langue ; il est homogène et stable dans ses fondements anthropologiques. La famille *nucléaire absolue* anglaise — libérale mais non égalitaire — domine les États-Unis, l'Australie, la Nouvelle-Zélande et le Canada anglophone.

J'expliquerai au chapitre suivant comment les États-Unis ont pu se démocratiser rapidement, dans le contexte d'une alphabétisation très précoce mais en l'absence d'un fondement familial égalitaire.

Les cultures autoritaires : Allemagne, Russie, Chine

Vers 1935, la différence entre la France et l'Angleterre pouvait apparaître secondaire. En Russie, le régime stalinien repoussait les bornes concevables du totalitarisme en asservissant à l'État l'ensemble de l'économie, remplaçant le marché par la terreur en tant qu'instrument de régulation. Plus proche géographiquement, l'Allemagne s'installait dans l'expérience nazie, démontrant que le totalitarisme pouvait tout à fait se passer de la suppression de la propriété privée des moyens de production et d'échange.

Le cas de l'Allemagne atteste que dans son rapport à la démocratie l'Occident n'est pas un mais plusieurs. L'Allemagne, point de départ de l'alphabétisation et donc du décollage de l'Europe, appartient bien à l'ouest du continent si l'on s'intéresse à la dynamique culturelle et économique. Mais qui oserait prétendre que l'Allemagne de 1935 était une « démocratie occidentale » ?

Pour comprendre les résistances à la démocratie en Russie et en Allemagne, le recours à l'anthropologie est à nouveau nécessaire. Les structures familiales de l'Allemagne et de la Russie contiennent un trait autoritaire absent de leurs équivalentes anglaise ou française du nord.

En Allemagne dominait, à l'ère préindustrielle, la famille souche chère à Frédéric Le Play, qui pratique la succession unique. Le plus souvent, le fils aîné héritait du bien familial (primogéniture) ; parfois, sur la périphérie de l'ensemble germanique — au nord de l'Allemagne, en Basse-Autriche et dans une partie de la Suisse —, le plus jeune des fils était le successeur désigné (ultimogéniture). Seule la vallée du Rhin faisait exception, avec des traces d'héritage égalitaire. Dans tous les cas, l'enfant successeur devait continuer de vivre avec ses parents sur le bien familial, restant sous leur autorité. C'est ce qui permet de définir le système comme autoritaire. La famille allemande avait pris au XIXe siècle une rigidité particulière. Dans l'ensemble de l'Allemagne impériale, à la campagne comme en milieu bourgeois, les normes éducatives atteignirent alors une intensité franchissant les limites du pathologique. C'est ce contexte qui a rendu possible le totalitarisme nazi, vécu d'ailleurs par les membres des jeunesses hitlériennes et de la SS comme une véritable libération psychique, que symbolisent bien les autodafés de livres, négation de la culture allemande traditionnelle. En ce sens, très particulier, le nazisme fut l'imagination au pouvoir. L'inégalité des enfants, et particulièrement des frères, qui caractérise la famille souche, explique la tendance des régions où elle domine à se fixer sur des idéologies ethnocentriques, affirmant l'inégalité des peuples, des nations, des hommes. Au soleil levant du continent eurasiatique, le Japon est de ce point de vue l'équivalent strict de l'Allemagne. Le Pays basque, la Catalogne ou la Suède doivent aussi leur sentiment de différence à la famille souche, avec des conséquences moins dramatiques. Leur petite taille les protège d'une aspiration à la domination mondiale ; elle ne les met pas à l'abri d'un puissant désir d'autonomie, tourné dans le cas de la Catalogne et du Pays basque contre la centralisation castillane.

En Russie, le trait autoritaire s'associe à une valeur égalitaire. Le modèle familial typique de la famille paysanne russe du XIXe siècle associait idéalement un père et ses fils mariés, en un vaste ménage patrilinéaire s'étendant verticalement, sur trois générations, et horizontalement, par l'association de plusieurs frères mariés. Au moment du décès du père, ou peu après, le bien familial était divisé entre les fils. Les filles étaient échangées entre groupes familiaux, devant s'installer dans la famille de leur mari (patrilocalité). L'explosion de ce système clos, intégrateur autant que persécuteur de l'individu, entraîna, dans un premier temps, l'effondrement de la monarchie des tsars, mais aussi, très vite, l'élaboration transitoire d'un totalitarisme de substitution, le communisme. Le parti, le KGB, l'économie centralisée remplacèrent la famille dans ses fonctions d'intégration et de persécution de l'individu.

Le bon fonctionnement de la République fédérale d'Allemagne, la mise à bas du communisme par les Russes eux-mêmes indiquent bien que la détermination anthropologique du système politique, ici dans le sens du totalitarisme, n'est que temporaire. Il ne s'agit donc que de comprendre pourquoi l'Allemagne et la Russie tardèrent à adhérer à la norme libérale, non d'établir une différence d'essence pour l'éternité. Observons quand même que la forme démocratique résultante continue de différer de pays à pays en fonction du fonds anthropologique de départ. Les « occidentalistes », russophobes autant qu'islamophobes, dénoncent aujourd'hui l'imperfection du régime poutinien, la domination d'une seule force politique, une certaine tendance à l'unanimisme, ainsi qu'une fâcheuse propension à renationaliser les grandes entreprises ou les ressources naturelles. Certaines de ces spécificités de la démocratie russe, comme la reprise en main par l'État de l'énergie et des industries stratégiques, me paraissent excellentes à notre époque de désordre capitaliste planétaire ; mais bonnes ou mauvaises, toutes ont un rapport avec des survivances du fonds anthropologique autoritaire et égalitaire.

Entre l'Allemagne fédérale d'une part, la France, le Royaume-Uni et les États-Unis d'autre part, existent aussi toujours des différences importantes. Qui oserait imaginer, hors d'une période de guerre, une grande coalition PS-UMP, conservateurs-travaillistes, ou républicains-démocrates ? La dernière grande coalition CDU-SPD avait pour premier objectif de marginaliser la gauche nouvelle, *die Linke*, et d'empêcher l'émergence d'une réalité électorale, le caractère majoritaire de l'ensemble de la gauche. Sommes-nous si sûrs que tout cela est vraiment de la démocratie occidentale ? Et n'oublions pas que la destruction du totalitarisme a été réalisée pacifiquement par les Russes eux-mêmes. La démocratie allemande trouve à sa source la destruction du totalitarisme nazi par les armées alliées, non par le peuple allemand. Ne soyons donc pas trop exigeants, trop vite, avec les Russes. Ne soyons pas non plus trop exigeants avec les Allemands à l'heure où les transfuges socialistes, devenus « sarkozistes de gauche », semblent abolir la démocratie d'alternance. Aujourd'hui, l'ébranlement des démocraties par la poussée oligarchique se produit dans l'ensemble du monde développé, et l'on a parfois du mal à distinguer les dernières braises de l'autoritarisme ancien des premiers feux de l'inégalité nouvelle. La grande coalition actuelle pourrait n'être que la forme spécifiquement allemande de la dérive oligarchique associée à la stratification des niveaux culturels.

Si l'on veut contempler l'image parfaite d'une démocratie moderne issue de la famille souche, c'est vers le Japon qu'il faut se tourner. Depuis la guerre, à l'exception des années 1993-1996, le parti libéral-démocrate est majoritaire. La compétition pour le pouvoir ne se traduit pas par l'alternance, mais par des luttes de factions internes au PLD.

La Chine a, comme la Russie, fait une très belle expérience totalitaire communiste. Comme dans le cas de la Russie, on peut observer une phase de transition associée au processus d'alphabétisation sur un fonds anthropologique autoritaire et égalitaire. La famille communautaire chinoise se distinguait par son ancienneté, étant vieille de plus de deux millénaires, contre quelques siècles à peine pour son homologue russe. Elle gardait aussi les traces, en son cœur, du système souche qui l'avait précédée : la famille chinoise était donc moins égalitaire mais plus autoritaire que la famille russe[5].

La participation massive et déstabilisatrice de la Chine à l'économie globalisée ne doit pas nous faire oublier que ce pays d'un milliard trois cents millions d'habitants n'est pas encore sorti, politiquement, de sa phase de transition. Il est alphabétisé, mais moins que la Russie puisqu'il compte encore une proportion significative d'analphabètes dans les tranches d'âge élevées. Lors du recensement réalisé en l'an 2000, 14 % des hommes et 40 % des femmes de 60 à 64 ans étaient analphabètes. Pour les plus de 65 ans la proportion d'individus incapables de lire atteignait 29 % chez les hommes et 65 % chez les femmes. La Chine est toujours tenue par la dictature d'un parti unique.

Parti unique, économie de marché, idéologie nationaliste xénophobe : l'usage politologique voudrait que l'on catégorise la Chine comme un pays contrôlé par un régime fasciste. Il y a cependant des différences importantes. Au contraire des fascismes historiques, le régime n'est pas ravagé par l'anti-intellectualisme : il croit à l'éducation et investit massivement dans son système universitaire. Nous ne devons pas oublier non plus que, pour les Chinois qui ont vécu le maoïsme, le régime actuel est la liberté déjà réalisée. On peut, on doit les comprendre. Nous verrons dans les années qui viennent si l'universalisation de la démocratie est inéluctable. Mais à nouveau l'anthropologie des structures familiales révèle sa puissance explicative. La force du trait autoritaire, l'atténuation du trait égalitaire de la famille communautaire chinoise permettent de comprendre la résistance actuelle du Parti communiste chinois à la vague démocratique qui a traversé le monde à partir du milieu des années soixante-dix, menant à l'effondrement des régimes autoritaires en Espagne, au Portugal, en Grèce, en Amérique latine, puis à la chute du mur de Berlin et à l'effondrement du communisme.

La diversité régionale française, fondement d'un pluralisme violent, puis sage

L'anthropologie des structures familiales nous permet aussi de comprendre en quoi le pluralisme français, finalement mis en œuvre sous la IIIe République, se distingue du pluralisme anglo-saxon. En Angleterre comme aux États-Unis, le bipartisme semble émerger spontanément de la société et du système politique, facilité parfois mais non produit par le scrutin uninominal majoritaire à un tour. Rien de tel en France où l'égalitarisme semble, à l'opposé, capable de freiner, si ce n'est d'enrayer, le principe même de la différenciation partisane. Souveraineté populaire, volonté générale, rousseauisme, légende bonapartiste, salvation gaulliste, grand soir miraculeux qui abolit les classes, de la prise de la Bastille à mai 68 : toutes ces formes renvoient au fonds égalitaire du système national, qui a du mal à concevoir une division simple de l'Assemblée en deux partis, capables de jouer pacifiquement un long match de tennis politique.

La France a cependant fini par accoucher d'une république, la troisième, qui fut un grand succès institutionnel. Abattue par l'invasion de 1940, elle avait auparavant établi les libertés fondamentales d'expression et de représentation, réussi la séparation des Églises et de l'État, gagné la Première Guerre mondiale, digéré le Front populaire et les grèves de 1936, gérées par Léon Blum, Premier ministre d'origine juive, à l'instant même ou l'Allemagne s'abandonnait à l'antisémitisme. La IVe République a repris l'essentiel de l'héritage et amorcé la modernisation de la France. La Ve République, lorsqu'elle fonctionnait normalement, n'avait fait qu'ajouter une touche bonapartiste à un système partisan à la fois stable et évolutif depuis les années 1880-1914. Celui-ci n'était cependant pas une démocratie d'alternance, organisant une division dualiste au sein d'un système culturel unique. Pour comprendre le pluralisme français, nous devons intégrer une variable qui n'a pas son équivalent outre-Manche au même degré, la pluralité des systèmes anthropologiques.

Le cœur dominant de la France, le Bassin parisien, est largement aussi homogène que l'Angleterre, mais il ne constitue pas même la moitié de l'Hexagone. Son système familial nucléaire égalitaire, libéral pour ce qui concernait les rapports entre parents et enfants, égalitaire dans sa définition des rapports entre frères et sœurs, ne se retrouvait pas à l'ouest, au nord, à l'est et au sud. Seule la façade méditerranéenne était aussi farouchement attachée au principe d'égalité que le cœur du système national.

Le reste de l'Occitanie était occupé par des systèmes de type souche, moins rigides que celui de l'Allemagne toutefois, sauf peut-être sur la bordure pyrénéenne, de la Catalogne au Béarn et au Pays basque. On en trouvait aussi, plus ou moins bien définis, dans la région Rhône-Alpes. L'Alsace avait bien entendu un modèle souche germanique, dans la version rhénane gardant des traces d'égalité, mais fort solide comme le démontre la belle rigidité de droite de la province.

L'Ouest était couvert, dans sa partie non maritime (Ouest intérieur), de systèmes familiaux nucléaires peu égalitaires qui n'étaient pas sans rappeler le modèle anglais. Quant à la Bretagne, à l'extrême occident du continent eurasiatique, elle était, à la veille de son urbanisation, un véritable puzzle, mélange de formes médiévales et beaucoup plus anciennes de la famille. On y trouvait des systèmes souches sur les côtes. Dans l'intérieur de la péninsule subsistaient des types familiaux non répertoriés par Frédéric Le Play, matrilocaux et matriarcaux. Ces formes originales font de la fierté d'être breton un cas à part, porté par autre chose que la banalité de la famille souche basque, béarnaise, catalane, allemande ou japonaise. Ce fonds anthropologique justifie la prétention bretonne à un certain caractère unique, indépendamment de la langue et du biniou.

Sur la bordure nord et ouest du Massif central florissaient en milieu rural des formes communautaires, autoritaires et égalitaires, mais se distinguant des modèles russe et chinois par l'absence de trait patrilocal. Les noyaux familiaux complexes pouvaient agréger des couples associés par un lien entre frère et sœur, dans un bon tiers des cas. L'association exclusive entre frères mariés, caractéristique de la Russie comme de la Chine, était donc loin d'être la règle. Entre la Dordogne et la Nièvre, cette nuance féministe du communautarisme familial n'a pas empêché l'émergence d'un communisme rural et urbain puissant, rejouant au niveau idéologique les valeurs égalitaires et autoritaires du fonds anthropologique, comme en Russie et en Chine. Pris dans un système national complexe, ce communisme né du terrain n'a pu prendre le pouvoir, sauf peut-être pendant quelques semaines en 1944 au lendemain immédiat de la Libération ; il s'est surtout traduit par une implantation électorale stable du PCF.

Sur le plan anthropologique, la fierté d'être français ne peut donc guère se nourrir d'un fantasme de pureté. Pour aimer la France, il faut avoir le goût de la synthèse anthropologique. Dans l'Hexagone, l'identité est multiplicité.

Chacun des milieux anthropologiques locaux a fini par trouver, durant le siècle qui suivit la Révolution de 1789, à son rythme, en fonction de l'élévation de son taux d'alphabétisation, son représentant idéologique naturel. L'Église présente une affinité particulière mais non exclusive avec la famille souche. Les doctrines radicale et anarchiste, formes respectivement douce et violente de l'individualisme égalitaire, ont prospéré dans la zone familiale centrale nucléaire égalitaire. Le communisme, chez lui dans la zone de communautarisme familial du Massif central, a su trouver, l'espace de deux générations, une assise partielle en zone nucléaire égalitaire parisienne. La social-démocratie s'est installée dans les régions de famille souche du Sud-Ouest et du Nord. La complexité du tissu anthropologique français a aussi conduit à l'émergence de formes mixtes ou hybrides comme les radicaux du Sud-Ouest ou la tradition anarchiste du Jura.

L'Hexagone n'est pas seulement hétérogène ; il est structuré par de véritables antagonismes. Par leurs valeurs, la famille nucléaire égalitaire et la famille souche sont opposées terme à terme : égalité contre inégalité, liberté contre autorité. La présence de formes nucléaires absolues dans l'Ouest intérieur — la liberté sans l'égalité — et communautaire sur la bordure nord et ouest du Massif central — autorité plus égalité — n'a pu qu'accroître la confusion, faisant de la confrontation des valeurs politiques dans l'Hexagone une véritable foire d'empoigne. Les clivages politiques fondamentaux n'ont pas résulté en France, comme en Angleterre, d'une aimable division dualiste à l'intérieur d'un système anthropologique raisonnablement homogène, mais d'un affrontement horizontal entre des régions et des systèmes opposés par les valeurs[6]. En Angleterre, whigs et tories avaient en commun la notion de liberté et l'indifférence à celle d'égalité, tout comme plus tard les travaillistes et les conservateurs.

En France, dès 1791, le vote sur la Constitution civile du clergé révèle que la République et la laïcité, la monarchie et l'Église ont leurs territoires, condition nécessaire et suffisante d'une guerre civile. Ce qu'a réussi la IIIe République est en réalité prodigieux : l'acceptation par toutes les forces régionales d'une intégration parlementaire apaisée, avec l'aide du pape puisque le ralliement à la République des catholiques, voulu par Léon XIII en 1892, a fait de la république pluraliste une possibilité. Ce pluralisme de résignation est très différent du pluralisme pour ainsi dire spontané du monde anglo-saxon. Il organise la coexistence pacifique de systèmes opposés. On aurait tort d'en rire : moins naturel, il est aussi plus profond que le pluralisme anglo-saxon qui se contente d'accepter la coexistence de différences secondaires.

Le système de valeur égalitaire survit-il en France ?

Le temps des structures familiales paysannes est désormais loin derrière nous, dans un pays où les agriculteurs constituent seulement 1,6 % des ménages. Les règles d'héritage n'ont plus guère de sens pratique : l'accroissement de la longévité fait que l'on hérite le plus souvent après avoir réalisé l'essentiel de sa vie professionnelle, parfois même après le départ à la retraite. La nouvelle stratification éducative, résultat du développement des éducations secondaire et supérieure, a brisé l'homogénéité culturelle du pays. On ne peut donc a priori considérer le système de mœurs qui domine la France du Bassin parisien comme immuable, porteur pour l'éternité des valeurs de liberté et d'égalité. La question est particulièrement importante à l'heure du sarkozisme, dont l'un des traits essentiels est, plus qu'une renonciation, un défi au principe d'égalité. Homme intègre à sa manière, Nicolas Sarkozy a exposé en public son amour de l'argent et des riches, sa dureté aux faibles. La célébration de son élection au Fouquet's, haut lieu de la frime sociale, ne doit pas être considérée comme une erreur mais comme une déclaration de principe pour la présidence à venir. Des sondages d'opinion nous ont assuré que dans la période correspondante, et pour quelques mois encore, le nouveau président fut très populaire. Mon sentiment personnel est que ces taux de 65 % à 70 % de satisfaits, selon les divers instituts de sondages, incluaient une bonne dose de gueule de bois, au lendemain d'une élection où 47 % des électeurs avaient voté contre Sarkozy avec passion. Pourtant, même si ce pourcentage de 65 % de bienheureux est techniquement suspect, nous ne pouvons contourner le fait que 53 % des Français ont voté *pour* Sarkozy, en pleine connaissance de cause. Il est inconcevable que les Français, peuple fort politique, aient oublié par la grâce des quelques discours à tonalité sociale prononcés dans les six mois qui ont précédé le vote, tout ce qu'ils savaient de l'ex-maire de Neuilly, ami du capital, de l'Amérique bushiste, etc.

Nous devons donc envisager la possibilité d'une disparition de l'égalitarisme français, et ce non seulement dans les strates sociales favorisées par l'éducation, le revenu et le pouvoir, mais aussi dans les couches intermédiaires et inférieures de la population. La nouvelle stratification éducative, l'urbanisation, la tertiarisation ont-elles mis a mal le vieux fonds égalitaire français ? Le système politique a-t-il réussi a échapper, dans le contexte d'une volatilisation des idéologies politiques, à la pesanteur de l'histoire. La société estelle prête à s'envoler sans crise vers les sommets inégalitaires atteints par la société américaine ?

L'hypothèse doit être considérée avec la sérénité d'un chercheur que l'évolution historique ne concerne pas personnellement. Qu'advient-il de la détermination des valeurs idéologiques par un fonds anthropologique lorsque les structures familiales paysannes ont achevé de disparaître ? Ma première confrontation avec cette question remonte au début des années quatre-vingt-dix. J'essayais alors de comprendre la spécificité française que constituait le Front national. À cette époque, toute l'Europe se moquait de la France, pays de l'homme universel, seul capable apparemment d'engendrer un parti anti-immigré puissant et stable, faisant de la désignation du Maghrébin comme coupable l'essentiel de son message politique. Aucun doute, l'existence du Front national révélait la montée en puissance d'une thématique inégalitaire. Les plus humbles des Français, plutôt que de continuer ou de recommencer à voter communiste, désignant ainsi les puissants de notre société comme coupables de leurs souffrances, préféraient se choisir un bouc émissaire d'origine arabe. Nous pouvons mettre une telle interprétation en rapport avec le subconscient social inégalitaire dérivant de la nouvelle stratification éducative. D'ailleurs les immigrés, souvent analphabètes, représentaient effectivement alors une sorte de strate éducative plancher, plus basse encore que celle qui correspond au niveau primaire.

L'examen de la carte départementale du vote Front national durant les années 1986-2002 conduit à nuancer sérieusement cette interprétation. Elle était bien déterminée en première instance par la présence d'immigrés d'origine maghrébine, implantés surtout dans le tiers est du territoire national. Mais, indépendamment de ce facteur immigré primordial, on se rend compte que les départements de tradition égalitaire du Bassin parisien et de la façade méditerranéenne étaient surreprésentés. Dans ces départements, où le vote anti-Maastricht fut en général majoritaire, le vote Front national incluait aussi un fort rejet des « élites ». Il était insoumission, défi à une classe dirigeante arrogante, capable de martyriser la population par sa politique économique et monétaire, en ignorant ou feignant d'ignorer les problèmes concrets de cohabitation dans les banlieues françaises. Le vote Front national mêlait inégalitarisme antimaghrébin et égalitarisme anti-élite en un mélange complexe et instable.

D'ailleurs, le comportement familial concret des milieux populaires démentait l'hypothèse d'une racialisation des rapports sociaux. Le taux de mariage mixte entre enfants d'immigrés et enfants de Français d'origine plus lointaine était plus de dix fois supérieur en France, dans les milieux mêmes qui avaient tendance à voter Front national, à ce que l'on pouvait observer à la même époque en Angleterre ou en Allemagne. Avec le mariage mixte, nous revenons au niveau familial et anthropologique. Vers 1992, date de la dernière enquête sur le sujet, une valeur égalitaire était toujours en action qui, malgré le chômage menaçant, en dépit de toutes les crispations face au statut de la femme arabe, conduisait à percevoir les enfants d'immigrés comme des individus ordinaires. Mais, encore une fois, la prudence s'impose : cette enquête déjà ancienne ne peut être considérée, a priori, comme toujours valable. Peut-être les choses ont-elles changé.

Le vote pour Nicolas Sarkozy au premier tour de l'élection présidentielle est en revanche un phénomène récent, qui a marqué le début de l'effacement du Front national. Mais parce que Sarkozy a récupéré une bonne partie de l'électorat frontiste, sa carte électorale a repris les deux caractéristiques fondamentales du vote d'extrême droite : implantation sur la partie est du territoire national en corrélation avec la proportion d'immigrés d'origine maghrébine, surreprésentation dans les zones égalitaires du Bassin parisien et de la façade méditerranéenne. Sarkozy, héraut de l'inégalité à l'américaine, se retrouve avec une implantation électorale incluant un trait typiquement égalitaire, gaulliste ou bonapartiste. Dix mois plus tard, les élections municipales montrent à quel point les électeurs français ont apprécié les cadeaux fiscaux faits aux grands privilégiés et les attaques contre les petits privilégiés des régimes spéciaux. Il y a plus profond dans la débâcle de l'UMP qu'une condamnation du style « bling-bling ».

Mais, avant de spéculer plus avant sur l'éventuel ébranlement des valeurs égalitaires, nous devons nous demander comment des pays comme l'Angleterre, les États-Unis ou l'Allemagne ont pu passer de l'alphabétisation de masse à la démocratie sans que leur fonds anthropologique ait inclus une valeur égalitaire. S'il existe un moyen de se passer de l'égalité anthropologique, sa disparition n'est peut-être pas si grave. En réalité, les mécanismes qui permettent l'émergence de la démocratie en l'absence de la valeur familiale d'égalité n'ont, on va le voir, rien de rassurant ; ils mettent en évidence que la démocratie primitive s'ancre dans une conscience ethnique ou même raciale peu aimable. La disparition de la valeur d'égalité pourrait faire retomber la France à ce niveau plus simple de la vie démocratique.

CHAPITRE 5

Ethnicisation ?

On ne peut qu'être frappé par la facilité avec laquelle les États-Unis se sont installés dans une vie démocratique, plus vite et naturellement que la France. Aucun principe familial égalitaire cependant n'y conduisait de l'égalité des frères à celle des hommes en général. C'est la présence de deux groupes parias, les Indiens et les Noirs, qui a permis de fixer hors du peuple blanc l'idée d'inégalité et de définir une égalité interne au groupe. La grande période d'affirmation démocratique fut aussi, sous Andrew Jackson (président de 1829 à 1837), celle où l'hostilité aux Indiens s'exacerba. Tocqueville relève, avec surprise ou malice, on ne sait trop, que les États esclavagistes du Sud ont joué un rôle particulier dans l'éclosion du sentiment démocratique[1]. La présence de Noirs nombreux y stimulait le principe d'égalité entre Blancs.

On pense que le concept de race est séparateur. On ne se rend pas compte que, dans le cas des États-Unis, il a été aussi unificateur en permettant d'oublier toutes les différences culturelles entre immigrés européens d'origine anglaise, écossaise, irlandaise, allemande, scandinave, juive, italienne. Il est vrai que, dans le cas des Italiens, la population américaine déjà présente eut une petite hésitation à les considérer comme blancs. Tardivement, Chinois et Japonais, victimes d'un racisme féroce jusqu'à la Seconde Guerre mondiale, ont fini par être répertoriés comme non noirs et intégrés au marché matrimonial blanc. Être épousable détermine, aux États-Unis comme en Europe, l'appartenance à un groupe, majoritaire ou minoritaire.

Outre-Atlantique, les hommes blancs évitent soigneusement les femmes noires en tant qu'épouses potentielles, signe sûr de la résistance des attitudes raciales, malgré les efforts menés depuis les débuts de la lutte pour les droits civiques. Il serait cependant absurde de nier qu'une évolution importante s'est produite au niveau politique. Sous la présidence Bush, Colin Powell et Condoleezza Rice se sont succédé aux Affaires étrangères, le secrétariat d'État devenant cependant, depuis la séance mémorable de l'ONU où Powell dut mentir effrontément sur les armes de destruction massive, le secrétariat au Mensonge d'État, comme s'il fallait un Noir pour porter officiellement la souillure. Depuis, l'irruption de Barack Obama dans la course à la présidence a ébranlé un peu plus le vieux système racial. Mais, justement, l'émancipation politique des Noirs, sur fond de ségrégation matrimoniale persistante, survient en pleine dérive oligarchique du système américain : au moment même où la montée d'inégalités éducatives et économiques spectaculaires brise l'égalitarisme interne au groupe blanc, alors que les classes moyennes se désintègrent, que se développent simultanément une *underclass* et une *overclass* blanches, selon l'expression de Michael Lind[2]. Racisme et démocratie constituaient bien une totalité fonctionnelle. Souvent considéré comme le défaut de la démocratie américaine, le racisme était, en réalité, son fondement[3]. Il est un principe simultanément d'exclusion et d'intégration, selon une formule sociopolitique qui apparaît finalement assez banale lorsqu'on étudie la formation d'autres démocraties concrètes.

Commençons par Athènes. La progression de l'idéal démocratique s'y accompagna d'une fermeture quasiment raciale du corps des citoyens, dont l'égalitarisme interne s'accompagnait d'une définition de populations « extérieures » — esclaves, métèques ou étrangers — comme inférieures en statut et en essence. En 451 av. J.-C., en pleine période d'affirmation démocratique, une loi athénienne établit que pour être citoyen il fallait avoir non seulement un père, mais aussi une mère athénienne.

Pierre van den Berghe, dans ses recherches sur le racisme, d'abord en Afrique du Sud, puis dans l'ensemble des Amériques, a utilisé le concept de *Herrenvolk democracy*, « Démocratie du peuple des seigneurs », pour décrire et comprendre la mécanique interne de ces démocraties sociales et politiques qui réservent à une catégorie dominante le bénéfice de l'égalité entre citoyens[4].

Dans *La Révolution brune*[5], étude de la société allemande sous le IIIe Reich, l'historien américain David Schoenbaum a montré que le nazisme, en dépit de son discours rétro sur le retour à la terre et au sang, avait représenté pour l'Allemagne le moment crucial de la démocratisation. En un sens social très particulier, l'expérience national-socialiste fut l'équivalent de la Révolution française, avec sa version de la nuit du 4 août et de l'abolition des privilèges. Paysans, ouvriers, petits et grands bourgeois, grands et petits nobles, se sont alors fraternellement assis dans les mêmes cantines de la SS ou, plus modestement, de la Wehrmacht. L'antisémitisme nazi, principe d'exclusion et même de destruction, a permis à la société allemande, depuis longtemps alphabétisée, de surmonter la force du principe d'inégalité inscrit dans sa structure familiale traditionnelle. La famille souche inclut en effet, le plus souvent, un droit d'aînesse, prédisposant à considérer non seulement les frères, mais les hommes en général, les classes ou les peuples comme inégaux. La différence juive supposée, hystérisée, faisait oublier tout le reste, à l'intérieur du pays, tandis que la virulence du principe inégalitaire projetait sur le monde extérieur une hiérarchie fine des infériorités, du sémite au latin en passant par le slave.

Le cas de l'Angleterre est évidemment plus flou. En raison de la puissance de sa tradition aristocratique et de sa polarisation en bourgeois et prolétaires par la révolution industrielle, elle a résisté assez longtemps à la démocratisation, malgré sa tradition parlementaire. Le suffrage universel s'est établi par étapes entre 1832 et 1918. Aucun groupe paria interne cependant ne palliait l'absence d'un principe d'égalité inscrit dans le fonds anthropologique. Sans être inégalitaire comme la famille allemande, la famille anglaise ne recèle aucun principe ferme d'égalité. Mais on doit observer que l'Angleterre, lorsqu'elle s'est démocratisée à l'époque victorienne, était spectaculairement impériale. Le droit de suffrage fut étendu à un peuple qui pouvait se concevoir comme le groupe dominant de l'Empire britannique, un ensemble multinational comme on n'en avait jamais vu dans l'histoire de la planète. Lorsqu'ils acceptèrent la démocratie, les Anglais étaient bien un peuple de seigneurs, supportant, selon les termes de Rudyard Kipling en 1899, le fardeau de l'homme blanc.

En Europe comme en Amérique le principe d'exclusion a donc suppléé au déficit de valeurs familiales égalitaires. Au lendemain de la Seconde Guerre mondiale cependant la démocratie semblait avoir acquis une dynamique suffisante pour pouvoir se passer d'un sentiment de supériorité ethnique ou raciale.

Depuis l'élimination des discriminations explicites contre les Noirs aux États-Unis, depuis la fin de l'apartheid sud-africain, il n'existe plus qu'une seule démocratie officiellement ethnique, Israël. La culture juive n'est pas égalitaire quant à la structure familiale. Un examen de la Bible montre une prédominance modérée de la primogéniture masculine, avec une double part pour l'aîné dans les règles d'héritage du Deutéronome, règle plus que tempérée par une préférence secrète pour le dernier-né, le faible qui devient fort par son intelligence. Isaac, Jacob, David, Salomon furent tous des fils cadets, comme le Petit Poucet. Sur le plan de la démocratie politique, le système israélien est très proche des formes originelles américaine ou anglaise, et surtout de la formule athénienne du ve siècle avant Jésus-Christ à cause de la prégnance du fait militaire. Les cités grecques vivaient par la guerre autant que pour la culture, tout comme Israël, installé dans son conflit avec le monde arabe.

Formellement, la démocratie israélienne est parfaite. La liberté d'expression y est complètement assurée. Les affrontements partisans n'y menacent jamais d'effondrement le système de représentation. Mais l'homogénéité du corps des citoyens est assurée par la présence d'un ennemi immédiat, l'Arabe, qu'il s'agisse de l'Arabe indépendant du Liban, de Syrie, de Jordanie ou d'Égypte, de l'Arabe colonisé de Cisjordanie, ou de l'Arabe de nationalité israélienne, électeur mais marginalisé. Ici encore le mariage mixte, par son absence, révèle la nature profonde du système social et politique. Israël est bien une démocratie ethnique, dans laquelle l'égalité des citoyens s'appuie sur une différence radicale avec un peuple extérieur partiellement dominé.

En France : de la lutte des races à la lutte des classes

Face aux exemples américain, anglais, allemand, israélien, auxquels on n'aurait guère de difficultés à ajouter d'autres nations à dominante protestante — scandinaves, suisse, néerlandaise —, la France apparaît un peu seule en Europe, avec sa démocratie universaliste, qui ne se définit pas, en théorie, contre un autre, étranger ou inférieur. Mais sommes-nous bien sûrs que la démocratie française ne s'est pas définie contre un autre ? Il est en réalité facile de trouver cet autre originel, à ceci près qu'il n'est ni étranger ni inférieur, mais national et supérieur. Bien avant l'alphabétisation complète de tout le territoire, bien avant l'établissement du suffrage universel, la Révolution française a défini le corps des citoyens par l'expulsion symbolique de l'aristocratie. Le pamphlet de Sieyès, *Qu'est-ce que le tiers état ?*, texte programme de la Révolution, ne laisse aucun doute à ce sujet. Non seulement il désigne les nobles comme ennemis, mais il lui paraît nécessaire de s'en débarrasser.

Pourquoi le tiers « ne renverrait-il pas dans les forêts de la Franconie toutes ces familles qui conservent la folle prétention d'être issues de la race des conquérants et d'avoir succédé dans leurs droits ? La nation, alors épurée, pourra se consoler, je pense, d'être réduite à ne se plus croire composée que des descendants des Gaulois et des Romains ».

En France, la nation, composée d'hommes libres et égaux, a pris conscience d'elle-même en dénonçant un groupe adverse, qu'elle se proposait d'expulser[6]. De façon hautement significative, l'autre, en vertu il est vrai des théories délirantes de la noblesse elle-même, était censé appartenir à une race étrangère. La lutte des classes est née symboliquement en France d'une lutte des races. Le principe d'égalité inscrit dans la structure familiale n'a pas mis le pays de l'homme universel à l'abri d'une définition du corps des citoyens par l'exclusion d'un homme différent, supérieur.

La lutte des classes, mentionnée par Augustin Thierry (1795-1856) puis par François Guizot (1787-1874), devint par la suite une spécialité française, finalement théorisée par Karl Marx dans ses analyses de la révolution de 1848 et du coup d'État de Louis Napoléon Bonaparte. Dans les *Luttes de classes en France*, observation à chaud des événements révolutionnaires, Marx s'efforce d'établir des correspondances systématiques entre individus, forces partisanes et groupes socio-économiques. Propriété foncière, bourgeoisie financière, petite bourgeoisie et prolétariat s'affirment dans les luttes parlementaires et s'affrontent dans la rue. La paysannerie, classe ambiguë, siffle la fin de la partie en désignant au suffrage universel le parent supposé de l'empereur comme président de la République.

La suite de l'histoire nationale est complexe, mêlant, comme toutes les histoires nationales, affrontements de classes et questions identitaires. La France fut le pays de l'affaire Dreyfus, de la germanophobie, de l'Action française. Mais elle semble avoir toujours préféré, en définitive, l'affrontement de classes à l'affrontement ethnique ou racial. En 1936, en pleine crise économique mondiale, elle s'offrait les conquêtes sociales du Front populaire alors que de l'autre côté du Rhin on célébrait l'aryanité et on commençait de remplir les camps de concentration.

Le trait égalitaire du système anthropologique explique cette préférence pour la lutte de classes. Si l'on croit les hommes égaux, il paraît plus raisonnable de s'attaquer aux privilèges économiques et sociaux que de désigner un bouc émissaire, de cibler le supérieur national plutôt que l'inférieur étranger. Avec la présidence de Nicolas Sarkozy, nous devons nous demander si cette préférence pour le conflit de classes est toujours vivante ou si la France, enfin « normalisée », va se rapprocher des autres démocraties occidentales par une refondation identitaire à base ethnique, religieuse ou raciale. J'ai déjà noté au chapitre précédent l'ambivalence des motivations de l'électeur du Front national, hostile aux immigrés et aux « élites », simultanément inégalitaire et égalitaire. Un fraction importante de cet électorat a rejoint Nicolas Sarkozy. Nous avons désormais un « ministère de l'Immigration, de l'Intégration et de l'Identité nationale », dont la dénomination évoque beaucoup plus Vichy que la tradition républicaine universaliste. Du point de vue de l'analyse anthropologique et politique pure la situation est cependant beaucoup plus sérieuse que sous Pétain : le régime de Vichy s'était installé à la suite d'une invasion, alors que la république se désagrégeait. Nicolas Sarkozy a été élu avec 53 % des suffrages, dans le cadre d'un système représentatif autonome et stable, en tant que porteur d'un message à peine subliminal désignant les immigrés, leurs enfants et les pays musulmans comme des problèmes, un ennemi. Son talent particulier est d'avoir réussi à définir un bouc émissaire à usage des classes populaires, tout en enveloppant l'opération de rideaux de fumée à l'usage des classes supérieures, comme la nomination de Rachida Dati, Rama Yade et Fadela Amara à des postes importants ou honorifiques.

Reste que Sarkozy est indéniablement une production autonome du pays. Il représente le triomphe endogène d'une thématique identitaire. Ce point est fondamental : ébranlée par le vide religieux et idéologique, minée par la nouvelle stratification éducative, par l'incapacité de ses classes dirigeantes à arrêter la baisse du niveau de vie, la démocratie française ne serait-elle pas en train de se ressourcer dans une affirmation identitaire ? C'est la question la plus grave que pose l'élection de Nicolas Sarkozy. Son ascension récente n'a été, en effet, que superficiellement associée à des thèmes économiques « rationnels » comme la réhabilitation du travail, la réforme de la fonction publique, ou l'encouragement à effectuer des heures supplémentaires. L'essentiel du discours sarkoziste, ainsi qu'on essaye un peu trop de le faire oublier, concernait la question des banlieues, l'immigration et l'identité. Assurément le Président se présente comme l'ami des riches, comme le champion d'une lutte des classes qui aurait été remportée par les privilégiés. Mais le Parti socialiste ne livre pas toute la vérité lorsqu'il désigne le « paquet fiscal » favorisant les hauts revenus comme le péché originel de la présidence. Son véritable péché originel, son acte fondateur si on l'approuve, c'est l'ensemble des provocations antijeunes, anti-immigrés, antimusulmanes qui ont permis à Nicolas Sarkozy de rallier une partie de l'électorat du Front national.

Le soulèvement des banlieues, une crise française

Sarkozy est entré dans l'histoire de France par quelques mots inhabituels en politique comme *racaille* et *Kärcher*, visant les jeunes en difficulté des banlieues, en majorité d'origine étrangère au stade actuel des stratifications socio-économiques et du chômage. Pour réintégrer à la droite « républicaine » les électeurs du Front national, il a dû mener le conservatisme français plus loin à droite que celui-ci ne l'avait fait. Au temps de sa splendeur, Le Pen éructait contre l'immigration dans un français choisi, incluant quelques subjonctifs dont même les intellectuels qui dénoncent la décadence française n'ont plus l'usage. La violence verbale du Front national, grammaticalement contrôlée, avait fonction d'exutoire : à partir de 1986, les violences physiques contre les jeunes d'origine maghrébine diminuèrent. Ministre de l'Intérieur, Sarkozy ne s'est pas contenté d'agresser verbalement les gamins de banlieue; il a mis l'appareil d'État — en l'occurrence la police nationale et la gendarmerie — au service de sa politique provocatrice[7].

Les émeutes qui ont enflammé les banlieues de l'Hexagone entre le 27 octobre et le 17 novembre 2005 ne doivent pas tomber dans l'oubli ou être considérées comme anecdotiques. Ce fut un traumatisme dont l'élection présidentielle permet, rétrospectivement, de mesurer la gravité. Effrayée, la masse des petits commerçants et des artisans électeurs du Front national a rallié Sarkozy.

L'examen statistique des personnes arrêtées prouve cependant qu'il s'est agi d'une révolte sociale et générationnelle plutôt qu'ethnique, raciale ou religieuse. Dans le Nord, une majorité des jeunes appréhendés n'étaient nullement d'origine maghrébine ou africaine ; beaucoup avaient les yeux bleus et portaient de doux noms d'origine flamande. Et la flambée des banlieues de l'Ouest, qui comptent peu d'immigrés, n'est pas compréhensible à partir d'hypothèses sur le caractère ethnique de l'événement. Les jeunes de Saint-Brieuc sont-ils vraiment d'origine maghrébine ou africaine noire ?

Les destructions de bâtiments publics, dont quelques-uns ayant un caractère éducatif, reflétaient non pas l'extériorité culturelle des jeunes, mais leur appartenance à la partie de la société française qui ressent l'éducation comme un facteur de segmentation et d'oppression plutôt que d'émancipation. Autrefois perçu comme un instrument de progrès personnel et d'ascension sociale, le système scolaire paraît aujourd'hui aggraver la ségrégation sociale. À l'inégalité croissante de niveaux éducatifs différents s'ajoute la rareté des débouchés accessibles aux niveaux inférieurs. Le chômage et surtout, de plus en plus, les salaires bas qui attendent les jeunes à la sortie leur font considérer le collège et le lycée comme des escroqueries. Les « républicains » qui s'indignent et évoquent inlassablement le bon temps où l'on respectait l'école ne sont pas aussi loin qu'ils le croient de Marie-Antoinette recommandant la consommation de brioches lorsque le pain vint à manquer. Le Président, quant à lui, s'apprête à se venger de ses complexes scolaires en diminuant le nombre des enseignants. L'Éducation nationale a, semble-t-il, plus à craindre de lui que des jeunes casseurs.

Le soulèvement des banlieues n'avait pas de programme, pas de message articulé. Mais la seule échelle de l'événement, qui a embrasé l'ensemble du territoire national durant près de trois semaines, le définit comme « politique » même s'il n'a pu être en pratique qu'une protestation vide de revendication consciente. Mais ce vide est celui de la France de l'an 2000. Il représente, au niveau des humbles, le reflet du néant national, présent à tous les niveaux de la république. Dans notre ambiance de vide programmatique — sarkoziste, ségoléniste, besanceniste ou socialiste — comment exiger mieux des moins éduqués ? Révolte brute contre la discrimination, expression maladroite d'une volonté de participation à la vie de la cité, le soulèvement des banlieues exprimait malgré tout la vieille valeur française d'égalité.

Le mélange des origines nationales, ethniques,

religieuses, raciales qui caractérisait les jeunes lors des affrontements avec la police était lui aussi bien français, assimilateur. Les bandes étaient de toutes les couleurs. Rien de tel ne pourrait s'observer dans le monde anglo-saxon où la segmentation raciale et ethnique détermine la formation de bandes homogènes quant à l'origine. Sous une forme culturellement détériorée se faisait entendre une exigence d'intégration et non un désir de séparation. Quant à la qualité morale et intellectuelle du mouvement : était-il pire ou meilleur de caillasser la police, sans slogan, dans les banlieues en 2005 que de le faire en hurlant des inepties du genre « CRS = SS » dans le centre de Paris en 1968, comme moi, à dix-sept ans ?

Il n'empêche, bien des commentateurs ont voulu voir dans cet épisode typiquement français l'irruption d'une problématique ethnique, religieuse ou raciale, au cœur ou sur les franges de la société française selon le point de vue. La révolte n'aurait pas été le fait de jeunes, mais de Maghrébins ou d'Africains mal assimilés.

Le soulèvement des banlieues au cœur de l'élection présidentielle

Sa violence et son étendue ont vraisemblablement été au-delà de ce qu'espérait le ministre de la Provocation. Mais ensuite, par un ensemble de signaux méthodiquement placés, celui-ci revendiqua l'événement, se définissant comme le représentant d'une France identitaire dressée contre l'agression ethnique et religieuse venue des banlieues. Au début de 2007, sa baisse dans les sondages et la hausse concomitante de Ségolène Royal eurent sur lui l'effet d'un puissant stimulant. Selon l'institut CSA, Sarkozy chuta de 33 à 26 % d'intentions de vote entre le 15 février et 7 mars. C'est à ce moment-là qu'il proposa la création d'un ministère de l'Immigration et de l'Identité nationale, alors que toutes les enquêtes d'opinion montraient que, depuis de longues années, l'immigration n'était plus aux yeux des Français qu'un problème secondaire, loin derrière les difficultés économiques. Le 22 mars, d'après un sondage CSA, Nicolas avait rattrapé Ségolène, ils étaient à égalité. Le thème identitaire montait en puissance.

Fin mars, Ségolène Royal, sans doute conseillée par Jean-Pierre Chevènement, leva le dernier obstacle à cette fuite hors de la réalité des problèmes économiques et sociaux : ne pouvant utiliser comme son concurrent de droite le thème de l'immigration, elle prôna, de façon assez rétro, le recours à *La Marseillaise* et au drapeau tricolore. Quelques jours plus tard, le 26 mars, Nicolas Sarkozy quittait le ministère de l'Intérieur. Le lendemain, à la gare du Nord, des affrontements spectaculaires opposaient bandes de casseurs et forces de police. Au soir du premier tour de l'élection présidentielle, le sondage TNS Sofres dit de « sortie des urnes » indiquait que ce qui avait le plus influencé le vote des électeurs de Sarkozy était, mentionné par 43 % d'entre eux, le choc de la gare du Nord.

L'enchaînement des faits, leur importance obligent à s'interroger (ce que la presse n'a pas fait) sur la spontanéité de ces affrontements. L'agent provocateur, après tout, est une figure familière dans l'Histoire. Faute d'information crédible, il est évidemment impossible d'avoir aujourd'hui la moindre certitude. Il appartiendra aux historiens futurs de trancher. Mais nous devons au moins poser la question tant l'épisode de la gare du Nord a joué un rôle central dans la campagne présidentielle. Jamais Nicolas Sarkozy n'aurait atteint 31 % des suffrages au premier tour sans le climat de fièvre qu'engendra cet événement, pas seulement en lui-même mais aussi et surtout parce qu'il rappelait la grande flambée des banlieues survenue dix-sept mois auparavant.

Sarkozy quitte la Place Beauvau, le désordre règne, le discours identitaire du candidat s'offre à protéger les Français désemparés. Création d'un ministère de l'Immigration et de l'Identité nationale, rejet de la candidature turque à l'entrée en Europe comme signal antimusulman : tout cela a été bien ficelé si ce n'est bien pensé. C'est une France gagnée par la peur, qui a transformé le ministre de l'Intérieur pyromane de 2005 en président identitaire de 2007. Ce serait cependant surestimer Nicolas Sarkozy que de lui attribuer l'entière responsabilité de l'instrumentalisation politique du thème ethnique par la droite dite républicaine. Certains intellectuels ont joué un rôle clef.

Alain Finkielkraut et son « pogrom antirépublicain »

Au contraire d'André Glucksmann et de quelques autres, Alain Finkielkraut n'a pas désigné Nicolas Sarkozy comme son candidat. Dans un entretien avec Éric Aeschimann, publié par *Libération* le 8 février 2007, l'essayiste laissait seulement percer sa sympathie pour lui et son hostilité envers Ségolène Royal. Il n'empêche, Glucksmann n'a rien produit d'idéologiquement significatif durant la période. Finkielkraut en revanche avait donné à chaud, dans le *Figaro* du 15 novembre 2005, l'interprétation de la crise des banlieues qui convenait à un candidat à la présidence jouant la carte identitaire : la formalisation du thème ethnique, couronnement doctrinal du pessimisme culturel français.

Telle une vieille dame en colère, véritable Tatie Danielle de l'élite, Finkielkraut a condensé dans cet entretien des décennies de ressentiment, dénonçant pêle-mêle le déclin de l'éducation, les déprédations de bâtiments scolaires, le langage des jeunes, le rap et ses outrances. Il refuse catégoriquement de comprendre les problèmes des banlieues, de placer dans son champ de vision le chômage et les discriminations dont les jeunes, d'origine étrangère ou non, sont victimes. Et s'il concède qu'il peut éprouver de la sympathie pour de bons élèves d'origine maghrébine ou africaine, c'est en sous-estimant visiblement leur nombre.

Par ses thèses provocatrices et simplificatrices, Finkielkraut est le penseur de droite de la période.

> Si ceux qui mettent le feu aux services publics, qui lancent du haut des tours d'immeubles des boules de pétanque sur les policiers ou qui agressent les pompiers, avaient la même couleur de peau que les émeutiers de Rostock dans l'Allemagne réunifiée des années 90, l'indignation morale prévaudrait partout. [...]
>
> [...] ce qui prévaut, c'est la compréhension, la dissolution du sentiment de l'injustifiable dans la recherche des causes. Dans l'hypothèse Rostock, politiques, intellectuels, journalistes, responsables d'associations, chercheurs en sciences sociales, tous crieraient comme un seul homme : Le fascisme ne passera pas ! Mais comme ces lanceurs de boules et de cocktails Molotov sont des Français d'origine africaine ou nord-africaine, l'explication étouffe l'indignation ou la retourne contre le gouvernement et l'inhospitalité (*sic*) nationale.

Jamais on n'aurait parlé calmement de ces jeunes casseurs, assure Finkielkraut, s'ils n'avaient été d'origine africaine ou nord-africaine. Il se cache à lui-même une vérité beaucoup plus cruelle : jamais en France, on n'eût toléré que des émeutiers soient caractérisés par la couleur de leur peau, si ce blasphème antirépublicain n'avait été le fait d'un intellectuel d'origine juive, auquel la sacralisation de la Shoah garantit une protection plus sûre que le passé colonial aux jeunes de banlieue. Dans cet entretien comme ailleurs (il a été plus violent encore dans le journal israélien

Haaretz) il a proposé une lecture ethnicisée et raciale des émeutes de banlieues dont l'essentiel cependant n'est pas la référence aux origines étrangères des jeunes.

Le véritable intérêt de l'entretien est dans l'expression « pogrom antirépublicain » qui a été fort critiquée et qui révèle chez son auteur un véritable génie de la synthèse conceptuelle. Le mot république renvoie à la tradition politique française, d'essence universaliste, pogrom à une notion ethnoreligieuse. Les massacres de Juifs organisés, en 1881-1882, dans la Russie tsariste par des groupes liés au pouvoir devaient servir d'exutoire à l'exaspération du peuple, d'origine économique. Ces pogroms ont amorcé le mouvement d'émigration des Juifs russes vers les États-Unis, *via* l'Angleterre. Et s'ils ont beaucoup fait souffrir les Juifs, ils n'ont pas été d'une grande utilité au tsarisme, qui fut renversé en 1917. Le trait égalitaire du fonds anthropologique russe a engendré dans ce pays, comme dans la France traditionnelle, une préférence pour la lutte des classes, pour la désignation des rois et des nobles comme ennemis.

Avec l'expression « pogrom antirépublicain » Finkielkraut évoque une république française minoritaire, menacée par la violence d'une population étrangère virtuellement majoritaire. Il sait bien que les enfants d'immigrés ne sont pas la majorité de la société française. Tout au plus le sont-ils en Seine-Saint-Denis. La vision est délirante, mais cohérente et efficace. Elle tend à formaliser une mutation ethnique du système social et politique français, un passage régressif au stade de la démocratie ethnique. La démocratie, sous sa forme républicaine, subsiste, mais elle surplombe des ethnies extérieures, dominées et hostiles. Ce modèle sociopolitique implicite représente peut-être une tentative instinctive et inconsciente d'Alain Finkielkraut pour résoudre un conflit de loyauté, expression d'une sincérité désespérée plutôt que d'un machiavélisme sordide.

Il y a quelques années encore, Finkielkraut était considéré comme l'un des chantres de l'universalisme français, un bon républicain, héritier de l'école laïque. Il s'est défini plus tardivement comme représentant d'un peuple juif menacé. La loyauté de l'essayiste envers l'État d'Israël se superpose donc à ses obligations d'intellectuel français. Mais l'analyse politique la plus élémentaire nous impose le fait incontournable que les principes qui fondent la République française d'une part, l'État d'Israël de l'autre, sont incompatibles : tout le monde peut en théorie, s'il immigre et s'assimile, devenir français. Tout le monde ne peut pas devenir israélien au sens plein, c'est-à-dire israélien et juif. L'appartenance au peuple juif est, pour l'essentiel, définie par un droit du sang, qui exclut autant qu'il inclut. La République française est une démocratie universaliste. L'État d'Israël est une démocratie ethnique, avec ses exclus et dominés arabes.

On conçoit donc tout le bénéfice psychologique qu'un intellectuel qui se pense français et juif, simultanément et également fidèle à la France et à Israël, pourrait tirer d'une ethnicisation de la société française, de sa redéfinition comme une démocratie ethnique, avec ses vrais citoyens blancs ou d'origine chrétienne. L'ethnicisation de la France ramènerait la République au niveau non universaliste de la démocratie primitive athénienne, américaine ou israélienne : un corps de citoyens égaux, constitué par opposition à un ou plusieurs groupes opprimés, extérieurs ou inférieurs, ou présentant simultanément ces trois caractéristiques.

Les ouvriers et les jeunes contre l'ethnicisation

La campagne de Nicolas Sarkozy a abouti, au premier tour de l'élection présidentielle, au très beau score de 31 % des suffrages, surprenant même, si on le compare aux 12,8 % obtenus par la liste RPR qu'il conduisait aux élections européennes de juin 1999. Mais c'est surtout par rapport aux 19 % recueillis par Chirac en 2002 que ce résultat est remarquable. Si l'effondrement du Front national n'explique pas, à lui seul, la totalité des gains, il constitue cependant l'élément dynamique principal du processus de reconquête. Le basculement de l'électorat d'extrême droite a dû beaucoup à l'anxiété qui caractérisait la société française des années 2005-2007 ; et le ministre de l'Intérieur, on l'a vu, s'était employé à l'alimenter. Mais peut-on affirmer que les ralliés au sarkozisme ont voté pour la thématique identitaire du futur président, et conformément à la représentation implicite, finkielkrautienne, d'une résistance au « pogrom antirépublicain » ? Une analyse détaillée des résultats montre que les déterminants essentiels du vote furent en réalité socio-économiques et démographiques. Loin d'être une nouveauté « ethnique », le vote sarkoziste a été un vote de peur traditionnel, contre les jeunes et contre les pauvres, qui n'est pas sans rappeler le vote conservateur qui avait suivi, en juin 1968, le soulèvement de la jeunesse et la grève ouvrière. L'électorat sarkoziste n'est pas plus ethnique que le soulèvement des banlieues.

Au premier tour, le 22 avril 2007, les gains de Nicolas Sarkozy dans le monde ouvrier sont plus que modestes. Chirac avait obtenu 14 % de leurs votes, Nicolas Sarkozy attire 17 % des électeurs appartenant à un ménage dont le chef est ouvrier. Ségolène Royal, malgré son style « bourgeois tendance bénitier », fait remonter les lamentables 12 % de vote ouvrier pour Jospin en 2002 à 24 % en 2007. Bayrou, porteur d'un discours confus sur le « ni droite ni gauche », mais impeccablement républicain par son rejet des thématiques identitaires, recueille 16 % du vote ouvrier, presque autant que Sarkozy. Besancenot est à 7 %, Buffet à 1 %, signant par ce pourcentage infime la mort clinique du communisme dans le monde populaire[8]. Si la lutte des classes continue, ou plutôt reprend, ce sera sans doute avec Karl Marx, mais sans le PCF.

C'est du côté de la boutique qu'il faut chercher le basculement de l'électorat d'extrême droite : Chirac n'avait réalisé que 20 % chez les petits commerçants, artisans et chefs d'entreprise, Sarkozy a atteint 37 %. Le Pen qui comptait 32 % d'électeurs dans cette catégorie en 2002 est tombé à 13 % en 2007. La magie du Front national était de souder, hors d'une problématique de classe, des ouvriers de gauche à des boutiquiers de droite, dans une alliance ambiguë, simultanément identitaire et contestataire, anti-arabe et anti-élite. L'élection présidentielle a brisé cette transcendance nationale, ramené les petits commerçants à droite, les coupant du monde ouvrier. Cette séparation marque une défaite du principe identitaire au profit des alignements de classe. Le processus n'est pas achevé puisqu'une bonne partie des ouvriers — 26 %, comme en 2002 — sont en fait restés, au premier tour, fidèles au Front national, constituant une sorte de dernier carré résiduel, exprimant par leur attachement à Le Pen la profondeur dramatique de leur désarroi, de leur aliénation. C'est pourquoi la carte du vote Le Pen, le 22 avril 2007, ressemble tellement à celle de la vieille industrie à l'abandon, dans la partie nord et est du Bassin parisien, entre la Somme, les Ardennes et le territoire de Belfort. La façade méditerranéenne, pauvre en ouvriers, riche en petits commerçants, a en revanche massivement abandonné le leader du Front national pour rallier la droite dite républicaine.

Deuxième caractéristique d'un vote de droite banalement conservateur, les personnes âgées. En 2002, Chirac avait obtenu, au premier tour, 31 % des suffrages des plus de 65 ans. Sarkozy a atteint 44 % dans ce groupe d'âge, près de la majorité absolue. Les autres candidats ont littéralement été écrasés, Ségolène Royal plafonnant à 21 % (contre 16 % pour Jospin), François Bayrou à 15 %. Le Pen n'a pas seulement perdu des voix chez les petits commerçants : son score chez les plus de 65 ans est tombé de 18,5 % à 9 %.

Chez les 18-24 ans, Le Pen a régressé de 12 % à 8 %. Mais Ségolène Royal a recueilli 34 % de leurs voix contre 12,5 % à Jospin. Sarkozy a à peine amélioré le score de Chirac, 19 % contre 16 %. Bayrou a fait mieux : 20 %.

Les 18-24 ans ne formaient au deuxième tour de 2007 que 12 % du corps électoral effectif des citoyens qui ont voté. Mais, sans faire de « jeunisme », nous devons comprendre l'importance de leur allergie à Le Pen et à Sarkozy, leur choix de Ségolène Royal et, dans une moindre mesure, de François Bayrou, sans oublier leur vote modeste, à 6 %, pour Besancenot. La majorité des émeutiers d'octobre-novembre 2005 étaient encore plus jeunes, mais cet alignement électoral antidroite des 18-24 ans montre à quel point la jeunesse n'est pas coupée en France selon des clivages ethniques, religieux ou raciaux. Dans une société donnée, les jeunes ne représentent pas forcément l'avenir politique. Avant de peser dans une majorité, ils vont vieillir : mais ils sont toujours porteurs d'une version actualisée, simplifiée et exigeante du système de valeurs national, idéal brut qui n'a pas encore été poli, usé, par les réalités de la vie. Quand un pays dérive vers l'extrême droite, vers une ethnicisation ou une racialisation de sa vie sociale, les jeunes sont les agents les plus actifs de cette évolution. Dans l'Allemagne du début des années trente, les nazis étaient des jeunes. Rien de tel n'apparaît en France, plutôt le contraire.

Le second tour a confirmé les résultats du premier. 82 % des artisans, petits commerçants et chefs d'entreprise se sont portés sur Sarkozy, contre seulement 41 % des ouvriers. Chez ces derniers, Ségolène Royal a certes été loin des 75 % atteints par Mitterrand au second tour de 1988. Mais compte tenu de l'indigence de son discours sur les problèmes économiques et de sa fixation sur des thèmes identitaires, autoritaires et familialistes assez proches au fond de ceux de Sarkozy, une véritable puissance des alignements de classe s'est manifestée. Un mécanisme socio-économique spontané a joué contre les discours et les programmes.

Peut-être le thème sarkoziste de la réhabilitation du travail a-t-il, à l'insu de son promoteur, provoqué une remobilisation de classe. Il a sans aucun doute séduit les petits commerçants qui ont le sentiment de travailler plus que les fonctionnaires ou les ouvriers, tout en étant accablés de charges sociales. Il s'agirait là du triomphe d'une banale thématique poujadiste, qui nous entraîne bien loin du problème crucial de la globalisation économique et de la compétitivité de l'industrie française. Les petits commerçants, c'est vrai, travaillent très dur, particulièrement dans les métiers de l'alimentation comme la boulangerie et la boucherie. Il est normal que la droite, à laquelle ils fournissent des électeurs et des militants, se soucie de leurs angoisses. Mais il est clair que l'amélioration de leurs conditions de vie n'accroîtra en rien la compétitivité internationale de l'économie française, puisqu'ils ne sont pas des exportateurs notables. — À moins, évidemment, de considérer que la vocation de la France est de devenir un parc touristique se consacrant, par son petit commerce, au bien-être des visiteurs britanniques, néerlandais ou allemands. Les ouvriers, eux, ont apparemment très bien compris (au contraire du Parti socialiste qui n'a pas trouvé grand-chose à y redire) que le slogan « travailler plus pour gagner plus » ne les concernait pas. La compression des salaires induite par la globalisation économique et financière, par le libre-échange, les a placés dans une position absolument défensive. Leur objectif, leur espoir plutôt, n'est pas d'accroître leurs gains, mais de sauver leur emploi. S'ajoutant à l'image d'ami des riches qu'a l'ancien maire de Neuilly, le thème du travail permet de comprendre comment une élection qui s'est emballée sur des thèmes identitaires a pu conduire à un début de remobilisation de classe des électorats.

En somme, Sarkozy, héraut de la rupture, a été élu par les éléments les plus banalement à droite de la société française. S'il y a quelque chose de nouveau, et de réellement inquiétant, c'est sans doute la radicalisation à droite des personnes âgées — 64 % ont voté pour lui au second tour —, dans une société où le corps électoral vieillit, plus lentement qu'on ne le croit mais aussi plus sûrement encore qu'on ne l'imagine.

Rien de tout cela cependant n'évoque une dérive identitaire du corps électoral, tout au plus une crispation défensive de Français encore riches et de plus en plus âgés, contre une jeunesse économiquement opprimée et perçue, depuis le soulèvement des banlieues, comme menaçante. En outre, l'appauvrissement des retraités, qui commence à peine, implique que leur vote est loin d'être stabilisé à droite.

Après l'élection : le retour des thèmes socio-économiques

On ne peut que s'émerveiller de la facilité avec laquelle les affrontements économiques réapparaissent, à la moindre sollicitation, au cœur de la vie politique française. Dès la campagne pour les élections législatives, il a suffi pour que la mécanique électorale sarkoziste se grippe que Laurent Fabius ait la bonne idée d'évoquer la « TVA sociale », la hausse des prix et la baisse de pouvoir d'achat qui pourraient en résulter. Le Président si bien élu a donc immédiatement conduit l'UMP à une performance électorale médiocre. Le parti majoritaire a perdu 35 sièges et en a obtenu seulement 320 dans la nouvelle Assemblée, dont on avait pourtant annoncé qu'elle allait être une chambre introuvable.

Le Président a fait tout ce qu'il a pu pour maintenir sa thématique identitaire. Après avoir créé un ministère de l'Identité nationale, il a fait agiter le chiffon rouge d'un test ADN auquel devraient se soumettre certaines catégories d'immigrés pour prouver la réalité de leurs liens familiaux. La gauche tomba aussitôt dans le panneau, trop contente d'échapper à la vacuité de son programme concernant la globalisation économique et les délocalisations. Elle se rassembla au Zénith de Paris pour dénoncer un procédé effectivement ignoble, en refusant de voir l'évidence : aux yeux du gouvernement, l'intérêt du test ADN ne résidait pas dans les résultats, insignifiants, qu'il permettrait d'obtenir. Son intérêt était politique : délibérément ignoble, il signifiait aux électeurs ralliés du Front national que l'on pensait à eux. Il s'agissait de les fidéliser en continuant de leur désigner un bouc émissaire, immigré, maghrébin ou africain noir. Mais n'était-ce pas déjà se tromper sur leurs motivations ? Il est encore trop tôt pour mesurer l'effet que ce subterfuge aura à moyen terme sur l'opinion.

Quoi qu'il en soit, infatigable, le Président a très vite désigné un autre coupable. C'est là son style, calculé ou non : désigner des coupables. Les petits privilégiés des régimes spéciaux de retraites ont été sélectionnés et mis le dos au mur. Une grève s'ensuivit. Tout sembla d'abord bien tourner. Les sondages le montraient, les Français ne comprenaient pas pourquoi ces particularismes professionnels étaient maintenus. Les syndicats procédèrent à un repli en bon ordre, et se déclarèrent prêts à négocier leur abandon. Mais le mal était fait. Le gouvernement avait ramené l'esprit des citoyens sur les questions économiques et il apparut très vite que les Français étaient tout à fait capables, simultanément, de rejeter les régimes spéciaux et de désapprouver, sans doute beaucoup plus violemment, les cadeaux fiscaux faits aux véritables privilégiés. Pour Sarkozy, ce fut le début de la défaveur dans les sondages. L'exhibition de sa vie privée n'a sans doute fait qu'accélérer la plongée qui l'a mené, un an après son élection, au niveau de popularité le plus bas jamais enregistré par un président de la Ve République à ce stade de son mandat.

La vie politique concrète de la France ne suggère donc pas, pour le moment, une ethnicisation spontanée de la démocratie. Un malentendu paraît même exister, au-delà des apparences, entre un corps électoral préoccupé par l'économie et une classe dirigeante — politique ou intellectuelle — qui se passionne pour l'identité nationale. Alors que la société française s'inquiète des conséquences de la globalisation, dans les hautes sphères de la vie intellectuelle et politique, on manie de plus en plus de concepts ethniques ou religieux ; on s'alarme d'une immigration qui est la plus faible d'Europe ; on élabore une doctrine occidentaliste, dérivée du concept de choc des civilisations et fortement islamophobe. Comment ne pas voir, dans cette fixation sur l'identité, une tentative, consciente ou inconsciente, pour détourner contre des boucs émissaires une colère sociale d'origine économique ?

Reste maintenant à comprendre pourquoi la croyance économique fondamentale des classes supérieures, le libre-échange, leur interdit de répondre aux inquiétudes et aux aspirations de la population.

CHAPITRE 6

Le libre-échange contre la démocratie

La liberté de circulation des marchandises est pour nos classes supérieures un dogme, une véritable foi du charbonnier. Dans l'état actuel de la globalisation, qui combine envolée des inégalités, baisse des revenus et anarchie financière, la défense de cet a priori mobilise des trésors d'incompétence et d'aveuglement. La foi est en train de devenir mauvaise foi, visible, palpable, frôlant parfois le ridicule. Le 15 avril 2008, participant à un débat organisé par le quotidien économique et financier *La Tribune*, animé par Erik Izraelewicz, j'eus la stupéfaction d'entendre Jean-Claude Casanova comparer la peur actuelle de la concurrence chinoise à celle que suscitait la concurrence allemande aux tout débuts du Marché commun. Il mettait donc sur le même plan une ouverture commerciale entre deux pays de tailles, de niveaux de développement et de systèmes politiques comparables, et l'irruption sur le marché mondial d'un pays d'un milliard trois cents millions d'habitants, « bénéficiant » sur le plan concurrentiel de salaires insignifiants, et maintenus tels par la pression d'une dictature postcommuniste. Les gens sérieux ne sont pas toujours sérieux. Mais rétrospectivement j'admire le calme et le silence que conserva Erik Izraelewicz qui, trois ans plus tôt, avait consacré un livre à la spécificité du défi lancé par la Chine à la théorie classique du commerce international[1].

Plus loin sur l'estrade, Jacques Attali défendait son calamiteux rapport, expression classique d'un néolibéralisme qui n'a pas compris que, désormais, la réforme structurelle de papa — flexibilisation du marché du travail, réduction des rentes de situation —, ça ne suffit plus. De la réforme, encore de la réforme, toujours plus de réforme : le niveau des salaires en Chine, en Inde et ailleurs, ainsi que leur rythme de croissance nous assurent que l'ajustement structurel sera sans fin. Notre vie, celle de nos enfants passera avant que le coût du travail soit égalisé à l'échelle planétaire.

En attendant, les gens sérieux devraient avoir le courage de nous dire à quel niveau de revenus l'équilibre s'établira entre salaires européens, chinois et indiens. Sans le calculer, je peux affirmer que le système politique français n'y résisterait pas.

Un excellent économiste comme Patrick Artus, attaché au Groupe Caisse d'Épargne — un pied dans l'argent, l'autre dans la science, comme c'est l'usage dans le monde de l'économie politique —, saisit bien, depuis un certain temps déjà, le problème que pose le décollage de la Chine, mais il ne semble pas avoir le désir d'aller, publiquement du moins, jusqu'au bout de sa réflexion, de mettre sa responsabilité de savant et de citoyen au-dessus de la nécessaire prudence qui convient aux économistes bancaires.

Voici les titres et accroches de trois de ses remarquables bulletins de synthèse économique *Flash* destinés aux professionnels :

> *17 février 2004* : Pourquoi l'ouverture aux échanges semble être défavorable dans certains cas.
>
> *Présentation résumée* : La théorie économique enseigne que l'ouverture aux échanges commerciaux entre pays est mutuellement avantageuse. Pourtant, l'arrivée de certains pays émergents dans le commerce mondial semble nuire à certains pays avancés. Il doit donc exister des anomalies qui expliquent cette situation contraire aux attentes[2].
>
> *4 janvier 2005* : L'appauvrissement inévitable des États-Unis et de l'Europe à long terme.
>
> *La fin de présentation nous annonce que* « l'épargne mondiale investissable (sic) en capital productif des entreprises diminue, et puisqu'elle se dirige davantage vers les pays émergents, le stock de capital productif aux États-Unis et en Europe finira par être beaucoup réduit, ainsi que la production et les revenus[3] »
>
> *27 mai 2005* : La Chine et la théorie du commerce international.
>
> Si la théorie du commerce international est vérifiée, l'apparition de la Chine comme partenaire commercial majeur n'est pas inquiétante, au contraire. La Chine devrait se spécialiser dans des productions pour lesquelles elle a un avantage comparatif, une dotation factorielle favorable et le bien-être de tous devrait être accru. C'est l'argumentation utilisée par les optimistes.

> Cependant, on peut craindre que la réalité soit bien différente[4].

Etc., etc.

Mais quand il publie un livre destiné au grand public, par exemple en septembre 2007, Patrick Artus se contente, comme tant d'autres, de dénoncer la politique monétaire de la Banque centrale européenne, coupable de fixer des taux d'intérêt trop élevés[5]. La montagne accouche d'une souris. Sur Europe 1, Artus s'est donc fait remettre à sa place par le journaliste qui l'interrogeait : Dominique Souchier lui a fait poliment remarquer que, dans la mesure où des taux d'intérêt trop bas nourrissent une spéculation immobilière et la bulle correspondante (en cours d'explosion aujourd'hui), ils ne sont peut-être pas une solution. K.-O. technique.

L'obsession du logement, financée jusqu'à très récemment par une politique monétaire « accommodante » (pour faire moderne et ne pas dire laxiste), n'est d'ailleurs pas sans rapport avec les risques économiques que perçoit la population. Dans une société où l'instabilité professionnelle menace, où chacun peut se projeter dans un futur de sans-abri, posséder son logement est, autant qu'une retraite médiocre, la garantie d'une certaine sécurité. Ces petits pavillons neufs que nous voyons par centaines de milliers des fenêtres de nos TGV ou de nos trains Corail sont peut-être moins, dans l'esprit de leurs propriétaires, des rêves petits-bourgeois que des abris antiglobalisation.

Au printemps de 2008, la condition psychique de Patrick Artus semble s'être aggravée. Il nous a annoncé (en collaboration avec Marie-Paule Virard) qu'en ce qui concerne la « globalisation le pire est à venir », tout en dénonçant le protectionnisme, associé dans son esprit au populisme, comme le pire des scénarios. Nous sommes ici très proches d'une affection schizophrénique, limitée, espérons-le pour lui, à son activité professionnelle[6].

Les contradictions de la pensée économique touchent à leur terme. On s'aperçoit que la gestion prétendument moderne par la monnaie est inefficace. Ainsi que je le notai en 1999 dans la préface à la réédition de *L'Illusion économique*[7], les économistes qui se croient postkeynésiens lorsqu'ils réclament une gestion monétaire souple, et ne veulent plus des instruments de régulation que sont la politique budgétaire et le protectionnisme, sont beaucoup plus des protokeynésiens que des postkeynésiens.

La pensée de Keynes passa par trois phases. La première fut simplement conformiste et se présentait donc plutôt comme une non-pensée. Puis, dans son *Traité sur la monnaie*, publié en 1930 et qui résumait ses réflexions des années vingt, Keynes a effectivement mis en avant l'importance d'une gestion souple des taux d'intérêt. Plus tard, confronté à la crise de 1929, il a écrit la *Théorie générale de l'emploi, de l'intérêt et de la monnaie* qui parut en 1936 et conclut à la nécessité d'une politique économique plus active, intégrant la notion de relance par le déficit budgétaire. Dès 1933, il avait publié l'article dans lequel il reconnaissait que le libre-échange pouvait être, dans certaines circonstances, une erreur[8]. Notons quand même un retard de la théorie sur la pratique. Keynes a dû mettre en forme théorique, sans le dire, la politique d'investissement de l'État hitlérien qui, échappant avant les démocraties libérales à l'orthodoxie économique, avait déjà fait revenir l'Allemagne de 3,5 millions de chômeurs à 1,2 million lorsque la *Théorie générale* fut publiée. Il faudra un jour écrire l'histoire de la contribution des économistes libéraux prékeynésiens à la montée du nazisme. Sans eux, l'Allemagne n'aurait pas attendu Hitler pour résorber son chômage. Keynes a surtout démontré que l'action économique de l'État pouvait servir la cause de la liberté.

Du moins les économistes ont-ils en Grande-Bretagne la liberté de produire de la théorie. Penser l'économie, à temps ou en retard, est l'une des possibilités du monde anglo-saxon. L'économie politique y est une discipline forte et respectée, classiquement associée à la philosophie, au cœur de la tradition intellectuelle. En France, les économistes s'accordent rarement le droit de penser, qu'ils appartiennent à l'Université, à l'INSEE, à une banque ou au regretté mouvement Attac. Ils ont une excuse : au contraire de leurs collègues du monde anglo-saxon, ils ne parlent pas du cœur du système intellectuel national. Ils ne sont pas habilités à produire de la doctrine à usage politique, activité réservée en France aux sociologues, toujours associés, de Durkheim à Bourdieu, à la philosophie. Dans le monde des intellectuels français, on revendique même souvent son ignorance de l'économie, son indifférence à la chose. Penser la société, penser la révolution, penser la nation, penser la religion, penser l'islam, d'accord. Mais penser l'économie... hou là là ! Cette incompétence revendiquée explique en partie la dérive identitaire d'une fraction de nos classes pensantes qui sont en vérité plus désarmées encore intellectuellement que le prolétariat face à la nuisance sociale qu'est devenu le libre-échange. Les ouvriers, eux, comprennent que la concurrence chinoise fait baisser les salaires, et même la demande intérieure.

L'incapacité structurelle des économistes français résulte donc de vieux équilibres culturels, non d'une déficience intellectuelle. Aussi, ces dernières années, les remises en question théoriques du libre-échange ont-elles eu lieu aux États-Unis plutôt qu'en France, où la population est cependant plus que partout ailleurs hostile à l'ouverture commerciale sans frein. Au moment même où Samuelson écrivait son désormais célèbre article sur les effets négatifs du libre-échange, la majorité de nos économistes dénonçaient la population française comme peureuse et passéiste[9] Mais ce sont eux qui sont en retard, authentiques ringards de leur propre discipline. Deux exceptions notables doivent être mentionnées. Jean-Luc Gréau évoque dans *L'Avenir du capitalisme* la possibilité d'un remède protectionniste à la globalisation devenue folle. Cet économiste hors norme a été renvoyé du Medef, pour cause de compétence sans doute[10]. Jacques Sapir, qui défend aussi le protectionnisme, a quant à lui toujours été original puisqu'il est entré dans le métier en étudiant les cycles économiques dans l'économie planifiée soviétique.

Avec le discours anti-pensée unique concocté par Henri Guaino pour Nicolas Sarkozy, la ringardise des économistes français a atteint le sommet de l'État. Au stade actuel de maturation des déséquilibres mondiaux, alors que l'euro s'envole et que la liquidation de l'appareil productif français et européen s'accélère, il ne suffit plus de dénoncer la force de la monnaie, de réclamer des baisses de taux d'intérêt, ainsi qu'on le faisait en 1992 et 1998. La critique doit être plus radicale, les solutions plus audacieuses et actives.

Le libre-échange n'est plus un sujet intellectuellement intéressant. Il y a une dizaine d'années, l'argumentation pour et contre avait pour but d'anticiper ses conséquences positives et négatives. Elles sont désormais sous nos yeux. Ressasser les bienfaits des avantages comparatifs théorisés par Ricardo — bla-bla habituel des énarques qui ne comprennent pas l'économie — constitue une négation schizophrénique de la réalité : baisse des revenus du plus grand nombre, enrichissement exagéré de 1 % de ploutocrates, contraction de l'État social, incertitude, peur. — Bref, le monde du rapport Attali et de l'ajustement structurel dans lequel, on l'a vu, tout doit être réduit, en proportion des salaires comprimés par le coût mondial du travail. Nous voyons diminuer, en une cascade rapide, les revenus des professions, les unes après les autres, les sécurités obtenues au terme de luttes sociales séculaires, le nombre des ouvriers, des hôpitaux, des enseignants, des heures de cours, des tribunaux. À quand la réduction du nombre des Français !

L'ouverture commerciale peut être bénéfique dans certaines phases de l'histoire économique, entre certaines régions, entre certains pays, mais il existe aussi des phases durant lesquelles la protection s'avère nécessaire.

Les conséquences actuelles du libre-échange sont connues et mesurables. Conformément à la théorie, que l'on pourra trouver dans n'importe quel manuel d'économie internationale, les inégalités augmentent. Court-circuitant la sophistication du théorème de Heckscher-Ohlin, disons simplement que l'unification des marchés du travail et du capital aboutit à introduire dans chaque pays le niveau d'inégalité qui sévit à l'échelle mondiale[11]. C'est pourquoi le libre-échange tend à créer, à l'intérieur des pays développés, des poches de pauvreté dignes du tiers-monde ; pourquoi aussi les riches du tiers-monde s'éloignent toujours plus, quant aux revenus, du gros de leur population.

Deux questions fondamentales sont absentes des manuels d'économie internationale.

D'abord, le retard tendanciel de la demande globale induit par la rupture des systèmes économiques nationaux. Dans la France d'après guerre, par exemple, idéologiquement segmentée mais fortement intégrée pour ce qui concernait les interactions culturelles entre les classes, les patrons savaient que les salaires distribués aux ouvriers contribuaient à la formation d'une demande intérieure nationale. Filant à la hausse, ces salaires permettaient d'absorber les gains de productivité. Dès lors qu'une entreprise produit essentiellement pour le marché mondial, elle se met, logiquement et raisonnablement, à concevoir les salaires qu'elle distribue comme un coût pur, et non comme de la demande dans une économie nationale et donc ultimement pour elle-même.

Ces salaires entrent, par ailleurs, en concurrence avec ceux, fort bas, des travailleurs du tiers-monde. Si toutes les entreprises de tous les pays du monde se mettent à considérer les salaires qu'elles distribuent comme un coût pur, dans le contexte d'une offre massive de travail à bas prix, les salaires tendent à se comprimer, et la demande à retarder sur la croissance de la productivité. Nous sommes ici dans le monde économique réel : les entreprises vivent dans l'obsession de la demande, qu'elles cherchent toujours plus à l'extérieur du territoire national, sans réaliser que si les entreprises des pays étrangers font la même chose, la situation ne va pas s'arranger.

Pour faire court, la désintégration des économies nationales d'après guerre a ramené le capitalisme à sa vieille contradiction : le retard de la demande sur la production, la recherche frénétique de débouchés extérieurs, la tension politique

que cette quête finit par induire dans les relations internationales[12]. Le libre-échange non régulé favorise aussi sûrement que l'autarcie totalitaire la haine entre les peuples[13].

On ne trouvera pas non plus dans les manuels d'économie internationale une explication à la spécialisation loufoque de l'économie américaine. La théorie des avantages comparatifs de Ricardo nous dit que chaque pays devrait se spécialiser dans la production des biens pour laquelle il est relativement le plus doué. Déviant notablement dans la mise en pratique de ce conte de fées, les États-Unis se spécialisent dans la consommation, avec beaucoup d'efficacité il est vrai, ainsi qu'en témoigne leur déficit commercial annuel de 800 milliards de dollars. Le silence des économistes a une cause très simple : l'explication se situe hors de portée de leur science, que son axiomatique simpliste a détachée de la réalité du monde des États, des sociétés, des nations[14]. Les États-Unis consomment sans frein parce qu'ils sont encore politiquement dominants. Leur armée, vestige de leur splendeur industrielle passée, leur prestige idéologique résiduel leur permettent — pour combien de temps encore ? — de « produire » la monnaie du monde, le dollar, plutôt que des biens. Mais la chute vertigineuse du dollar, qui a perdu entre 1999 et 2008 le quart de sa valeur face à l'euro, signale que la fin est proche, même si les gens sérieux préfèrent détourner les yeux du cataclysme imminent pour profiter de la vie, des inégalités. L'obsession du court terme n'affecte pas seulement les marchés financiers ; elle est la loi d'un monde sans perspective métaphysique. « S'il vous plaît, encore une minute monsieur le bourreau ! »

Dans ses traits généraux, l'adhésion au dogme libre-échangiste recoupe l'intérêt personnel. Les détenteurs de capital, facteur de production relativement abondant dans les pays développés, sont favorisés, dans tous les cas de figure, et, au jour du Jugement dernier, ils seront sans doute les derniers fidèles de la foi. Les gens instruits, facteur de production qui fut rare, quelque temps, à l'échelle mondiale, mais abondant dans les pays développés, ont longtemps été avantagés en Europe ou aux États-Unis mais leur position s'érode à l'heure où les systèmes éducatifs chinois et indien produisent des diplômés par dizaines de millions. Leur adhésion au libre-échange fléchit donc aujourd'hui en conséquence. Les retraités et les fonctionnaires, statutairement protégés du chômage, ont longtemps été moins exposés que les travailleurs du secteur privé aux aléas de la concurrence mondiale, et comme tels moins hostiles au libre-échange ; la baisse de leurs revenus, qui ne fait que commencer, entraînera un revirement d'attitude. Ayant été les premiers touchés, les ouvriers et les jeunes ont été aussi les premiers à contester la globalisation.

L'attachement au dogme libre-échangiste des strates supérieures de la société va cependant bien au-delà du seul intérêt personnel. Car le bien-être ne se réduit pas à un niveau de revenu, que celui-ci consiste en un salaire, avec ou sans stock-options, ou, à notre époque de retour au capital, en profits réalisés passivement par la possession d'actifs divers et variés. Le bien-être, celui d'un riche comme celui d'un citoyen ordinaire, c'est aussi de vivre dans un environnement humain équilibré, où l'on n'est pas menacé d'agression, où l'on ne croise pas trop de marginaux atteints de la tuberculose ou d'une autre affection grave non soignée, où l'éducation n'est pas une lutte pour la survie. En vérité, le monde de l'inégalité est infernal, y compris pour les soi-disant profiteurs du système, qui sont touchés, particulièrement à travers leurs enfants, par une évolution sociale régressive.

Le séparatisme social, qui a mené les riches à s'enfermer dans leurs banlieues, leurs écoles et leurs universités, est peut-être une solution aux États-Unis. Mais, en Europe, se séparer du reste de la société, ce serait déserter la vie des centres-villes chargés d'histoire et de beauté, une véritable dégradation de la qualité de la vie.

Les Français contre le libre-échange

La croyance libre-échangiste présente donc un certain niveau de désintéressement, ou dit plus cruellement, de stupidité et d'intérêt mal compris. Une fois de plus, nous devons constater un fait et l'intégrer dans le raisonnement historique et sociologique sans vraiment l'expliquer. Admettons simplement que la fixation sur l'intérêt personnel à court terme a quelque chose à voir avec la narcissisation générale des comportements, avec l'incapacité de penser sur le mode collectif. Ce faisant nous n'expliquons toujours rien, nous ne faisons que reculer d'un cran logique dans le constat. Reste que, quand les gens souffrent directement du libre-échange, ils en comprennent le mécanisme et, à titre individuel, le rejettent. Le refus du libre-échange par des secteurs de plus en plus vastes de la population, combiné au refus de principe des strates supérieures de tenir compte des angoisses économiques du corps électoral, perturbe de plus en plus nettement le fonctionnement des institutions démocratiques. Car, du point de vue de ceux qui nous gouvernent, ou prétendent le faire, de droite comme de gauche, le problème que soulève chaque consultation électorale est désormais le suivant : comment se faire élire sans proposer ce qu'attendent les citoyens, le protectionnisme économique, alors même que les sondages confidentiels réalisés par les autorités révèlent qu'il est très populaire. Le protectionnisme est majoritaire dans toutes les catégories socioprofessionnelles, sauf chez les « cadres et professions intellectuelles supérieures ». Comme le montrent les résultats détaillés d'un de ces sondages financés par l'argent des contribuables et dont la divulgation me paraît un acte civique, les Français en effet ne sont pas seulement hostiles au libre-échange, ils sont majoritairement favorables au protectionnisme.

« Pour chacune des questions suivantes, pouvez-vous me dire si elle évoque pour vous quelque chose de très positif, d'assez positif, d'assez négatif ou de très négatif ? »

La question a été posée en mars 2006, au lendemain de la victoire du non au référendum sur le Traité constitutionnel européen, et des émeutes de banlieue. Concernant le *protectionnisme économique*, 53 % des sondés lui étaient favorables (très positif : 13 %, assez positif : 40 %), 31 % défavorables (26 % assez négatif, 5 % très négatifs). Sans opinion : 16 %.

Les plus favorables au protectionnisme sont les 18-24 ans (67 % contre 18 %) et les ouvriers (63 % contre 19 %). Ce résultat est tout à fait rassurant sur l'état mental de nos concitoyens parce qu'il est adapté à la réalité économique : les jeunes et les ouvriers, on l'a dit, sont les principales victimes du libre-échange. Les autres chiffres reflètent aussi avec exactitude les pressions économiques qui s'exercent sur les diverses catégories. Les salariés du secteur privé (58 % contre 29 %) étaient plus favorables au protectionnisme que ceux du secteur public (à 48 % contre 38 %), ces derniers pouvant encore se considérer comme un peu protégés par leur statut du marché mondial. N'oublions pas que ce sondage a été réalisé avant que les Français aient pris conscience de la baisse de leurs revenus, ce qu'ils feront au cours de l'année qui suivra l'élection de Sarkozy. Que les opinions favorables au protectionnisme aient été majoritaires dans le secteur public montre cependant qu'un lien était déjà établi, en 2006, entre blocage des salaires et globalisation économique.

L'analyse des opinions par tranches d'âge montre que les personnes âgées de plus de 65 ans étaient les moins favorables au protectionnisme, mais celui-ci l'emportait encore chez eux avec 48 % d'avis positifs contre 29 % d'avis négatifs.

En fait, parmi toutes les catégories — sexe, âge, situation professionnelle, préférence partisane —, une seule faisait apparaître une opinion majoritairement hostile au protectionnisme, et de très peu : les « cadres et professions intellectuelles supérieures » : 43 % pour, 45 % contre. Les résultats par âge font voir que ce fragile équilibre résulte d'un glissement générationnel. Les vieux « éduqués supérieurs » n'avaient pas encore compris ce que savaient déjà les jeunes « éduqués supérieurs », qui supportent actuellement le gros de l'ajustement structurel.

Les socialistes, la Chine et l'Inde

Les hautes sphères socialistes sont, plus encore que celles de la droite, l'un des hauts lieux du conformisme libre-échangiste. C'est évident dans le cas des « strauss-kahniens », dont la contribution théorique à l'histoire du socialisme est de prôner une soumission définitive à la pensée économique dominante, proposition qui a très logiquement mené Dominique Strauss-Kahn lui-même à la tête du Fonds monétaire international, symbole du système de domination. Le poste n'a en lui-même plus aucune importance parce que les pays émergents, échaudés par les crises précédentes, redoutent comme la peste les prêts du FMI et préfèrent accumuler des réserves de change pour se mettre à l'abri de la divagation des taux d'intérêt américains ou européens. L'emploi de notre ancien ministre de l'Économie et des Finances n'est donc qu'une sinécure, dont l'obtention exige quand même que l'on donne régulièrement des gages substantiels de conformité. De tous les dirigeants socialistes, Laurent Fabius a été le plus loin dans la critique du libre-échange, ce qui ne veut pas dire très loin. Mais il n'est pas aimé par le Parti comme l'a montré son score de 18,7 % lors de la désignation du candidat à la présidence de la République. Fabius reste certainement attaché à une certaine vision de gauche, populaire, malgré son allure de premier de la classe pour l'éternité, façon Juppé. La distribution géographique des voix qu'il a recueillies auprès des membres du PS, étalée dans le Bassin parisien entre la Seine-Maritime et la Haute-Saône, évoquait, en dépit de son faible niveau, la trace résiduelle d'un ancrage populaire, une sensibilité à l'angoisse des ouvriers de ces vieilles régions industrielles. Mais autour de Fabius, on trouve les mêmes énarques qu'autour de Strauss-Kahn, auditeurs au Conseil d'État ou à la Cour des comptes, fiévreusement conformistes, tout aussi peu convaincus qu'il est nécessaire de mettre en cause le mode de régulation économique, fort pressés de courir vers les hauts salaires du secteur privé si leurs ambitions politiques ne sont pas satisfaites. Et, pour parler franchement, Laurent Fabius ne donne pas l'impression d'être bien convaincu lui-même. Qu'y a-t-il en lui, au-delà de la posture tactique, qui lui a fait choisir le non au

Traité constitutionnel européen ? À sa manière, il pratique le style performatif de Guaino et de Sarkozy : parler, c'est agir. On s'affirme critique de la globalisation et de l'Europe libérale, et l'on attend qu'il se passe quelque chose. Mais quoi ? Proposer clairement le protectionnisme comme solution pour l'Europe ? Non là vraiment, c'est aller trop loin, dans l'action.

La difficulté qu'a le Parti socialiste à penser le protectionnisme économique tient à deux types de cause, l'un noble, l'autre non.

Cause noble : les socialistes, du haut en bas de la pyramide partisane, s'inquiètent de l'effet nocif qu'aurait, « pour les pays du Sud, la fermeture des pays développés à leurs exportations ». La gauche est internationaliste et ne peut se contenter de prendre en compte les intérêts nationaux, fussent-ils populaires et ouvriers ; la gauche doit se préoccuper de l'intérêt général de l'humanité. Mais une fois de plus nous sommes confrontés à une vision fausse de l'économie, de la géographie et de l'histoire. D'abord parce que les pays dont l'Europe devrait se protéger ne sont pas situés au sud mais à l'est, et qu'il n'est plus sérieux, en 2008, de percevoir les géants que sont la Chine et l'Inde comme de petites fleurs fragiles dépendant terriblement de notre bienveillance. Au-delà des discours lénifiants des dirigeants, le programme des cadres moyens du Parti communiste chinois est, je cite, de « bouffer les Occidentaux », juste retour des choses si l'on se souvient du sort qu'Européens et Américains ont fait subir à la Chine à partir de la guerre de l'Opium.

Quant à l'Inde, encore plus pauvre certes et de plus miraculeusement démocratique, il faudrait accepter de la regarder et de la respecter en tant que menace de grande ampleur. Anglophone, elle est entrée avec une aisance particulière dans la globalisation économique. Ayant sauté le stade industriel, elle s'affirme d'emblée comme un géant informatique, bénéficiant apparemment d'un don mathématique qui ne se dément pas depuis l'invention du zéro au cours du Ve siècle de notre ère. À l'étape du 0/1 de la binarité informatique, la ville de Bangalore, dans le sud du pays, est en train de détrôner la Silicon Valley. Les salaires très bas des informaticiens indiens exercent déjà une forte pression sur les revenus des jeunes les mieux formés de France et d'Europe. L'Inde est certes sympathique par son attachement à la démocratie parlementaire et à la liberté d'expression ; elle n'est pas contrôlée, comme la Chine, par un régime autoritaire d'origine communiste. Mais le monde de la globalisation est le monde de l'inégalité, et l'Inde peut mieux que la Chine résister aux tensions induites par la montée de l'injustice sociale.

La Chine est sous pression : le déracinement en quelques décennies de dizaines, de centaines de millions de paysans, l'émergence d'une classe moyenne urbaine privilégiée, l'apparition d'une ploutocratie au sommet de la pyramide sociale contredisent son système anthropologique égalitaire. Les valeurs qui ont permis la révolution communiste sont toujours présentes, au cœur de la société libérale-communiste, oxymore qui sent bon le fascisme. Les nouveaux mandarins le savent, qui se sentent menacés par une réaction violente de la société. Bien des empereurs ont été renversés en Chine avant que le maoïsme ne représente, dans la phase d'alphabétisation de masse, le triomphe d'une idéologie autoritaire. certes, mais aussi égalitaire.

L'Inde n'a pas ce problème. Selon l'expression de l'anthropologue Louis Dumont, sa civilisation est celle de l'*Homo hierarchicus*. Le système des castes institutionnalise l'inégalité. C'est ce qui fait de ce pays, si contrasté en termes de revenus, un monde si sûr, où la pauvreté d'une bonne partie de la population n'empêche pas un relatif sentiment de sécurité lorsque l'on y voyage. Pauvreté et richesse sont en Inde a priori légitimes. L'Inde est pour cette raison supérieurement armée pour affronter les contradictions du libre-échange, ainsi que l'a bien vu Ève Charrin, dans *L'Inde à l'assaut du monde*[15].

La sollicitude du Parti socialiste pour les pays qu'il croit situés au sud s'appuie en outre, implicitement mais fermement, sur le dogme libre-échangiste lui-même. La gauche actuelle, dans son ensemble — pourquoi épargner la Ligue communiste, ce qui reste d'Attac et du PCF ? —, considère comme allant de soi que la diminution, très réelle, de la pauvreté ces dernières années en Chine et en Inde résulte *avant tout* de leur entrée sur le marché mondial. Mais il se passe bien autre chose dans ces pays que l'ouverture aux échanges commerciaux, sur un mode mesuré en Inde, hystérique en Chine. L'alphabétisation de masse, achevée chez les jeunes en Chine, mais qui s'accélère en Inde, explique la chute de la fécondité qui s'affirme dans ces deux pays, et l'augmentation du niveau d'efficacité économique de leurs populations, indépendamment de l'ouverture aux échanges. Dans les trente ans qui suivirent l'indépendance, l'Inde avait connu des taux de croissance modestes, de 3,5 % en moyenne. On parlait alors avec une affectueuse ironie de l'*Indian rate of growth*. Mais l'accélération qui s'est produite dans les années quatre-vingt, à 5,9 %, a nettement précédé l'ouverture aux échanges et les mesures de libéralisation prises en 1991[16]. Il n'est guère difficile d'imaginer pour l'Inde, pour la Chine, et tant d'autres nations, un type de croissance plus équilibré, plus favorable aux pauvres, et qui entraînerait moins de tensions et de déséquilibres.

Nos hommes de gauche se rendent-ils seulement compte que l'irruption de capitalistes indiens et de fonds souverains chinois sur les marchés financiers mondiaux signifie qu'une partie des profits dégagés par les croissances indienne et chinoise sont détournés de ceux qui devraient en bénéficier, les peuples, pour s'ajouter aux jouets dont dispose la finance mondiale ? Nombre d'Indiens le savent ou le sentent. En 2004, le BJP, Bharatiya Janata Party, le parti nationaliste hindou, identitaire, aussi velléitaire que le sarkozisme dans le domaine économique, a subi un revers électoral majeur et perdu le pouvoir pour n'avoir pas tenu la promesse exprimée en 1996 de faire obstacle à la globalisation libérale[17].

La deuxième cause de l'hostilité des socialistes au protectionnisme n'a rien à voir avec les grands principes de la gauche. L'analyse du sondage d'opinion confidentiel effectué en 2006 nous l'a dévoilée. Le PS est, en son cœur, un parti de fonctionnaires et d'élus vivant de l'État. Or, les fonctionnaires étaient, jusqu'à une date récente, à peu près protégés des tumultes du marché mondial ; leur insensibilité relative aux délocalisations vient tout simplement de ce que l'État français ne risque pas d'être délocalisé. Bénéficiant de la sécurité de l'emploi découlant du statut de la fonction publique, les hiérarques socialistes n'ont guère à redouter la concurrence de la main-d'œuvre sous-payée des « pays émergents » qui font l'objet de leur sollicitude. Comme l'a joliment écrit La Rochefoucauld dans l'une de ses maximes, « L'intérêt parle toutes sortes de langues, et joue toutes sortes de personnages, même celui de désintéressé ». Telle est la cause fondamentale de la rupture — temporaire sans doute — entre les deux piliers de la gauche traditionnelle que sont le monde ouvrier et la fonction publique, dont en particulier les enseignants.

Si la droite, elle, se montre plus sensible aux arguments protectionnistes, ce n'est pas seulement parce que, héritière de l'idée de nation, elle peut se permettre de penser le monde économique sans se référer à l'intérêt général de l'humanité. Exposés à la réalité palpable de la concurrence internationale, les chefs d'entreprise n'ont pas le loisir de fantasmer sur la perfection de l'économie globalisée Ils ont peur, ils luttent, ils souffrent et parfois tombent. Mais quoique privilégiés par le revenu, ils ne sont pas des dominants culturels et doctrinaux ; on peut même les considérer comme des dominés, sommés de s'adapter à des règles du jeu qu'ils ne définissent pas. Cette description ne vaut évidemment que pour les patrons moyens et petits, exportateurs ou non, qui restent ancrés dans des solidarités et des contraintes d'échelle nationale. Au-dessus d'une certaine taille, les entreprises sont comme libérées de leur appartenance à l'Hexagone. Leurs dirigeants peuvent délocaliser, jouer le jeu global de la finance et de la monnaie, pénétrer dans le monde merveilleux où la gestion du capitalisme industriel obéit aux seules lois de l'argent, où s'abolit, en fait, la différence entre capitalismes industriel et financier. En France, ces très grandes entreprises sont d'ailleurs le plus souvent dirigées par d'anciens élèves des grandes écoles, Polytechnique ou l'École nationale d'administration ; ils appartiennent donc clairement au monde des dominants par l'éducation et la culture. S'ils ont « fait l'ENA », leur formation les rapproche de la haute fonction publique. Entre grands dirigeants d'entreprise et hauts fonctionnaires, la question du libre-échange ne provoquera pas un conflit radical, puisque ces deux catégories, auxquelles il faut ajouter les économistes, sont protégées et bénéficient du système.

L'attachement au dogme d'une petite caste de dominants, financiers ou intellectuels, a désormais le caractère d'une foi étrange, substitut de croyance religieuse ou maladie mentale, on ne sait trop. Tant d'aveuglement, d'indifférence au sort des masses, tant d'incapacité à réfléchir sur des faits évidents, implique en effet que l'on introduise dans la réflexion des notions d'ordre religieux ou psychiatrique. Faut-il expliquer cette obstination à ne pas vouloir le bien par le péché originel, qui contraindrait l'homme au mal ? Ou devons-nous plutôt diagnostiquer l'apparition d'une pathologie psychique nouvelle, d'un mécanisme de déréalisation associé, chez certains, à l'excès d'argent, dans un contexte de narcissisation généralisée des personnalités et des comportements ? La soumission passive au libre-échange de classes qu'on aurait autrefois appelées « dirigeantes » évoque quelque chose de plus fort que ce que Marx a décrit dans *L'Idéologie allemande*, où il s'est contenté de mettre en évidence une incapacité à appréhender la réalité des rapports sociaux autrement que d'un point de vue de classe.

Notre classe supérieure n'est, à vrai dire, peut-être même plus une classe, mais un ensemble atomisé d'individus trop payés, dérivant dans un monde sans structure métaphysique ou idéologique. Peut-être le terme approprié, pour désigner ce groupe égaré dans une histoire qu'il n'a plus la prétention de faire, devrait-il être celui de « classe dérivante ».

En 2007, pourtant, l'omerta des dominants sur le protectionnisme a bien failli être rompue par une tentative de subversion doctrinale, à laquelle j'ai participé, avec mon ami Hakim El Karoui, et qui mérite d'être relatée.

Novembre 2006 : Chirac bloque le débat sur le protectionnisme européen

Plume de Raffarin à Matignon, Hakim El Karoui avait été chargé, après la chute du Premier ministre, de la prospective au ministère de l'Économie et des Finances. À ce poste, il comprit que le seul moyen dont disposaient les gouvernants pour reconquérir la maîtrise de l'économie et le cœur des citoyens était d'imaginer un projet protectionniste européen. À l'automne 2006, il publia *L'Avenir d'une exception*, qui présente ce projet dans un cadre sociologique et idéologique plus vaste[18]. Ce livre marque un tournant. Écrit par un normalien né en 1971, il fait du libre-échange le hochet d'une génération vieillissante, et du protectionnisme un thème dont peuvent se saisir les jeunes de l'élite et pas simplement les prolos déjantés du Front national.

À cause d'une interview assez brutale parue dans *Le Parisien* du 13 septembre 2006 sous le titre : « Ségolène Royal et Nicolas Sarkozy sont les candidats du vide », j'intéressai alors les autres hommes et femmes politiques. L'occasion faisant le larron, je décidai de me transformer en attaché de presse supplétif pour le livre d'El Karoui. À chacun des politiques qui souhaita me rencontrer — François Bayrou, Claude Chirac, Frédéric Salat-Baroux, alors secrétaire général de l'Élysée, et quelques autres — j'adressai le même message : le candidat qui osera défendre le projet contenu dans le livre d'El Karoui remportera l'élection présidentielle, parce que c'est ce que les Français attendent. Bayrou fut imperméable à la thèse protectionniste. Il a évolué depuis. À l'Élysée, on se montra intéressé mais en se promettant de consulter des économistes, garantie certaine de soumission à l'orthodoxie. Est-ce un hasard ? Quelques jours plus tard, trois « économistes », Patrick Artus, Élie Cohen et Jean Pisani-Ferry, membres du Conseil d'analyse économique, dénonçaient dans le *Monde* « l'air du protectionnisme électoral ». Accumulant les poncifs, n'envisageant le protectionnisme que dans le cadre national, cette tribune ne présentait guère d'intérêt. Ce qu'elle avait d'original et même de stupéfiant, c'est que trois professeurs n'hésitaient pas à admonester les politiques, à exiger que les candidats à l'élection présidentielle résistent à la pression populaire en faveur du protectionnisme[19]. Laissons aux historiens futurs le soin d'examiner si c'est par passion ou par intérêt que ces économistes se livrèrent à une telle poussée de fièvre antidémocratique.

Laurent Fabius était intéressé, faiblement, mais de toute façon déjà mis hors course par Ségolène Royal.

Le seul à oser comprendre fut Dominique de Villepin. Le 10 novembre, il nous convia, El Karoui et moi, à un petit déjeuner de travail à Matignon en compagnie de son directeur de cabinet, Bruno Le Maire. Nous nous apprêtions à souligner que des études techniques seraient nécessaires, qu'il faudrait entamer un travail de persuasion auprès des Allemands, quand le Premier ministre nous annonça que le Président avait mis son veto à l'opération, rendant la rencontre inutile quoique agréable. Sans doute avais-je eu tort de déjeuner à l'Élysée. Notre Rantanplan national avait été averti qu'un projet économique, social et politique positif allant au-delà de la démagogie du type « réduction de la fracture sociale » était concevable.

J'interprète l'épisode suivant de cette malheureuse séquence comme une ultime tentative de Villepin pour forcer la main à Chirac, qui avait sans doute déjà décidé de faire élire Sarkozy. Le Premier ministre me demanda d'ouvrir par un petit discours libre la « Conférence sur l'emploi et les revenus » organisée le 14 décembre. Devant les représentants médusés des syndicats ouvriers et du Medef, j'évoquai la possibilité d'échapper, par le protectionnisme européen, à la pression sur les salaires qui empoisonnait les rapports entre patrons et salariés, entre employés du privé et fonctionnaires, entre Européens de l'Est et de l'Ouest. On pouvait en convaincre les Allemands et il fallait se débarrasser des économistes conformistes, en particulier des trois Pieds Nickelés de la tribune parue dans *Le Monde*. Grand moment dans la vie d'un chercheur ! Laurence Parisot, assise à ma droite, ne comprenait rien, s'indignait et m'interrompait. Et ce fut tout. Point final concernant Matignon, qui s'enferma dans le silence. Jacques Chirac était devenu président en dénonçant la fracture sociale. Le président Chirac a achevé son second mandat en frappant d'interdit le protectionnisme européen, c'est-à-dire le bon remède à ladite fracture. Archétype du politicien creux, en attendant Sarkozy, son authentique fils spirituel, il n'a cependant fait qu'exprimer l'opinion commune des couches supérieures de la société.

La menace cependant parut sérieuse dans le camp de Sarkozy. C'est alors que ses discours, sans doute rédigés par Henri Guaino, commencèrent d'être parsemés de références à la protection et à la préférence communautaire. Il ne pouvait cependant s'agir que d'une utilisation démagogique du concept : lorsque nous étions ensemble à l'ex-Fondation Marc Bloch, Guaino était de ceux qui s'opposaient le plus énergiquement à mes arguments en faveur du protectionnisme. Je le revois, à l'université d'été de la Fondation, à Semur-en-Auxois, en septembre 1998, refusant de convenir que sa défense des services publics, légitime en elle-même, n'était qu'une forme concentrée et étroite de protectionnisme, nationale et réservée aux agents de l'État[20].

Reste que les années 2007-2008 auront représenté un tournant dans l'histoire du dogme libre-échangiste, qui a basculé de la légitimité dans le ridicule tant les effets de cette croyance sont désastreux et perçus comme tels par une écrasante majorité de la population. Mais nous devons comprendre pourquoi, dans ces conditions, la lutte des classes est en panne, et nous demander si elle va redémarrer, pour le bien de tous.

CHAPITRE 7

Luttes de classes ?

Depuis le milieu des années soixante-dix, l'analyse sociologique et politique souligne le déclin des idéologies et la montée de l'individualisme, en France comme dans les autres démocraties occidentales. À gauche, le déclin des idéologies inclut l'effondrement du marxisme, qui mettait au centre de sa problématique le concept de lutte des classes. La disparition des partis communistes, qui se considéraient comme les instruments de cette lutte, est l'aspect politique visible de cette désintégration. L'affaissement du taux de syndicalisation, non seulement en France, mais aussi dans un pays comme les États-Unis où le marxisme n'a joué qu'un rôle historique de repoussoir, est un autre symptôme crucial, qui a eu des conséquences pour l'ensemble des gauches, européennes et américaine. Les syndicats, très affaiblis, ont cessé, par étapes, d'assurer à la gauche un ancrage ouvrier. Le Parti socialiste en France, le Parti démocrate aux États-Unis se sont libérés de leurs attaches prolétariennes et populaires, sous le rapport autant financier qu'idéologique. En France, les cotisations des militants ne pèsent plus lourds face aux aides versées par l'État. Aux États-Unis, les contributions des militants et des syndicats ont été effacées par l'appel aux donateurs privés, le plus souvent richissimes.

Et pourtant, aujourd'hui, l'analyse électorale ne peut toujours pas se passer du concept de stratification socio-économique. Dans un pays comme la France, jamais la distribution en catégories socioprofessionnelles n'a été aussi éclairante pour comprendre les résultats électoraux, concurrencée seulement par la stratification éducative. Les instituts de sondage sont assez peu diserts, dans leurs enquêtes préélectorales, sur les attitudes spécifiques de tel ou tel groupe. Mais les sondages « sortie des urnes », réalisés le jour même du vote auprès d'échantillons plus vastes, reproduits dans la presse le mardi qui suit, ne manquent jamais d'indiquer comment ont voté les « ouvriers », les « employés », les « catégories intermédiaires », les « cadres et professions intellectuelles supérieures », les « artisans, petits commerçants et chefs d'entreprise » et les « agriculteurs », sans oublier les « retraités » et autres « inactifs ». Les commentateurs n'oublient pas de mentionner la stratification des votes selon le diplôme, qui peut recouper plus ou moins bien leur partage selon la catégorie socioprofessionnelle. D'autres variables comme l'âge des votants sont aussi introduites. Mais il est clair que le reflux des vieilles idéologies structurées par une matrice religieuse — entendue au sens large, catholique ou laïque —, a bizarrement dopé la variable socioprofessionnelle en tant que facteur de détermination du vote, au moment même où s'effondrait la notion de lutte des classes. Quand le Front national est apparu en 1984-1986, il était difficile de définir son électorat en fonction des catégories socioprofessionnelles. Mais très vite, anathémisé par les élites néolibérales, le FN s'est identifié à l'aliénation des milieux populaires et, en 2007, il a terminé sa course historique d'une vingtaine d'années comme une formation résiduelle accrochée au vieux monde ouvrier du Bassin parisien. La variable régionale, et donc anthropologique égalitaire, n'a pas disparu, mais le facteur socio-économique n'a jamais été aussi puissant. De 1993 à 2005, le jeu de bascule électorale entre gauche et droite s'expliquait par le flottement des milieux populaires. Imputer la crise du PS à la rupture de son lien historique avec les milieux populaires est désormais un lieu commun. Mais les désastres non moins spectaculaires qui ont frappé la droite, comme le nombre dérisoire de voix recueillies par Chirac au premier tour de l'élection présidentielle de 2002, relèvent aussi, sur le plan interprétatif, de la rubrique « désaffection des milieux populaires ».

C'est sur la base d'une telle analyse que j'avais rédigé à l'automne 1994 pour la Fondation Saint-Simon la note intitulée « Aux origines du malaise politique français », que Chirac utilisa ensuite pendant sa campagne électorale de 1995[1]. Jamais, cependant, je n'ai employé l'expression de *fracture sociale* qu'une plume chiraquienne a empruntée à un article de Marcel Gauchet au titre prémonitoire : « Les mauvaises surprises d'une oubliée : la lutte des classes », publié dans *Le Débat* dès 1990[2]. (Et l'on ose dire que les intellectuels ne participent plus à l'élaboration des programmes politiques !) Henri Guaino l'ayant revendiquée, nous n'avons aucune raison de ne pas lui accorder le « mérite » de ce transfert conceptuel. Peu de plumes politiques pourront se vanter d'avoir comme lui participé, au plus haut niveau et avec succès, à deux entourloupes électorales : la fracture sociale en 1995 et la préférence communautaire en 2007.

L'aliénation politique des milieux populaires n'a pas cessé, mais on ne peut plus lui appliquer la notion de séparatisme électoral. Les classes moyennes se fragmentent et rejoignent peu à peu le monde ouvrier dans son vote de rejet. On peut fixer à 2005, au moment du référendum sur le Traité constitutionnel européen, l'entrée en dissidence des catégories intermédiaires. Le corps social commence à se réunifier contre ses strates dirigeantes. Mais comment se présente concrètement, statistiquement, ce corps social ?

Corps social, corps électoral

Sans vouloir entrer dans des distinguos subtils, on peut considérer que le monde populaire est formé des catégories « ouvriers » et « employés ». Les premiers sont majoritairement des hommes, les seconds des femmes. Ouvriers et employées sont souvent mariés et donc, c'est le moins qu'on puisse dire, du même monde. La distribution des individus selon la catégorie socioprofessionnelle permet de sortir de l'abstraction, par la statistique. Au recensement de 1999 on comptait 19,4 % d'ouvriers et 11,5 % d'employés, 14,1 % de professions intermédiaires, 9,6 % de cadres et professions intellectuelles supérieures, 5 % d'artisans, petits commerçants et chefs d'entreprise, 1,6 % d'agriculteurs. Le recensement enregistrait aussi 8,8 % d'inactifs et 30 % de retraités. Cette catégorie des retraités est critique par sa masse et son ambivalence. Elle combine une très réelle unité d'âge à une absolue diversité de revenus et d'origines socio-économiques. Elle constitue désormais le tiers du corps électoral effectif si l'on tient compte du fait que les personnes âgées s'abstiennent moins fréquemment que les jeunes.

Si on laisse de côté les retraités et les inactifs, pour ne plus considérer que la population active, on atteint 31,8 % d'ouvriers et 18,8 % d'employés, soit un total qui reste majoritaire à 50,6 %. Depuis 1999, l'accélération des délocalisations a réduit la proportion des ouvriers d'industrie, mais la multiplication du nombre des employés mal payés interdit que l'on tire de la diminution du nombre des usines une conclusion hâtive sur le caractère désormais minoritaire des milieux populaires en France. Les professions intermédiaires atteignent 23 %, les cadres et professions intellectuelles supérieures 15,7 %, les artisans, petits commerçants et chefs d'entreprise 8,2 %, les agriculteurs 2,6 %. La catégorie des « professions intermédiaires » représente, en gros, ce que l'on appellerait dans le monde anglo-saxon la classe moyenne inférieure; les « cadres et professions intellectuelles supérieures », les classes moyennes supérieures. Mais n'oublions pas que ce groupe inclut une proportion notable d'enseignants du secondaire, fortement diplômés (CAPES ou agrégation) mais plutôt mal payés. La catégorie « artisans, petits commerçants et chefs d'entreprise » est tout à fait hétérogène puisqu'elle mêle, boutiquiers, petits, moyens et grands capitalistes. Le jour du vote, seul le monde de la boutique et de l'artisanat pèse statistiquement dans ce dernier groupe puisque les chefs d'entreprise de plus de dix salariés, qui comprennent encore une majorité de petits patrons, ne constituent que 0,35 % des actifs occupés.

La nomenclature de l'INSEE permet bien d'évaluer le poids des catégories dominées dans la structure sociale et dans le processus électoral. Leurs mouvements d'humeur ont une valeur explicative décisive, mais sur un mode strictement négatif. Elles votent non, elles votent contre, s'efforçant de faire barrage à une classe dirigeante, ou dérivante, qui leur échappe. Tout cela se fait dans la plus grande confusion, sans qu'aucun parti, doctrine ou idéologie, ne formalise le rejet et ne structure le comportement électoral, bref représente des « intérêts de classe » en tant que tels. D'ailleurs, les milieux populaires se caractérisent aussi par une élévation tendancielle du taux d'abstention, comportement qui renvoie plutôt à la notion de « désintérêt de classe ». Pour décrire de façon complète le désordre électoral actuel, il faut recourir à la terminologie marxiste : ce que nous avons aujourd'hui est la classe sans la conscience de classe, ou la *classe en soi* sans la *classe pour soi*. On doit, pour une autre raison, ajouter une pincée de Marx aux catégories de l'INSEE utilisées par les sondeurs d'opinion si l'on veut complètement saisir la situation. La nomenclature simplifiée permet de suivre les grandes masses électorales, mais elle tend à faire oublier l'existence de groupes quantitativement infimes, qui détiennent cependant un pouvoir économique et social énorme. J'ai évoqué plus haut les chefs d'entreprise cachés dans le groupe des artisans et petits commerçants. On aimerait beaucoup disposer, le jour du vote, d'un sondage spécial indiquant quelle est l'orientation d'un groupe contenant des individus comme Martin Bouygues, Bernard Arnault, Vincent Bolloré, François Pinault et quelques autres, sans oublier les patrons dits de gauche. Cette classe vote-t-elle à droite à 90 %, 75 % ou seulement 60 ? Quel a été son comportement lors des référendums de 1992 et 2005 ? Et comment votent les patrons de PME, dominés culturellement presque autant que les ouvriers ?

La dissociation de l'éducation et de la richesse

Si nous tentons de suivre dans sa progression irrésistible le mouvement d'opposition qui monte du bas vers le haut de la structure sociale, nous devons en effet nous intéresser au tout petit groupe des puissants. Car ils seront bientôt seuls, finalement abandonnés par cette dernière base de masse qu'auront formée, le temps d'une génération, les cadres et professions intellectuelles supérieures. Ces derniers ont encore voté oui au libre-échange en 2005, à une Europe dépourvue de pouvoir économique, mais faiblement, et probablement pour la dernière fois. Pourquoi ce mouvement de contestation politique gagne-t-il peu à peu les divers échelons de la hiérarchie sociale ?

Tout simplement parce que la pression destructrice du libre-échange exerce ses effets, progressivement mais méthodiquement, en remontant du bas vers le haut de la structure sociale. Dans notre société de Curiaces, les strates socio-économiques se font démolir les unes après les autres, en ordre dispersé, par l'Horace de la globalisation. D'abord les ouvriers, privés de leurs usines, déversés à travers leurs enfants dans le monde des services tertiaires mal rémunérés. Ici, des pays à forte spécialisation industrielle comme la Chine se chargent d'exécuter les basses œuvres de notre classe dirigeante. Les populations actives des anciennes démocraties populaires, sauvagement intégrées au marché communautaire avec un coût du travail cinq à dix fois plus faible qu'en Europe de l'Ouest, ont aussi joué leur rôle de briseurs de salaires. Dans le cas des couches intermédiaires, la pesée négative vient plutôt de pays comme l'Inde, qui écrase déjà, par sa production en masse d'informaticiens, les salaires dans le domaine de la programmation qui est la modernité même. Ces pressions puissantes sur des secteurs localisés se diffusent à l'ensemble de la structure économique et sociale. Elles atteignent désormais, au niveau des jeunes générations, les individus de plus en plus nombreux qui ont reçu une formation universitaire.

Une vision dynamique, historique des effets sociaux de la globalisation est nécessaire. Les premières analyses, remontant aux années quatre-vingt-dix et qui furent évidemment réalisées aux États-Unis, ont mis le plus souvent en évidence les privilèges des 20 % d'individus appartenant au sommet de la société, un groupe combinant éducation supérieure et revenus élevés. Ce cinquième supérieur a été décrit en 1991 par Robert Reich dans *L'Économie mondialisée*, en 1992 par John Kenneth Galbraith dans la *République des satisfaits*, en 1995 par Christopher Lasch dans *La Révolte des élites*, publié après son décès[3]. À leur suite, j'ai évoqué dans *L'Illusion économique*, en 1998, un monde potentiel de cadres supérieurs comprenant 20 % de la population et contrôlant 50 % du revenu national, doté de sa propre culture « supérieure ». Cette élite de masse a effectivement existé. Elle a défini et verrouillé le système social et politique durant deux décennies. Mais la configuration associant savoir universitaire et richesse ne peut représenter qu'un moment dans l'histoire de nos sociétés. La marche de la globalisation entame aujourd'hui le bien-être de la catégorie des cadres et professions intellectuelles supérieures. Demain, les 33 % d'individus qui chaque année obtiennent, dans une génération, le baccalauréat général ne seront pas des privilégiés protégés du marché mondial par leur éducation. Emplois déqualifiés, salaires en baisse, tel sera l'avenir des jeunes diplômés.

Rétraction et atomisation du groupe dominant

La méthode d'analyse mise au point par Thomas Piketty afin d'étudier les hauts revenus au cours des années 1901-1998, reprise par Camille Landais pour les années 1998-2006, permet de comprendre et de mesurer la scission qui est en train de s'opérer à l'intérieur du groupe qui associait fraternellement les classes moyennes supérieures à une classe plus restreinte que nous allons devoir appeler, à l'ancienne, classe capitaliste[4]. On pourrait même, alors que reflue le secteur industriel, la désigner en hommage à Marx par l'expression *bourgeoisie financière*.

Court-circuitant les méthodes indécises qui agrègent des sources variées, Piketty a eu l'idée d'utiliser directement les données fiscales. Quoi de plus sûr, malgré la fraude, que les déclarations de revenus pour savoir ce que les gens gagnent réellement, tous types de revenus combinés ? Le travail de Piketty démontre que le niveau historiquement bas des inégalités a résisté en France de 1945 jusqu'à 1998, au contraire de ce qui se passait dans le monde anglo-saxon où les inégalités ont remonté dès les années 1980, tandis que se déroulaient les expériences néolibérales de Margaret Thatcher et de Ronald

Reagan. Mais lorsque Camille Landais a repris la méthode de Thomas Piketty pour l'appliquer aux années 1998-2006, il a dû constater que la France était en train de s'aligner sur le monde anglo-saxon. Le rythme de croissance des inégalités lui a fait même envisager une possible convergence. À l'origine de ce phénomène : un élargissement de l'éventail des salaires combiné avec une montée des revenus du patrimoine. Sous la présidence de Chirac, nous sommes donc passés de la fracture sociale au retour du capital, ce bon vieux capital bouffeur de plus-value. On appréciera l'ironie de l'histoire, si l'on se souvient qu'entre 1997 et 2002 le Président cohabitait avec un Premier ministre socialiste accusé d'avoir dissimulé son passé trotskiste.

Landais a observé que les revenus ont recommencé brièvement à croître entre 1998 et 2002, puis qu'à partir de cette date ils ont stagné ou même diminué. Il s'agit ici de la population dans son ensemble, dont le revenu médian[5] a augmenté modestement de 4,29 % entre 1998 et 2006. Si l'on veut bien saisir la divergence des revenus dans la société française, et l'explosion de ceux du groupe dominant, il faut mesurer très finement au-dessus de la barre des 20 % les plus riches. Pendant la période considérée, la croissance du revenu des 10 % les plus aisés a été très modeste : 8,7 %. Celle des 5 % les plus riches n'a encore été que de 11,3 %. Chez les 1 % les plus riches on a quand même atteint 19,4 %, chez les 0,1 % les plus riches 32,0 %, et chez les 0,01 % les plus riches 42,6 %. La régularité de l'augmentation suggère qu'au sein même des 0,01 % les plus favorisés les inégalités se sont accrues, hypothèse qui oblige à s'interroger sur l'homogénéité et la solidarité de classe des couches supérieures. L'atomisation caractérise vraisemblablement autant le haut que le bas de la structure sociale. Existe-t-il même une conscience de classe des dominants s'opposant à l'absence de conscience de classe des milieux populaires ou des classes moyennes ? L'accroissement des inégalités de revenus au sein du groupe statistique des 1 % les plus privilégiés aide peut-être à comprendre pourquoi nos classes dirigeantes sont devenues des classes dérivantes, sans homogénéité, sans conscience de groupe et sans projet.

La description qui vient d'être faite ne tient pas compte de la baisse sensible des taux d'imposition sur les tranches de revenus les plus élevées qui est intervenue pendant la période. La baisse des impôts des plus favorisés est un aspect important de la politique mise en œuvre par Nicolas Sarkozy. On aurait cependant tort d'y voir la manifestation d'une conscience de classe. L'histoire nous montre plutôt que les classes supérieures, lorsqu'elles ont conscience d'elles-mêmes, lorsqu'un dessein les anime et qu'elles aspirent à diriger la société, se font un devoir de payer l'impôt, que ce soit un impôt au sens strict ou un impôt du sang dans le cas des noblesses militaires. Une classe dirigeante qui cherche à se débarrasser de ses obligations fiscales et sociales est un groupe en perdition, un non-groupe plutôt, une collection de narcisses économiques égarés dans l'Histoire.

La diminution des impôts est aujourd'hui présentée comme une revendication modernisatrice. Si elle est menée à son terme, elle contribuera à désagréger l'État et la structure sociale. Les historiens pourraient alors comparer les luttes antifiscales du début du troisième millénaire à la fuite devant l'impôt qui caractérisait l'aristocratie mérovingienne à l'époque des Rois fainéants.

Si l'on revient au niveau, plus modeste économiquement, mais plus significatif du point de vue électoral, des 20 % les plus aisés, nous observons donc plus qu'une « montée des inégalités » : une fragmentation du groupe supérieur. Ce qui est en train de s'opérer est une séparation du capital éducatif et du capital tout court : on cesse d'accéder à la richesse par le diplôme. Désormais, si l'on veut se mettre à l'abri, rester du côté des forts et mépriser la masse en toute quiétude, il faut posséder du capital. D'où la fébrile augmentation des plus hauts salaires dans les entreprises et les autodistributions par leurs cadres dirigeants de stock-options et autres bonus. Les générations parvenues au sommet des échelles salariales dans les années 1980-2000 doivent d'urgence convertir leur privilège du moment en capital pur, se reclasser en tant que bourgeoisie financière et rentière, ou accepter non pas leur propre descente sociale, mais celle de leurs enfants si elles n'ont pas réussi à les protéger en les faisant passer par une grande école.

De la prise de conscience salariale à la conscience de classe

Même s'il reste sous-estimé dans les calculs officiels, même s'il n'est pas redescendu à son niveau des années heureuses, le taux de chômage a nettement baissé en France après une longue phase de hausse. Parti de 3 % en 1975, il avait grimpé à 7,2 % en 1983, pour atteindre un pic de 10,9 % au deuxième trimestre de l'année 1997. En 2001, il est revenu à 7,7 % au quatrième trimestre, remonté à 9 % au deuxième trimestre de 2006, pour tomber à 7,2 % au premier trimestre de 2008. Ni la manipulation de l'enregistrement ni l'arrivée sur le marché du travail des classes creuses nées après la chute de fécondité des années 1965-1975 ne peuvent expliquer complètement cette mutation importante. Pour qu'on ait atteint le taux de « seulement » 7,2 % de chômeurs, il a fallu que les nouveaux entrants sur le marché du travail réalisent une bonne partie de l'ajustement structurel exigé par les économistes néolibéraux. Les jeunes ont dû accepter de bas salaires et des emplois de plus en plus précaires.

En 2008, année au cours de laquelle la société a pris conscience que le niveau de vie commençait à baisser, un débat s'est ouvert sur la réalité des évolutions salariales. L'essentiel des discordances entre les instruments de mesure vient de l'écart qui existe, et s'accroît, entre le salaire théorique correspondant à un nombre d'heures de travail normal et le revenu salarial effectif, déterminé non seulement par un niveau théorique, mais aussi par le nombre réel d'heures, de jours, ou de mois travaillés. En 2005, dans le secteur privé, le salaire moyen était de 22 842 euros, mais le revenu salarial moyen n'était que de 16 100 euros[6]. La multiplication des emplois précaires — « flexibles » dans le langage des économistes — fait décroître le nombre d'heures effectivement travaillées et donc le revenu salarial. Si l'on s'en tient à cette deuxième approche, la hausse lente du PIB par tête permet à la fois que la hausse des plus gros revenus s'emballe et que le revenu salarial stagne sur longue durée. Le salaire moyen effectivement perçu stagne depuis les années 1980 ; il a clairement baissé entre 2003 et 2005[7].

Le salaire net moyen dans la fonction publique d'État était, en 2005, de 25 525 euros, après avoir pendant cinq ans baissé en moyenne de 0,1 % par an, en euros constants. Dans les collectivités territoriales, le salaire s'élevait en 2005 à 19 427 euros, au terme de cinq années d'augmentation annuelle moyenne de 0,2 %. Parmi toutes les évolutions salariales enregistrées ces dernières années, l'une des plus significatives a été la baisse, entre 1996 et 2005, du salaire net annuel moyen des agents de l'État de catégorie A, la plus élevée. Au sein de l'État, les grilles salariales s'ajustent mécaniquement aux niveaux d'étude, et nous pouvons donc saisir ici, en direct, la baisse de revenus d'une partie de la population définie comme « supérieure » par sa scolarité[8].

Le drame de Nicolas Sarkozy aura été que, se voulant le président de la revalorisation du travail et de l'accroissement du pouvoir d'achat, il préside à la baisse du niveau de vie. Le « paquet fiscal » et les avantages consentis aux riches n'étaient certes pas une bonne idée. Mais on ne peut quand même pas reprocher à Nicolas Sarkozy d'avoir été élu au mauvais moment : celui où la population prend conscience du retournement historique que constitue la baisse des revenus. L'histoire économique a cependant fait plus cocu que lui : le Parti communiste achève de s'éteindre au moment même où le concept marxiste de paupérisation absolue, et non simplement relative, pourrait recevoir, pour la première fois en Europe, une vérification empirique.

Il va maintenant de soi que l'avenir économique sera moins bon que le passé. La prise de conscience des salariés pourrait s'étendre à l'ensemble de la population et l'amener à réexaminer la réalité des rapports sociaux, des mécanismes de domination et d'exploitation.

Une conscience de classe sans croyance religieuse ?

À cette étape de la recherche, il serait absurde de revenir à une vision marxiste simpliste, celle d'une conscience de classe se développant, plus ou moins vite, comme reflet des conditions économiques objectives, avec ou sans l'aide du volontarisme léniniste. On a vu au chapitre 1 que la disparition des idéologies était l'aboutissement d'un processus complexe dont l'origine, le moteur initial plutôt, fut l'implosion de la croyance religieuse. Si le PCF, agent de la lutte des classes, n'a pas survécu à l'effondrement final de la croyance catholique, c'est que la conscience de classe relève de la catégorie plus générale des « croyances collectives », dont la matrice est d'ordre religieux. Dans l'état actuel de vide religieux, d'isolement métaphysique des individus, rien n'indique pour le moment qu'une quelconque « conscience de classe » soit susceptible de réapparaître de façon autonome. La société peut-elle sortir de son état d'atomisation par un processus inverse, purement rationnel, qui conduirait les individus à ne plus seulement subir l'oppression économique objective, mais à en prendre conscience, avant de s'organiser et d'agir ? Il n'est pas possible de répondre à cette question, positivement ou négativement, et d'autant moins que la population a atteint des niveaux sans précédent d'éducation et de narcissisme. Tout ce que l'on peut dire est que, si l'Histoire est celle du développement de l'esprit humain, elle nous promet du nouveau, pour le meilleur ou pour le pire. L'incertitude où nous sommes ne nous interdit cependant pas de spéculer sur les formes que de nouvelles luttes de classes pourraient prendre, aujourd'hui ou demain.

Le mythe bobo

L'une des évolutions les plus significatives enregistrées en 2005 lors du référendum sur le Traité constitutionnel européen a été le passage de la catégorie des professions intermédiaires dans le camp du refus, généralement interprété comme une entrée en dissidence des « classes moyennes inférieures ». Mais si l'on segmente par tranches d'âge en même temps que par catégories socio-professionnelles, on se rend compte qu'une partie des « classes moyennes supérieures » est en train de se réorienter à gauche, ce qui explique le résultat des élections municipales de 2008. Supérieures, elles le sont par l'éducation mais elles ne le resteront guère par le revenu. Les élections municipales ont un sens sociologique : la conquête par la gauche de tant de grandes villes nous donne l'occasion de nous débarrasser du mythe bobo, c'est-à-dire d'une certaine vision ricanante des jeunes classes moyennes, si commode pour éviter de percevoir correctement la réalité sociale. Le bobo, bourgeois bohème, raillé par le critique culturel, c'est le jeune de niveau éducatif supérieur qui s'installe dans un ancien quartier populaire pour s'y épanouir dans un mode de vie branché. L'éviction des ouvriers et employés, leur relégation à la périphérie sont des phénomènes avérés. Mais les jeunes des classes moyennes supérieures qui les remplacent sont eux-mêmes contraints de se loger dans la partie pauvre des grandes villes par la baisse relative de leurs revenus, comparés à ceux des générations précédentes disposant d'un bagage éducatif équivalent. Ils ont donc d'excellentes raisons de virer à gauche, en opposition à un système économique qui les maltraite.

La profession de journaliste, au cœur du système

culturel actuel, est particulièrement intéressante à étudier d'un point de vue sociologique. Le journalisme est l'une des professions phares de l'individualisme triomphant : signer un article fait échapper à l'anonymat. Le métier, on l'a vu, met en scène la mort des idéologies : par opportunisme ou parce qu'ils éprouvent un attachement particulier à la vérité, les journalistes passent d'un organe de presse à l'autre, en se jouant des clivages partisans.

On ne s'étonnera donc pas que leur nombre ait énormément augmenté durant les dernières décennies : de 16619 en 1980 à 36148 en 2004, si l'on s'en tient au nombre de détenteurs d'une carte de presse. Les nouveaux journalistes ont en France comme en Grande-Bretagne un niveau d'études très supérieur à celui de leurs aînés. Dès 1988, près de 40 % d'entre eux étaient titulaires d'un diplôme de niveau Bac + 3 ou Bac + 4, et 18 % Bac + 5 ou davantage[9]. Les niveaux de revenus en revanche évoluent dans l'autre sens, à la baisse. Les jeunes journalistes évidemment sont désormais une catégorie surexploitée. Environ 80 % des nouveaux emplois se créent dans le secteur Internet de la profession où, si on laisse de côté les stages non rémunérés, le salaire d'un débutant ne dépasse pas 1000 ou 1200 euros par mois, soit 12000 à 14400 euros par an. Nous sommes ici très loin du grand capital, et très au-dessous du salaire moyen de l'ensemble du secteur privé. À l'éclatement des revenus répond, sur le plan politique, une division de l'opinion : en 1992, lors du référendum sur le traité de Maastricht, l'ensemble des journalistes suivit les éditorialistes qui appelaient massivement à voter oui[10]. En 2005, lors du référendum sur le Traité constitutionnel européen, les directeurs de journaux et les éditorialistes de plus de cinquante ans, imperturbables, continuaient de prêcher l'acceptation, mais une très large majorité de jeunes journalistes étaient favorables au non. Cette opposition est lourde de signification parce qu'elle n'exprime pas simplement un conflit de générations ; les patrons de presse n'existent plus que par la grâce des propriétaires, et ce conflit en recouvre un autre, qui monte, entre capital et travail.

L'erreur la plus grave que commettraient les prospectivistes serait de ne pas reconnaître que le véritable moteur des basculements révolutionnaires ou, plus calmement, des bouleversements de la structure sociale est toujours logé dans la classe moyenne, centre de gravité au sein duquel se définit et s'organise idéologiquement l'opposition au système ancien et la définition d'un système nouveau. Le monde populaire participe évidemment, mais laissé à ses propres forces, il est incapable de renverser le pouvoir en place. Les vrais conflits de classes opposent toujours des classes moyennes à des classes supérieures, le peuple servant aux premières de masse de manœuvre contre les secondes. La Révolution française de 1789 est de ce point de vue archétypale : la noblesse fut abattue par le tiers état, conçu comme totalité de la nation, mais dirigé par des classes bourgeoises éduquées. Les révolutions anglaise de 1640 et russe de 1917 n'auraient pas éclaté sans l'action corrosive de classes moyennes qui mirent leur compétence intellectuelle au service de la lutte contre l'aristocratie. L'erreur fondamentale de Marx, peut-être son principal tour de passe-passe historique, est d'avoir laissé entendre que des hommes privés de tout, les prolétaires, pourraient remplacer la classe supérieure. Ses successeurs en révolution durent réintroduire, par quelques corrections théoriques discrètes mais sévères, la petite bourgeoisie éduquée dans le processus de l'histoire : Lénine par le biais de la suprématie du Parti, Gramsci en préconisant la conquête idéologique du pouvoir.

Or, que représentent sociologiquement les villes gagnées par la gauche aux dernières élections municipales ? Tout simplement des concentrations de jeunes de niveau universitaire en cours d'appauvrissement.

L'examen de la proportion des plus de 60 ans et des 20-29 ans, au recensement de 1999, dans un ensemble non exhaustif de villes, incluant Paris et ses arrondissements montre à quel point le monde urbain est plus jeune que la France dans son ensemble. Les jeunes plus nombreux dans les centres-villes ne sont pas tous des étudiants, même si les implantations universitaires expliquent en partie la structure d'âge de bien des centres urbains. Nous pouvons calculer pour la France, pour chaque ville, pour chaque arrondissement parisien, un coefficient de vieillissement en rapportant la proportion des individus de plus de 60 ans à celle des individus de 20 à 29 ans. Les variations sont de très grande ampleur. De 1,58

Les villes et la gauche : l'effet âge (en pourcentage)

VILLES	PLUS DE 60 ANS	20-29 ANS	VIEILLISSEMENT	● DROITE ○ GAUCHE
Lille	17,7	39,8	0,44	○
Nancy	20,2	36,6	0,55	●
Rennes	20,9	34,5	0,61	○
Montpellier	23,2	33,0	0,70	○
Toulouse	22,4	31,6	0,71	○
Caen	23,8	32,9	0,72	○
Rouen	22,9	31,6	0,72	○
Amiens	21,8	29,6	0,74	○
Strasbourg	21,6	28,7	0,75	○
Metz	21,3	27,4	0,78	○
Grenoble	24,6	31,5	0,78	○
Nantes	23,4	29,4	0,80	○
Bordeaux	24,3	30,1	0,81	●
Tours	26,7	29,7	0,90	○
Lyon	24,6	27,1	0,91	○
Pau	30,3	25,2	1,20	○
Le Havre	27,6	20,9	1,32	●
Rodez	29,6	21,4	1,38	○
Saint-Étienne	31,5	21,2	1,49	○
FRANCE	28,3	17,9	1,58	
Marseille	30,4	18,6	1,63	●
Nice	36,0	16,4	2,20	●
Toulon	35,4	15,8	2,24	●

Les villes et la gauche : l'effet âge (en pourcentage) (Paris)

ARRONDISSEMENTS	PLUS DE 60 ANS	20-29 ANS	VIEILLISSEMENT	● DROITE ○ GAUCHE
Paris 2	18,1	26,5	0,68	○
Paris 3	19,3	26,9	0,72	○
Paris 10	18,8	24,8	0,76	○
Paris 11	20,6	25,5	0,81	○
Paris 5	24,1	28,8	0,84	●
Paris 1	22,8	25,4	0,90	●
Paris 9	22,2	24,1	0,92	○
Paris 14	24,1	26,0	0,93	○
Paris 20	20,3	20,7	0,98	○
Paris 4	24,4	24,8	0,98	○
Paris 18	21,8	21,8	1,00	○
PARIS	23,8	22,9	1,04	
Paris 13	23,4	22,3	1,05	○
Paris 15	25,5	23,8	1,07	●
Paris 19	21,5	19,9	1,08	○
Paris 17	25,1	22,4	1,12	●
Paris 6	28,6	25,4	1,13	●
Paris 12	25,3	22,3	1,13	○
Paris 8	25,5	22,1	1,15	●
Paris 7	30,0	21,9	1,37	●
FRANCE	28,3	17,9	1,58	
Paris 16	31,7	18,4	1,72	●

pour la France, le coefficient de vieillissement tombe à 0,61 à Rennes et 0,44 à Lille. Il est de 1,04 à Paris. Les villes sont ici beaucoup plus jeunes que la France dans son ensemble, à l'exception de Marseille, Nice et Toulon dont les coefficients de vieillissement sont de 1,63, 2,20 et 2,24 respectivement. Ces trois villes furent aux dernières municipales des pôles de résistance de la droite. L'existence de traditions et de situations locales irréductibles à une loi statistique entraîne des exceptions comme Nancy (jeune et à droite) ou Saint-Étienne (vieille et à gauche). Mais, dans l'ensemble, c'est bien sa jeunesse qui entraîne le monde urbain vers la gauche. Ne cherchons pas cependant à opposer les variables d'âge et de classe : les jeunes des centres urbains sont, en gestation, les nouvelles classes moyennes appauvries.

Les villes n'ont donc pas voté à gauche parce qu'elles sont remplies de bobos frimeurs et socialement irresponsables — il en faudrait d'ailleurs de telles quantités ! — mais parce que les nouvelles classes moyennes résistent à une pression économique. Il faudrait une certaine naïveté et surtout une grande méconnaissance de l'histoire pour s'imaginer que contempler les souffrances encore plus grandes des milieux populaires pourrait suffire à leur bonheur.

L'ivresse du capital

Les classes supérieures, elles aussi, évoluent. D'un côté, l'éjection du groupe dominant des

« éduqués sans capital » produit un phénomène de séparation des plus riches d'avec la société ; de l'autre, l'élévation incessante du niveau de privilège déréalise la vie concrète des individus les plus riches, de moins en moins capables de concevoir les difficultés concrètes qu'éprouve le gros de la population. Pour ce groupe dominant, en outre, l'utilité marginale de l'argent tend vers zéro ; au-delà d'une certaine quantité, l'argent ne sert plus à rien de concret. Aucune dépense, si extravagante soit-elle, ne parviendra à l'éponger — pas même des bouteilles de cognac à 3 000 dollars ou des nabuchodonosors de champagne (15 litres) à 35 000[11]. L'accroissement des richesses finit même par nourrir une sorte d'exaspération, puisqu'il apparaît finalement au P-DG le plus stupide comme au requin des affaires le plus borné que l'accroissement indéfini de son périmètre de défense monétaire n'allongera ni n'élargira sa vie. L'humaine condition est toujours là, indépassable, aussi résistante au veau d'or qu'elle le fut aux idéologies.

La lecture de ce genre nouveau qu'est la biographie d'hommes d'affaires est un exercice instructif parce que fastidieux, que les livres en question soient de qualité comme la biographie de Bernard Arnault par Airy Routier et l'étude plus impressionniste de Laurent Mauduit sur Alain Minc, ou d'ouvrages à caractère hagiographique comme celui que Jean Bothorel a consacré à Vincent Bolloré[12]. La pauvreté existentielle du monde des affaires nourrit chez le lecteur un accablant sentiment d'ennui. Le vide métaphysique de la période doit être pour quelque chose dans le dessèchement de ces vies.

Autrefois, les privilégiés se livraient volontiers à la philanthropie, laquelle dérivait d'un sens religieux de la responsabilité sociale. Les patrons construisaient des logements ouvriers. Mais justement, la caractéristique fondamentale de la mentalité économique actuelle est d'avoir atteint le stade de l'épure absolue, d'une sécheresse revendiquée : une véritable éthique de la non-redistribution. L'économie doctrinaire du néolibéralisme exige que l'on élimine toute forme d'assistance, que l'on réduise l'homme à sa valeur sur le marché à l'instant « t ».

Les quelques exutoires qui s'offrent encore au super-riche sont peu satisfaisants. Le moins nocif pour la société est la fixation sur l'art et le mécénat. Mais l'art lui non plus n'échappe pas à la spéculation et l'on ne peut pas dire que les Médicis pullulent dans nos belles sociétés. L'issue la plus commune, et la plus dangereuse, un pas en avant dans l'aliénation humaine, est de convertir le besoin de richesse en désir de pouvoir pur. C'est ici que la très grande entreprise entre en concurrence avec l'État, avec tous les États, quel que soit le niveau de leur PIB. Les ressources de l'État ne sont pas seulement monétaires; il peut aussi prélever l'impôt du sang, mobiliser ses ressortissants pour la guerre; et, sur le plan intérieur, il détient le monopole de la violence légitime. Un chef d'entreprise, quels que soient ses revenus, reste donc, au fond, bien peu de chose par rapport à un dirigeant politique qui peut envoyer des CRS dans les banlieues pour y provoquer les jeunes ou expédier des gamins en Afghanistan s'y faire tuer inutilement.

Pour toutes ces raisons, qui renvoient à une psychologie élémentaire, nos classes de plus en plus privilégiées sont, paradoxalement, de plus en plus insatisfaites, de plus en plus rapaces, de plus en plus hostiles à l'État. Dans un monde où les inégalités de revenu primaires s'accroissent dans des proportions démesurées, les riches exigent et obtiennent que leurs impôts diminuent. Ils veulent toujours moins d'État, toujours moins de fonctionnaires. Nous n'avons plus affaire à une logique d'efficacité économique, mais à une dynamique de pouvoir. Ce glissement inquiétant, de la recherche du profit à celle du pouvoir, traduit la mutation du capitalisme, passé par étapes du stade industriel au stade financier.

Le nouveau système économique est dominé par les banques, par les sociétés de holding qui contrôlent les entreprises industrielles, déplacent leurs activités, délocalisent les usines en changeant de travailleurs, bref qui jouent avec les éléments de base de la production comme on parcourt les touches d'un piano. La mentalité du capitalisme financier se distingue fortement de celle du capitalisme industriel. Hilferding, en 1910, dans *Le Capital financier*, puis Lénine dans *L'Impérialisme, stade suprême du capitalisme* en 1917, s'intéressèrent à sa première naissance, à la veille de la guerre de 1914, y voyant une excroissance parasite du capitalisme industriel. Tous deux identifiaient le capitalisme financier à la montée de l'impérialisme et à la guerre.

Le capitalisme industriel fournit certes aux militaires les moyens techniques de la guerre moderne, les armes sophistiquées qui ont permis d'obtenir au XXe siècle des taux de mortalité d'échelle effectivement industrielle. Mais l'industriel est, quand même, au fond, un technicien, un créateur de richesses, un bâtisseur et un vendeur. Contraint de placer sa marchandise, il doit se situer dans un rapport de négociation et de séduction avec l'acheteur éventuel, même si cet acheteur est un État qui s'apprête à en envahir un autre. Le financier, lui, peut certes revendre des actions ou tout autre titre, mais son acte idéal, celui par lequel il existe pleinement, est l'achat, la prise de contrôle d'une entreprise. Le bon, le grand financier (sur lequel on peut écrire un livre très ennuyeux) est, par nature, un prédateur qui ne se sent jamais aussi vivant que lorsqu'il acquiert un bien contre la volonté d'un P-DG ou de son équipe. Le mécanisme de base est l'invasion. Le capital financier ne peut prélever l'impôt du sang ; mais il peut, comme un État, envahir, prendre le contrôle de nouveaux territoires et donner à ses acteurs un sentiment de puissance s'il jette à la rue des centaines ou des milliers de travailleurs en délocalisant leur usine. La mentalité du capitalisme financier est intrinsèquement violente et violeuse. Autrefois composante mineure, elle devient majoritaire au sein du capitalisme français.

La presse a voulu voir dans les poursuites engagées contre Denis Gautier-Sauvagnac et l'Union des industries métallurgiques et minières une tentative de moralisation de la vie économique, sociale et politique. Nous devons au contraire déceler dans cette affaire — révélation tardive de pratiques que tout le monde connaissait depuis un demi-siècle — une étape dans la montée en puissance du capitalisme financier français, et dans la mise au pas de ce qui reste de capitalisme industriel. Ainsi que l'a écrit Barnave dans son *Introduction à la Révolution française*, « une nouvelle distribution de la richesse entraîne une nouvelle distribution du pouvoir ». Nous pouvons ajouter : au sein même de la classe dirigeante comme au sein de la nation dans son ensemble[13].

La France, pays dont la population conteste le plus violemment la globalisation — tous les sondages le montrent —, est aussi l'un des plus avancés dans la financiarisation de son économie. En termes de valeurs politiques fondamentales, le peuple français est éloigné du peuple américain par son aspiration égalitaire et par sa méfiance vis-à-vis des groupes dominants de la société. Mais les classes dirigeantes françaises sont en revanche très proches de leurs homologues américaines par leur adhésion et leur pratique d'un capitalisme qui s'identifie de moins en moins à l'industrie et de plus en plus à la finance.

Les liens ainsi créés avec les États-Unis vont bien au-delà de la recherche du profit. Il le faut d'ailleurs puisque la participation des banques, des compagnies d'assurances et d'autres sociétés françaises au jeu financier américain s'accompagne inévitablement de pertes que scande et aggrave la chute du dollar. Il existe dans les hautes strates de la société française, dans quelques secteurs qui mériteraient une étude détaillée, un rapport de servitude volontaire au système américain. Une maîtrise généralement insuffisante de la langue anglaise contribue à cet asservissement. Nicolas Sarkozy n'est nullement isolé lorsqu'il s'emploie à réaligner la France sur les États-Unis, au nom d'un occidentalisme implicitement antimusulman. Le clivage entre classes supérieures favorables aux États-Unis et population soucieuse d'autonomie diplomatique est ancien. Il était sensible au moment du déclenchement de la guerre d'Irak, quoique masqué par la politique de Chirac et de Villepin d'opposition aux États-Unis. Tous les sondages le montrent : les Français dans leur ensemble étaient alors aussi opposés à l'invasion de l'Irak qu'ils le sont aujourd'hui à un accroissement de notre engagement en Afghanistan. Mais dans les grandes entreprises comme dans les couloirs de l'audiovisuel, la politique de Jacques Chirac suscitait beaucoup d'hostilité, tandis qu'on se montrait compréhensif à l'égard de George Bush. *Nous sommes tous américains*, n'est-ce pas... mais qui, nous ?

Nos classes dirigeantes entre l'Islam et la Chine

On a un peu tendance à oublier, depuis le 11 septembre 2001, que la théorie du choc des civilisations élaborée par Samuel Huntington en 1996 et 1997 visait autant ou sinon plus la Chine que l'Islam. Dépourvue d'État puissant, la civilisation musulmane ne pouvait, selon lui, peser d'un grand poids stratégique. Par sa taille, par son histoire, la Chine, bizarrement caricaturée par une description simpliste en termes de confucianisme, se devait d'aspirer à une hégémonie planétaire. On peut comprendre qu'après l'attentat du World Trade Center les interprétations islamophobes de cette théorie se soient multipliées. Mais on devrait tout aussi logiquement s'attendre à ce que le décollage économique de la Chine, sensible durant les années 2005-2008, provoque maintenant des relectures sinophobes. Évidemment, désigner la Chine comme adversaire apparaît aux classes supérieures américaine ou européenne plus un problème qu'une solution, à la manière de l'Islam. La Chine n'est pas le candidat idéal au rôle de bouc émissaire. Elle reste une puissance objectivement modeste sur le plan technologique et militaire. Mais des relations de collaboration, de complicité se sont établies durant les vingt dernières années entre le capitalisme américain ou européen et le libéral-communisme chinois[14].

Dans son essence, la globalisation économique signifie que la main-d'œuvre alphabétisée mais faiblement payée de l'ancien tiers-monde est mise à la disposition des grandes entreprises américaines, européennes et japonaises. La Chine offre une population active d'une taille inégalée. Elle présente aussi l'avantage d'être gouvernée par un Parti communiste intact, qui injecte dans le nouveau système planétaire un peu de la vigueur du stalinisme. Le déracinement de la paysannerie chinoise s'opère avec une brutalité qui n'a probablement d'égale dans l'histoire que la collectivisation de l'agriculture russe par le régime soviétique au cours des années trente, ou l'expulsion de la paysannerie anglaise par les *enclosures* entre 1759 et 1800, qui lui servit de modèle. L'interdiction des syndicats indépendants assure en Chine une soumission économique des masses qui n'existe déjà plus en Europe de l'Est, où les ouvriers de Renault Dacia ont fait grève pour réclamer une augmentation des salaires. À peu près 40 % du PIB chinois consistent en exportations, c'est-à-dire principalement en travail réalisé pour le compte des multinationales sur la vaste plate-forme de production offshore qu'est ironiquement devenue la Chine côtière. Les travailleurs chinois sont donc directement exploités par les classes supérieures « occidentales ».

Le système économique globalisé induit des équilibres sociaux globalisés et, potentiellement, des luttes de classes globalisées selon le modèle présenté par Marx et Engels dans le *Manifeste du parti communiste*. Si les dirigeants économiques des deux rives de l'Atlantique utilisent les travailleurs chinois pour faire baisser les salaires dans leurs propres pays, ils sont d'une certaine manière des dirigeants en Chine. Si les communistes chinois poussent leur main-d'œuvre à travailler pour les multinationales américaines et européennes, ils sont aussi en un sens nos dirigeants. On doit pousser jusqu'à son terme logique la réflexion sur la globalisation, cesser de traiter certaines variables comme mondiales et d'autres comme nationales. C'est aussi une pure hypocrisie que de concevoir l'écologie dans un cadre national ou même continental, d'opposer avec bonne conscience les efforts de l'Europe pour réduire la pollution et la destruction de l'environnement par la Chine. C'est bien parce que les dirigeants européens encouragent la délocalisation de la production en Chine, où les rendements énergétiques sont dignes du XIXe siècle, que la pollution augmente dans le monde. L'Europe ne progresse pas sur le plan écologique, elle délocalise sa pollution.

Les classes sociales, elles, ne peuvent être considérées comme d'ores et déjà globalisées, et nous sommes encore loin de la gouvernance mondiale dont rêvent les antidémocrates radicaux. Mais la délocalisation des mécanismes d'exploitation et d'extraction de la plus-value fait apparaître des interactions de classes à l'échelle planétaire. La classe capitaliste occidentale a vécu pendant deux décennies les débuts d'un rêve dont on trouve la préfiguration dans le *Manifeste du parti communiste* : délocaliser son prolétariat, extraire du profit d'une population active située à l'autre bout du monde. Nos classes supérieures ont cependant du mal à affronter une partie de la nouvelle réalité : l'émergence d'un rival dangereux, une classe dirigeante chinoise qui ne se contentera pas du rôle de second violon dans l'exploitation de l'homme par l'homme, mais qui aspire autant que son homologue américaine à l'hégémonie mondiale. De toute façon, l'idéologie nationaliste qui lui sert à contrôler les masses déracinées de la Chine la conduit à adopter une posture agressive sur la scène internationale. La répression du soulèvement tibétain au printemps 2008 a dévoilé au grand jour non seulement l'arrogance du Parti communiste et de la nouvelle bourgeoisie rouge, mais aussi l'hostilité croissante des populations européennes et américaines à un régime libéral-communiste qu'elles perçoivent désormais comme un agent très actif de leur propre oppression économique.

Nous ne sommes qu'au début d'une prise de conscience, mais on sent déjà que le choix de l'ennemi extérieur — sera-t-il musulman ou chinois ? — reflétera des choix économiques et des préférences de classe. Au plus fort de la crise tibétaine, nous avons vu Jean-Pierre Raffarin aller transmettre à la Chine d'en haut les amitiés de la France d'en haut.

L'occidentalisme se présente aujourd'hui comme une doctrine antimusulmane. Le monde musulman n'est cependant pour rien dans nos difficultés économiques ; il est faible, dominé sur le plan géopolitique, incapable même de contrôler ses propres ressources pétrolières. Les partisans de la lutte des classes seront contraints non seulement d'épargner l'Islam, mais aussi d'affronter la question chinoise. La Chine pèse désormais négativement sur notre bien-être. Il faudra avoir le courage d'établir face à elle des barrières protectionnistes et de la contraindre à adopter un mode de développement plus équilibré. Le prix des denrées alimentaires étant durablement orienté à la hausse, la Chine, pour son confort comme pour celui du monde, doit s'intéresser à son agriculture. Elle doit produire pour son marché intérieur, réduire les inégalités et apaiser les tensions sociales. Il faut certes éviter que le conflit économique ne tourne au conflit de type ethno-culturel. Cela ne sera pas facile parce que la globalisation mêle, par nature, interaction économique et interaction ethnique. Mais la Chine a donné naissance à une civilisation admirable que nous devons respecter, sans diaboliser sa population. Son seul tort est d'avoir plus d'un milliard trois cents millions d'habitants, héritage d'une réussite historique exceptionnelle.

Luttes de classes ou luttes ethniques ?

Le vote des nouvelles classes moyennes, jeunes, éduquées, en cours d'appauvrissement, s'est orienté aux élections municipales de 2008 vers la gauche, on l'a vu. Les soi-disant bobos ne semblent donc guère tentés par le penchant ethnicisant et occidentaliste du sarkozisme. Mais un peu moins de trois ans plus tôt, le vote non au Traité constitutionnel européen pouvait être interprété de façon ambivalente. Vote de classe ? Vote xénophobe ? Le thème du « plombier polonais » incluait les deux dimensions. S'agissait-t-il, en votant non, de faire barrage au néolibéralisme, acharné à faire pression sur les salaires par la mobilisation d'une armée de travailleurs sous-payés ? Ou de rejeter, de la manière la plus égoïste, les Européens de l'Est, maintenus par l'occupation soviétique dans le sous-développement durant près d'un demi-siècle ? Ici, comme dans le cas de la Chine, la globalisation économique mêle systématiquement affrontement économique et menace étrangère. Bien loin d'assurer la paix, le libre-échange jette les peuples les uns contre les autres dans une guerre économique sans fin. Plus encore qu'autrefois il faut donc répondre à une question très simple : qui est coupable, contre qui devons-nous lutter ? Les travailleurs étrangers ou nos dirigeants ?

L'histoire du XXe siècle nous a déjà montré qu'une société confrontée à une situation économique difficile a le choix entre l'affrontement socio-économique et la désignation de boucs émissaires ethniques ou religieux. Des variables anthropologiques plus profondes que l'économie en décident. Dans une même période, des sociétés parvenues à des niveaux de développement équivalents peuvent prendre des voies différentes. Sous l'effet de la crise de 1929, l'Allemagne sombra dans le nazisme : elle désigna les Juifs comme boucs émissaires et considéra l'ensemble du monde extérieur comme un champ d'agression. La France prit, avec le Front populaire, le chemin d'une lutte des classes non violente et bon enfant. En l'absence de menace extérieure c'eût été une excellente solution, après quelques tâtonnements permettant de corriger des erreurs de politique économique. Malgré sa résistance instinctive au marxisme, le monde anglo-saxon plaça plutôt le débat sur le terrain économique. L'activisme de gauche de Roosevelt fit accomplir aux États-Unis un véritable bond en avant social. En Grande-Bretagne, les travaillistes, au pouvoir au moment du déclenchement de la crise, se ridiculisèrent en tant que gestionnaires, et laissèrent la place aux conservateurs, asthéniques en politique étrangère et largement responsables de l'aggravation de la menace hitlérienne, mais qui trouvèrent l'énergie de dévaluer la livre et de faire échapper leur pays au pire de la dépression.

La France de 2008 paraît toujours plus douée pour la lutte des classes que pour l'affrontement ethnique. Depuis quelque temps, nous sentons frémir la société, dont les diverses composantes se réalignent, les unes après les autres : monde ouvrier, classes moyennes inférieures, classes moyennes supérieures. Au fil des consultations électorales, l'acceptation passive d'une gestion économique qui bientôt ne profitera plus qu'à 1 % de la population paraît peu à peu se muer en refus. Contestation d'en bas et arrogance d'en haut progressent parallèlement. Est-ce si surprenant ou tout simplement nouveau ? La Révolution française avait été précédée d'une réaction aristocratique, les nobles réclamant une extension de leurs privilèges. Ces nobles, grands et petits confondus, constituaient entre 0,4 et 0,45 % de la population du royaume[15].

Les rééditions de Marx se multiplient, et il est clair que la pensée du grand barbu, nettoyée, espérons-le, de ses absurdités économiques les plus manifestes, devrait jouer un rôle important dans les années qui viennent. Avec une certaine malice, le programme de français des classes préparatoires aux grandes écoles incluait, pour l'année 2007-2008, sous le thème général « Penser l'histoire », *Le 18 Brumaire de Louis Napoléon Bonaparte* de Marx. Mais lequel de ces deux personnages était donc désigné à l'attention de notre jeunesse : le penseur révolutionnaire ou le putschiste que fut Napoléon III ?

Cependant, pour l'instant, aucune idéologie ne définit une ou plusieurs consciences de classe. Atomisation sociale et narcissisation des comportements paraissent pour l'instant enrayer le retour de la lutte des classes. C'est pourquoi nous devons, avant de spéculer librement sur des futurs politiques possibles, nous pencher une dernière fois sur l'évolution des mœurs, et sur une éventuelle dérive du socle anthropologique français.

CHAPITRE 8

La très lente évolution du socle anthropologique

On a du mal à comprendre pourquoi, dans un discours prononcé le 29 avril 2008, à la veille du premier tour des élections présidentielles, Nicolas Sarkozy est parti en guerre contre mai 68.

> Mai 68 nous avait imposé le relativisme culturel et moral. Les héritiers de mai 68 avaient imposé l'idée que tout se valait, qu'il n'y avait aucune différence entre le bien et le mal, entre le vrai et le faux, entre le beau et le laid. Ils avaient cherché à faire croire que l'élève valait le maître, qu'il ne fallait pas mettre de note pour ne pas traumatiser les mauvais élèves, qu'il ne fallait pas de classement.
>
> Ils avaient cherché à faire croire que la victime compte moins que le délinquant.
>
> Ils avaient cherché à faire croire qu'il ne pouvait exister aucune hiérarchie des valeurs.
>
> Ils avaient proclamé que tout était permis, que l'autorité c'était fini, que le respect c'était fini, qu'il n'y avait plus rien de grand, plus rien de sacré, plus rien d'admirable, plus de règle, plus de norme, plus d'interdit.
>
> Souvenez-vous du slogan de mai 68 sur les

murs de la Sorbonne : « Vivre sans contrainte et jouir sans entrave. »

De ce texte, lu par Sarkozy mais probablement écrit par Guaino, sont conjointement responsables deux hommes qui, nés en 1955 et 1957, n'ont pas vécu mai 68 à l'âge d'en profiter. Des participants aux événements, qu'ils y aient été favorables ou s'y soient opposés, n'auraient pu confectionner cette soupe. Quiconque a vécu ce moment magique de l'histoire de France ne peut qu'en conserver la nostalgie. Un sentiment d'apesanteur positif, joyeux, s'était alors emparé de la société, en contraste absolu avec l'apesanteur négative, revancharde, du moment Sarkozy.

Dépassant la personne de ses auteurs, nous devons considérer ce couplet anti-mai 68 comme l'œuvre d'une société malade. Pas simplement parce qu'il est rempli de contrevérités sur la nature des événements, injuste pour les soixante-huitards qui, souvent libertaires, savaient cependant fort bien distinguer le bien du mal, le vrai du faux et le beau du laid, malgré quelques emballements verbaux du type « CRS = SS ». Ni mieux ni moins bien, d'ailleurs, que les représentants gaullistes de l'ordre et de l'autorité. Le fonds stable de valeurs communes aux uns et aux autres explique que la mortalité de crise ait été insignifiante : une performance historique unique alors, mais répétée depuis durant la crise des banlieues. Par leur retenue, policiers et manifestants firent la preuve que leur morale était solide.

Le caractère pathologique de ce discours de Nicolas Sarkozy vient de ce qu'il témoigne d'une non-conscience de soi et d'une inculture sociale et historique rares. Le Président est, au plus haut degré, un enfant de mai 68, et il est un peu inquiétant que la France n'ait pas explosé de rire en écoutant le candidat. Bien des traits qu'il a dénoncés le caractérisent, lui, de la médiocrité scolaire au rejet de tout interdit. C'est un autoritaire sans autorité, comme il en existe effectivement tant dans le monde d'après soixante-huit. Pendant une bonne année, le Président nous a imposé ses déboires sentimentaux, son divorce, son aventure puis son mariage avec Carla Bruni, sa satisfaction d'exister, et longtemps son refus de s'excuser de ses énormités. Le premier, il a appliqué à l'institution présidentielle le slogan soixante-huitard qu'il dénonce : le « vivre sans contrainte et [en] jouir sans entrave ». Sarkozy n'est, conformément à son discours, ni grand ni admirable, et il ne respecte rien, pas même la mémoire de Guy Môquet et de la résistance communiste. Et pour ce qui est du sacré... Quel chemin parcouru par l'État français, du sacre de Reims à l'homme aux Ray-Ban !

Certes les soixante-huitards ne s'intéressaient pas à l'argent. Mais, vieillissant, ils surent étendre à la monnaie la tolérance qu'ils pratiquaient en matière de sexualité, et qui fut effectivement l'une des dimensions de mai 68. Liberté sexuelle et affection pour l'argent apparurent finalement comme les sœurs jumelles de la révolte libertaire. En quoi Sarkozy s'est-il opposé à ce double message ?

L'important, du point de vue de l'analyse, n'est pas de juger Sarkozy, mais de percevoir en lui la puissance des déterminants anthropologiques ou, en des termes plus familiers, la prédominance des mœurs sur les doctrines, des comportements inconscients sur les formulations politiques. Le style postsoixante-huitard refuse effectivement un certain type de contrainte. L'individu qui a émergé au terme de quarante ans d'évolution des mœurs souffre certainement d'un déficit de surmoi. Il a beaucoup de mal à penser et à agir sur le mode collectif. Les implications économiques et politiques sont évidentes. La révolution néoconservatrice américaine et le néolibéralisme français dérivent autant sinon plus de ces transformations comportementales que d'une logique intrinsèque du capitalisme. S'il est interdit d'interdire, le marché règne, l'État se décompose, et en vérité il n'est guère nécessaire de chercher plus loin les causes de notre désarroi économique.

L'effondrement du système soviétique a aggravé la tendance, en supprimant le contrepoids qui avait permis d'optimiser la performance capitaliste au lendemain de la Seconde Guerre mondiale ; la menace communiste avait rendu le capitalisme social, pour tout dire civilisé. Mais la poussée néolibérale est bien antérieure à la chute du mur de Berlin. C'est vers le milieu des années soixante-dix que le sens du collectif a commencé de mourir dans nos têtes. François Denord, dans *Néolibéralisme, version française*, montre bien qu'une dynamique néolibérale interne était à l'œuvre au sein même de la société française, indépendamment des expériences de Ronald Reagan et de Margaret Thatcher[1]. Si l'on admet une certaine primauté des mœurs sur les doctrines, il est évident que le pays de mai 68, l'un des plus actifs dans la mutation des mœurs, ne pouvait qu'être l'un des pôles de « l'individualisme » contemporain — aux côtés des démocraties libérales sœurs que sont le Royaume-Uni et les États-Unis. Mieux vaudrait d'ailleurs parler, comme je l'ai déjà fait plusieurs fois, de « narcissisme ». L'individualisme fut une croyance collective, une idéologie puissante. Le narcissisme désigne un état d'atomisation qui ne correspond à aucune doctrine spécifique, à aucun projet social, à aucune volonté d'action de groupe. Dans des pays comme l'Allemagne ou le Japon, dont les systèmes familiaux étaient à l'origine plus autoritaires, où l'individu était plus fortement intégré à la collectivité, la poussée libertaire a été beaucoup plus mesurée ; quelques structures verticales importantes subsistent, l'entreprise au Japon, l'entreprise et les syndicats en Allemagne. La spécificité de l'explosion française de 1968 a quelque chose à voir avec le trait égalitaire du système anthropologique, qui n'a pas d'équivalent en Angleterre ou aux États-Unis. L'effondrement temporaire des rapports hiérarchiques fut un trait étonnant des événements de mai, dont on n'a jamais vu l'équivalent ailleurs.

Ici encore Nicolas Sarkozy apparaît comme un soixante-huitard tardif. Certains de ses discours n'ont été que de longs hurlements appelant à l'ordre et à l'autorité. Mais il est, dans sa façon d'être, incapable d'assumer en pratique un idéal hiérarchique. C'est évident lorsqu'il se met au niveau de ses contradicteurs, jeunes ou issus des milieux populaires, les insultant, tel un voyou. La valeur de hiérarchie lui est tellement inaccessible qu'il a réussi, quand il était ministre de l'Intérieur, à déguiser, au moyen de casquettes grotesques rappelant celles de touristes américains, les agents de police français en gamins de banlieue, lesquels sont aussi friands que lui d'accessoires vestimentaires ineptes. Il a ainsi contribué à réduire la distance entre la police et la jeunesse, stimulant évidemment la possibilité d'affrontements.

Président, Nicolas Sarkozy représente une sorte de triomphe bouffon de l'égalitarisme français ; pour la première fois dans notre histoire, nous avons un chef de l'État qui se comporte comme s'il ne valait pas mieux que les citoyens. C'est en réalité toujours le cas, mais cette vérité doit être cachée pour que les institutions et le système social tournent de façon, si ce n'est harmonieuse, du moins raisonnable.

Mai 68 n'est qu'une étiquette. L'examen des évolutions démographiques permet de suivre et de mesurer celle des mœurs. Les « événements » ne furent qu'une sorte de préfiguration géniale produite par une société douée pour le happening politique. Ailleurs, les mêmes bouleversements ont eu lieu, avec des ampleurs et selon des rythmes divers, mais sans explosion initiale.

L'inflexion démographique

L'indicateur conjoncturel de fécondité était en 1964 de 2,92 enfants par femme. Il amorça ensuite une baisse qui l'amena en 1968 à 2,59, niveau déjà inférieur à tous les chiffres des années d'après guerre. À cette date cependant, la fécondité hors mariage n'avait pas encore bougé : à 0,15 elle était à son niveau le plus bas de tout l'après-guerre. La loi Neuwirth, qui autorisa la contraception, fut votée le 29 décembre 1967 : pour l'historien de la longue durée, cette loi fait partie de mai 1968, plaçant même les députés gaullistes du côté des déclencheurs du mouvement. C'est seulement après 1968 que le nombre d'enfants dits « illégitimes » augmenta tandis que celui d'enfants nés dans le mariage diminuait.

L'indicateur conjoncturel atteignit son point le plus bas en 1993 et 1994, à 1,66. Les enfants nés hors mariage constituaient alors 30 % du total des naissances. L'indicateur conjoncturel remonta ensuite à 1,9 en 2004, date à laquelle les enfants nés hors mariage formaient près de la moitié du total, soit 47 %. Aujourd'hui l'indicateur est à 2 enfants par femme, niveau de fécondité qui fait de la France la seule des grandes nations d'Europe occidentale qui soit assurée de sa reproduction. Elle est sur ce point proche des États-Unis.

Une révolution s'est produite dans les mœurs qui a entraîné la disparition du mariage en tant qu'institution fondatrice de la famille. L'évolution de la famille et celle du climat idéologique présentent un parallélisme frappant. C'est au cours des années soixante-dix qu'a eu lieu à gauche la remise en question massive des idéologies totalitaires, avec les textes intellectuellement légers mais historiquement significatifs que furent *La Cuisinière et le mangeur d'hommes. Essai sur les rapports entre l'État, le marxisme et les camps de concentration*[2] d'André Glucksmann en 1975, et *La Barbarie à visage humain*[3] de Bernard-Henri Lévy en 1977.

La démographie permet cependant aussi d'échapper à une vision cataclysmique de l'histoire des mœurs. Il n'y a pas eu de crise mais une évolution. La baisse de l'indicateur conjoncturel de fécondité à 1,66 est une fiction statistique que l'analyse démographique permet de comprendre. Si l'on examine l'indicateur plus décisif qu'est la *descendance finale* — mesurable pour les femmes qui ont atteint la fin de leur période de procréation potentielle, mettons à 45 ans — on constate que jamais, pendant toute cette période de bouleversement, la fécondité n'est descendue au-dessous de 2 enfants par femme ; elle n'a pas eu à « remonter » jusque-là. Simplement, les générations nées après la guerre ont eu un peu moins d'enfants que les précédentes mais surtout les ont eus plus tard. L'âge moyen à la maternité s'est élevé. La libération sexuelle a été gérée en douceur. La transformation qui a finalement conduit à l'homme atomisé ou narcissique du début du deuxième millénaire n'a nullement détruit le système familial français.

La fécondité en Europe

On peut par contre s'interroger sur l'état de santé anthropologique des sociétés dont l'indicateur de fécondité est très au-dessous du seuil de

Indicateur conjoncturel de fécondité en 2007

	PLUS DE 1,5
France	2,0
Danemark	1,9
Irlande	1,9
Norvège	1,9
Suède	1,9
Finlande	1,8
Royaume-Uni	1,8
Albanie	1,8
Serbie	1,8
Belgique	1,7
Pays-Bas	1,7
Estonie	1,6
Monténégro	1,6

	MOINS DE 1,5
Lettonie	1,4
Autriche	1,4
Suisse	1,4
Bulgarie	1,4
Croatie	1,4
Espagne	1,4
Italie	1,4
Macédoine	1,4
Portugal	1,4
Lituanie	1,3
Allemagne	1,3
Hongrie	1,3
Moldavie	1,3
Pologne	1,3
Roumanie	1,3
Russie	1,3
Slovaquie	1,3
Tchéquie	1,3
Ukraine	1,3
Grèce	1,3
Slovénie	1,3
Biélorussie	1,2
Bosnie-Herzégovine	1,2

reproduction, comme l'Allemagne, l'Espagne, l'Italie, le Japon, la Russie, ou la Chine, pays qui ont tous fait des expériences autoritaires ou totalitaires dans le passé. La France n'est pas seule à s'en sortir mieux. Le monde des vieilles démocraties européennes de l'Ouest se distingue par une fécondité qui, sans être brillante, n'est pas catastrophique. Sans atteindre le niveau français ou américain, les pays scandinaves, le Benelux et le Royaume-Uni ne sont pas non plus descendus jusqu'aux taux planchers de 1,3 à 1,4 qui caractérisent les sociétés postautoritaires. La coïncidence entre histoire autoritaire et basse fécondité, entre tradition libérale ancienne et meilleure fécondité, ne doit pas être interprétée trop simplement. Elle n'est pas absolue, puisque la Suisse qui n'a jamais fait d'expérience autoritaire est, avec 1,4 enfant par femme, proche de l'Autriche et de l'Allemagne, et que la Finlande, la Serbie et l'Albanie, qui en subirent, d'intensités fort inégales, se retrouvent, avec un indice synthétique de 1,8, dans le groupe des nations à fécondité plus élevée.

Si on laisse de côté le cas très particulier des deux pays balkaniques que sont l'Albanie et la Serbie, les sociétés dont la fécondité a le mieux résisté sont en fait celles qui ont su le mieux gérer l'émancipation des femmes et rendre compatibles maternité et travail. Cet objectif était plus facile à atteindre en Europe du Nord-Ouest où le statut des femmes était traditionnellement plus élevé, trait souvent mais non exclusivement associé à des systèmes familiaux moins autoritaires. C'est la raison pour laquelle la Suisse, peu féministe, est démographiquement proche de l'Allemagne, et la Finlande, très féministe, proche de la Suède[4].

Le ralentissement

Les évolutions technologiques et économiques peuvent être décrites au moyen des notions d'accélération et de crise. La transformation démographique incite plutôt à parler de ralentissement.

La révolution éducative implique, par définition, que la période d'apprentissage s'allonge, retardant l'entrée dans une vie pleinement adulte. Mais ce processus affecte aussi les étapes suivantes de la vie.

Les femmes ont des enfants plus tard, les individus vivent plus longtemps. L'âge moyen des mères à la naissance de leurs enfants est passé de 27 ans à la fin des années soixante-dix à plus de 29 ans et demi vers 2005. L'espérance de vie est passée pour les hommes de 72,7 ans en 1990 à 77,6 ans en 2007, de 80,9 ans à 84,5 ans pour les femmes entre ces deux dates.

La structure d'âge de la population se modifie donc dans le sens du vieillissement, mouvement inexorable qui atteint, dans le domaine politique, le corps électoral. Progressif, le phénomène est néanmoins en train de s'accélérer. En 1990, les plus de 65 ans constituaient 26 % de la population de plus de 20 ans ; en 2000, 28 %. Selon la projection centrale de l'INSEE ils seront 30 % en 2010, 34 % en 2020, 38 % en 2030[5].

Ces phénomènes démographiques expliquent aussi la lenteur qui caractérise les évolutions intellectuelles et politiques. On ne peut qu'être frappé, aujourd'hui, par le contraste qui se manifeste entre la violence des évolutions économiques et l'inertie des doctrines et des programmes. Les idées changent certes — pas toujours dans le bon sens si l'on pense au succès du déclinisme et au triomphe du pessimisme culturel — mais ce changement se produit à une vitesse d'escargot. Le débat politique quant à lui semble tourner en rond. La cause de ce phénomène ne doit pas être recherchée dans la logique politique elle-même, dans le système des partis ou dans les institutions. Il reflète tout simplement un ralentissement des cycles générationnels, du système anthropologique dans son ensemble.

La famille et l'État

Pour comprendre l'exception française dans le domaine démographique, nous ne pouvons cependant restreindre l'analyse au champ de l'anthropologie pure. Les superstructures politiques jouent aussi un rôle. Pour la plupart des démographes, c'est au réseau français des écoles maternelles, qui prend en charge les enfants à partir de l'âge de trois ans et parfois même de deux ans, que la France doit son avantage démographique. *Le système familial n'existe plus indépendamment de l'organisation sociale générale*. Les structures familiales et étatiques sont imbriquées, une constatation que nous devons élargir dans toutes les directions.

Car c'est aussi à l'État social, mal géré, qu'il faut imputer la basse fécondité des sociétés développées. Sécurité sociale et système de retraites permettent aux individus de se projeter mentalement dans une vieillesse au cours de laquelle ils ne dépendront pas, pour leur survie et leur bien-être, de leurs enfants. L'individualisme contemporain est dans une large mesure une illusion : le narcisse triomphant, et de moins en moins jeune, s'appuie discrètement sur le plus puissant mécanisme de sécurisation de l'individu par l'État qui ait jamais existé. La dénonciation de la globalisation ne doit pas nous faire oublier que la France reste au niveau de socialisation effective le plus haut qu'elle ait jamais atteint, avec des performances médicales et sanitaires parmi les plus élevées du monde. La victoire du marché n'est que partielle. Elle a entraîné une hausse des inégalités de revenus mais pas, pour le moment, une inégalité croissante dans le domaine médical. Les inégalités entre catégories socioprofessionnelles persistent, mais l'homogénéité du territoire aussi. Au contraire de ce que l'on observe aux États-Unis, les variations géographiques du taux de mortalité infantile restent faibles en France. En Seine-Saint-Denis, département considéré par les prophètes du déclin comme un territoire perdu de la République, par ceux de l'ethnicisation comme une jungle, ce taux était en 2005 très bas : 5,3 décès d'enfants de moins de un an pour mille naissances vivantes. Un peu plus élevé que celui de la France dans son ensemble (3,6), ce taux ne fait cependant pas de la Seine-Saint-Denis une exception frappante : la mortalité infantile était à la même date de 5,0 pour mille dans la Somme, 5,1 dans le Lot-et-Garonne, 5,2 dans la Nièvre, et 5,5 dans le Puy-de-Dôme. Le taux moyen aux États-Unis atteignait alors 7,0.

L'obsession sécuritaire découle, elle aussi, du transfert à l'État, ou aux communes, de fonctions de discipline qui incombaient autrefois à la famille. On ne sait si la vidéosurveillance pourra efficacement remplacer l'autorité paternelle et maternelle. La montée des incivilités est un phénomène réel. Les exemples pullulent : débordements des supporters du PSG, coup de tête de Zidane à Materazzi lors de la finale de la Coupe du monde de football en juillet 2006, détériorations de boîtes aux lettres dans les grands ensembles HLM, prise au tas de stock-options par les dirigeants d'entreprise, excès verbaux du Président, le tout sur fond d'augmentation de la délinquance. Mais tout cela ne doit pas faire oublier que le taux d'homicide reste à peu près stable. En 1936, il était de 1,1 pour 100 000 habitants, en 1968 de 0,8, en 2000 de 0,7 comme au Royaume-Uni, contre 0,9 en Allemagne, 1,2 en Suède, 6,2 aux États-Unis, 10,8 au Mexique, 28,4 en Russie, 60,8 en Colombie. Le sentiment de vide, religieux et idéologique, explique autant que la réalité objective le phénomène d'angoisse sociale qui a conduit, irrésistiblement, à la montée du sentiment d'insécurité. Pour le moment, l'anxiété a entraîné un emballement du taux d'incarcération, sans que les crédits pénitentiaires et policiers suivent. Le pays va devoir choisir : sortir de la panique sécuritaire ou mobiliser des ressources économiques pour l'assumer.

Nous voyons ici une oscillation du système familial, devenu plus permissif, agir directement sur la sphère sociale et politique. Mais on aurait tort de surestimer l'ampleur des changements survenus. Il est clair que la question de la pédophilie est en train d'établir une limite théorique et pratique à la libéralisation des mœurs parce qu'elle frôle le tabou de l'inceste. Les anthropologues savent bien qu'un univers sans règles ne s'observe nulle part. Tout n'est décidément pas permis par l'inconscient collectif. Au plus profond du système anthropologique, dans les zones obscures qui entourent le tabou de l'inceste, on peut saisir une absolue stabilité du système de mœurs. Le taux de mariage entre cousins, infime au lendemain de la Seconde Guerre mondiale, a encore baissé depuis. Au sein des populations d'origine maghrébine, venues d'une région du monde où le modèle d'alliance dit « arabe » encourage le mariage entre cousins germains, la pratique s'effondre en l'espace de deux générations. Indépendamment de tout débat sur les mœurs, les populations de l'Hexagone respectent sans les discuter des interdits dont elles n'ont même pas conscience.

Nous sommes ici assez éloignés de la structure familiale telle qu'on peut la décrire dans une communauté paysanne du XVIIIe siècle, mais il est impossible de ne pas tirer de tous ces éléments l'impression que le système anthropologique français reste plutôt stable. Nous ne savons guère ce qui se passe dans le domaine des héritages, lieu idéal pour repérer la valeur égalitaire traditionnelle. Mais sur un mode indirect, la bonne fécondité et la basse mortalité infantile suggèrent le maintien, dans une zone sociale intermédiaire, entre la famille et l'État, de valeurs égalitaires toujours actives. Ces chiffres traduisent un égalitarisme diffus, au point que l'on peut se demander s'il ne faudrait pas considérer le système anthropologique comme une entité plus vaste que la famille : un tissu d'interactions entre individus qui se rencontrent dans les quartiers, les écoles, les hôpitaux, englobant les contacts entre contribuables et percepteurs, entre contrevenants au code de la route et agents de police, etc. Un système de mœurs égalitaire existe au-delà de la famille.

Je doute en revanche que l'émancipation des femmes, dans laquelle beaucoup voient une application ultime, dans le domaine familial, du principe d'égalité, soit en elle-même une garantie de pérennité de l'égalitarisme français.

Les femmes et l'inégalité

Nous ne savons pas si l'égalité entre hommes et femmes sera un jour complètement réalisée. Aux yeux de certains auteurs comme Dominique Méda les femmes continuent d'être désavantagées. Celle-ci souligne que les inégalités dans le domaine professionnel ont cessé de diminuer[6]. Les contraintes de la maternité interdiraient certaines carrières, pérennisant de fait le monopole des fonctions de direction qu'exercent les hommes. La concentration des femmes dans certains secteurs comme l'enseignement ou la santé évoquerait quant à elle une certaine « familialisation » du métier féminin puisque ces activités relevaient autrefois de la sphère familiale. D'autres auteurs considèrent au contraire que le problème est réglé, ou même que l'émancipation des femmes est allée jusqu'à mettre les hommes en difficulté. À l'appui d'une telle position, on peut invoquer les statistiques éducatives : le taux d'échec scolaire est beaucoup plus élevé chez les garçons. Depuis l'année 2000, la journée de préparation à la défense concerne les filles comme les garçons, et nous disposons donc de données comparatives. Or, parmi les jeunes ne maîtrisant pas les mécanismes fondamentaux de la lecture, 72 % sont de sexe masculin[7]. La proportion de femmes atteignant le baccalauréat ou faisant des études supérieures dépasse désormais largement celle des hommes. Il reste vrai que les études scientifiques, qui mènent en France à certaines des grandes écoles les plus prestigieuses, réintroduisent, sur le plan qualitatif, une inégalité en faveur des hommes. Prises dans leur ensemble, les statistiques éducatives montrent que la variance des résultats masculins est beaucoup plus grande : les hommes sont plus nombreux en bas et en haut de la pyramide scolaire. À l'image de l'ensemble de la population, les femmes constituent un groupe stratifié, mais à l'intérieur duquel les écarts sont moins grands, puisque on y compte moins de « sans diplômes » et d'élèves des grandes écoles.

Abandonnant le terrain de l'idéologie, qui par nature recherche la perfection, nous devons quand même admettre qu'au cours des quarante dernières années les femmes ont fait un bond considérable dans le sens de l'émancipation et de l'égalité concrète. Doit-on pour autant classer la progression de l'égalité entre hommes et femmes au chapitre de l'extension du principe de l'égalité démocratique ? C'est sans doute l'attitude la plus répandue, du côté des optimistes qui considèrent l'égalité réalisée, comme de celui des militants qui pensent que la lutte doit continuer. Dans *Inégalités et rapports sociaux. Rapports de classes, rapports de sexes*, livre très intéressant par l'analyse des modes conceptuelles qu'il présente, Roland Pfefferkorn met sur le même plan nécessité de la lutte des classes et exigence d'émancipation des femmes[8].

L'anthropologie des structures familiales suggère que les choses sont un peu plus compliquées. L'égalité entre les hommes en général, l'égalité entre hommes et femmes, apparaissent à l'anthropologue comme deux idéaux différents, et même à l'origine antagonistes[9].

Dans l'histoire des structures familiales elles-mêmes, le principe d'égalité émerge entre les seuls frères, en se combinant avec une exclusion des femmes de la succession et de l'héritage. L'égalité est originellement associée au principe patrilinéaire et à l'abaissement du statut de la femme. Les systèmes familiaux communautaires, qui dominent géographiquement l'Ancien Monde, incluant la Russie, la Chine, l'Inde du Nord et le monde arabe, mêlent à des degrés divers égalité des frères et exclusion des femmes[10]. Il y a des nuances. Le système familial russe, d'origine récente, a laissé à la femme un statut plus élevé que ne suggérerait son exclusion de l'héritage paysan, particularité à laquelle on doit sans doute un chef-d'œuvre comme l'*Anna Karénine* de Tolstoï. Mais dans l'ensemble, les systèmes les plus féministes, en Europe du Nord-Ouest ou en Asie du Sud-Est, sans être franchement inégalitaires, sont faiblement attachés à l'égalité. Le monde anglo-saxon associe fort bien un manque d'égalitarisme familial et un statut relativement élevé des femmes.

La France, égalitaire et féministe dans ses fondements, apparaît une fois de plus comme une exception. Le système d'héritage du Bassin parisien était caractérisé par un égalitarisme généralisé incluant les filles. Au contraire de la Russie ou de la Chine, la France du Nord a toujours admis l'égalité des sexes dans ses structures inconscientes les plus profondes. La famille nucléaire égalitaire du Bassin parisien est le produit d'une séquence très complexe : dans ses traits fondamentaux elle remonte à la famille romaine du Bas-Empire, elle-même issue de la très longue histoire de Rome.

Le principe patrilinéaire et communautaire de l'époque républicaine avait fini par se dissoudre pendant l'Empire, pour donner naissance à cet égalitarisme généralisé dont on ne trouve guère d'exemple hors de la sphère de civilisation romaine. En France, les évolutions féministes récentes n'ont fait que réaliser une aspiration ancienne du système familial dominant. On explique ainsi bien des spécificités de l'émancipation des femmes en France, en particulier la faiblesse de ses expressions idéologiques et politiques, si on compare à ce qui s'est passé dans le monde anglo-saxon. Si l'inconscient collectif — illustré par les règles d'héritage — a toujours considéré la femme comme l'égale de l'homme, idéal impossible à envisager avant l'invention des techniques contraceptives modernes, il est normal que le pays l'ait atteint sans briller dans la revendication explicite.

Nous pouvons conclure de ce bref examen qu'en France égalité des hommes et égalité entre hommes et femmes s'opposent moins qu'ailleurs.

La progression de l'égalité entre hommes et femmes représente cependant une évolution très sensible du socle anthropologique qui peut, au contraire de ce que l'on suppose généralement, correspondre à un affaiblissement du principe de l'égalité entre les hommes. Dans les démocraties, on l'a vu, le corps des citoyens s'est constitué par un ensemble d'exclusions : de l'étranger, des femmes, des aristocrates et, dans certaines sociétés, de groupes parias comme les Noirs ou les Juifs. Abolir l'une de ces exclusions peut mettre en péril le sentiment d'une citoyenneté égalitaire restreinte. J'ai déjà noté que l'intégration des Noirs à la vie politique américaine accompagne un affaiblissement de l'idéal d'égalité entre les Blancs, et ne contredit guère le glissement vers l'oligarchie du système social et politique américain.

Si le principe d'égalité est associé à une représentation spécifique de l'identité masculine, nous devons aussi admettre que l'émancipation sociale de l'homosexualité ne peut pas non plus être, a priori, interprétée comme un élargissement logique du principe de l'égalité démocratique. L'émergence d'identités sexuelles masculines et féminines diverses contribue à effacer la polarité sexuelle simple qui avait structuré l'émergence du principe d'égalité entre les hommes.

Sur un plan interprétatif général nous devons donc nous demander si l'émancipation des femmes n'a pas contribué d'une manière subtile et cachée à la dérive oligarchique des sociétés développées. Il ne s'agit bien entendu que d'une hypothèse, de l'ouverture d'un domaine de recherches plutôt que d'une conclusion. Mais trop d'éléments de l'évolution sociale actuelle associent montée des femmes et baisse du niveau d'égalité générale dans la société pour que l'on considère la question comme insignifiante.

L'effondrement du monde ouvrier, par exemple, est pour l'essentiel un effondrement masculin. Et, ce que ne veut pas voir Pfefferkorn, l'affaissement du concept de lutte des classes s'est produit dans un monde qui croyait découvrir la lutte des sexes.

Admettons aussi cependant que la France, avec son égalitarisme initial, incluant garçons et filles dans une règle d'héritage égalitaire, sera l'un des cas les plus compliqués à résoudre.

Autonomie et primauté du fonds anthropologique

Le chercheur honnête ne peut dresser qu'un constat d'incertitude. Il serait absurde d'affirmer, sur la base des faits accessibles, qu'un système anthropologique égalitaire remontant à plusieurs millénaires a disparu en deux générations. Mais il serait non moins absurde de sous-estimer l'ampleur des transformations qui se sont produites en une quarantaine d'années, qu'il s'agisse des comportements sexuels, de l'émancipation des femmes ou de l'allongement de la vie qui entraîne la disparition des héritages effectifs.

Mon sentiment personnel est que l'égalitarisme français est toujours là, dans les mœurs, dans les interactions concrètes entre individus. Sans doute faudra-t-il un jour, comme je l'ai laissé entendre, substituer à la notion de système familial celle de système anthropologique pour expliquer que des différences de mœurs persistent entre des sociétés présentant des niveaux de développement comparables, comme la France, les États-Unis, l'Angleterre, l'Allemagne ou le Japon. La divergence des indicateurs de fécondité qui caractérise ces sociétés suggère à elle seule que la différence anthropologique est toujours là, au stade postindustriel comme elle l'était au stade agricole. Mais ce qui ne peut être rigoureusement démontré n'a guère de valeur et nous devrons attendre la suite de l'histoire pour conclure. S'il est encore impossible de décrire précisément ces systèmes anthropologiques on peut cependant en comprendre le caractère autonome et primordial. Il faut hiérarchiser les variables explicatives. Ce qui est le plus fondamental est le plus profond, le plus enfoui.

En surface, il y a le conscient, l'économie. Immédiatement au-dessous, et déjà plus déterminant, on trouve une sorte de subconscient social défini par la stratification éducative et son mouvement. L'alphabétisation de masse a mené à la démocratie, donnant un subconscient égalitaire à la société. Aujourd'hui, une nouvelle stratification éducative tend à produire un subconscient inégalitaire.

Plus profondément encore, et tout à fait inconscient, opère un système anthropologique que l'on peut saisir dans les temps anciens par la structure familiale, mais qui est aujourd'hui plus diffus. Ce système anthropologique est susceptible d'évolutions, décisives, mais largement incontrôlées.

Une telle description de la structure sociale et du mouvement historique permet de comprendre certains paradoxes de la vie politique récente. La montée des inégalités économiques s'est emballée à une époque où les partis de gauche gouvernaient ensemble sous le nom de « gauche plurielle ». L'urgence économique n'empêcha pourtant pas le gouvernement Jospin de se passionner pour des questions dites « sociétales » comme la parité homme-femme ou l'instauration du pacs, le pacte civil de solidarité. Mais il serait simpliste d'affirmer que les questions d'ordre sociétal — émancipation des femmes et des homosexuels — ne furent pour la gauche qu'un moyen d'éviter d'affronter l'essentiel, l'économie : la globalisation, les conflits d'intérêts, le protectionnisme. Une analyse distinguant les systèmes économique, éducatif et anthropologique permet de comprendre que les questions sociétales relèvent du niveau le plus profond. Le besoin d'abolir les distinctions entre les sexes, ou entre hétérosexualité et homosexualité, relève du champ familial et anthropologique. Il doit être considéré comme autonome. Ceci ne veut pas dire que ces questions sociétales empêcheront ultimement, dans un contexte d'appauvrissement de la population, et spécifiquement des classes moyennes, une montée de la lutte des classes si le principe égalitaire résiste. Mais il serait tout à fait injuste de considérer les promoteurs de ces luttes sociétales comme des agents hypocrites du néolibéralisme.

CHAPITRE 9

Après la démocratie

Au terme de cet examen des transformations de la société française, nous pouvons évaluer l'ampleur du problème que doivent affronter les dirigeants politiques.

Dans le domaine le plus conscient de la vie sociale, la question économique apparaît sans issue. Tandis que les élites de la pensée et de l'administration considèrent le libre-échange comme une nécessité, ou même une fatalité, la population le perçoit comme une machine à broyer les emplois, à comprimer les salaires, entraînant l'ensemble de la société dans un processus de régression et de contraction. Le véritable drame, pour la démocratie, ne réside pas tant dans l'opposition de l'élite et de la masse, que dans la lucidité de la masse et l'aveuglement de l'élite. Les salaires baissent effectivement, et vont continuer de le faire, sous les pressions conjuguées de la Chine, de l'Inde et des autres pays où le coût de la main-d'œuvre est très bas.

Une démocratie saine ne peut se passer d'élites. On peut même dire que ce qui sépare la démocratie du populisme, c'est l'acceptation par le peuple de la nécessité d'une élite en laquelle il a confiance. Dans l'histoire des démocraties survient toujours, à un moment décisif, la prise en charge par une partie de l'aristocratie des aspirations de l'ensemble de la population : une sorte de saut de la foi qu'accomplissent conjointement privilégiés et dominés. C'est ce qu'illustrent des personnages comme Périclès à Athènes, ou Washington et Jefferson aux États-Unis. En France, il faut évoquer la participation de bien des aristocrates à l'épanouissement des Lumières et à l'abolition des privilèges durant la nuit du 4 août, plutôt que l'acceptation par Tocqueville d'une démocratie déjà irrésistible. La grande bourgeoisie laïque, grâce à laquelle s'établit la IIIe République, fut une classe admirable, dont les bibliothèques, quand elles ont survécu, témoignent du très haut niveau de culture.

La révolte des élites (pour reprendre l'expression de Christopher Lasch) marque la fin de cette collaboration. Une rupture coupe les classes supérieures du reste de la société, provoquant l'apparition simultanée d'une dérive oligarchique et du populisme.

Il serait vain d'accuser tel ou tel individu : des forces historiques aussi lourdes qu'impersonnelles sont à l'œuvre. Récapitulons. Alors que dans un premier temps l'alphabétisation de masse, par la généralisation de l'instruction primaire, avait homogénéisé la société, la poussée culturelle de l'après-guerre puis son blocage vers 1995 ont séparé les éduqués supérieurs du gros de la population, créant une structure stratifiée au sein de laquelle les couches superposées ne communiquent plus. L'implosion des idéologies religieuses et politiques qui a accompagné ce processus a achevé de fragmenter la société : chaque métier, chaque ville, chaque individu tend à devenir une bulle isolée, confinée dans ses problèmes, ses plaisirs et ses souffrances. L'*establishment* politico-médiatique n'est qu'un groupe autiste parmi d'autres, ni meilleur ni pire, simplement plus visible. Il est insupportable parce que, semblable à la noblesse de 1789, il ne justifie plus ses privilèges par un service rendu à la nation.

Évidemment, l'alphabétisation de masse subsiste, et il apparaît difficile de renoncer au suffrage universel qui en découle historiquement. Mais nous devons bien comprendre que la stratification éducative du pays ne définit plus une structure simple et stable. Elle implique une tension permanente entre une dimension égalitaire, l'alphabétisation universelle, et une dimension inégalitaire, l'existence d'un groupe d'éduqués supérieurs, qui finira par englober, si la proportion par génération reste stable, le tiers de la population. Jusqu'à très récemment, ce groupe supérieur ne comprenait que 10 à 15 % de la population, et ajoutait des privilèges économiques à son privilège culturel. L'instabilité du système s'accroît parce que les éléments jeunes de ce groupe « éduqué supérieur » vont cesser de profiter du système économique. Les bénéfices de la globalisation ne reviennent plus maintenant qu'au 1 % supérieur de la population, les 10 %

suivants pouvant encore être considérés comme neutres, ni favorisés ni défavorisés. Ces chiffres n'incluent pas les retraités, dont le poids électoral est considérable, et qui représentent la survivance, dans le système de classe nouveau, du système ancien, non polarisé. N'oublions pas non plus de rappeler la radicalisation de la classe supérieure des 1 %, isolée par ses privilèges, de plus en plus insensible à l'existence du reste de la société, insatisfaite de ne pas trouver dans la richesse une solution à ses problèmes métaphysiques, désormais tournée vers une recherche du pouvoir pur. La fragmentation du groupe des « éduqués supérieurs » se manifeste donc, simultanément, par un flottement des classes moyennes et par la radicalisation d'un groupe social supérieur qu'il va bientôt falloir appeler « classe capitaliste » ou « bourgeoisie financière ».

Plus profondément encore dans la structure sociale, le système anthropologique a évolué, mais très lentement. Il avait assuré, entre 1789 et 1968, une prédominance de valeurs idéologiques égalitaires — inconscientes et instinctives — dans l'Hexagone. La résistance de valeurs inégalitaires minoritaires à la périphérie du système national avait plutôt contribué à une radicalisation, à une formalisation consciente des valeurs égalitaires du centre. Nous ne savons pas si l'évolution des structures familiales a laissé intact ce système à dominante égalitaire, ou s'il a été ébranlé, et à quel point. Je pense personnellement qu'il est intact mais ne dispose pas des éléments statistiques nécessaires pour le prouver de manière irréfutable : des taux de mariages mixtes récents.

Nous devons aussi constater, et intégrer à l'analyse, sans prétendre l'expliquer, le repli narcissique des individus sur eux-mêmes, dans tous les groupes, atomisation qui rend difficile l'émergence de nouvelles croyances collectives, ces instruments indispensables à l'action des hommes politiques.

Autre facteur d'incertitude, l'augmentation de la proportion de personnes âgées dans la population. Jusqu'à très récemment, leur situation matérielle s'améliorait mais cette évolution est en train de s'inverser. La vieillesse, statistiquement, mène à la modération et à la droitisation. Mais comment des générations « narcissisées », vieillissantes, de plus en plus nombreuses, et dont le niveau de vie va baisser, évolueront-elles politiquement ?

Ajoutons que cette société atomisée, très riche encore mais en voie d'appauvrissement, n'est plus à l'échelle des processus économiques. La globalisation a fait de l'Europe l'espace d'interaction économique fondamental, et il apparaît techniquement impossible que la France puisse surmonter seule ses difficultés économiques. L'Hexagone fragmenté en villages est lui-même devenu d'une certaine manière un vaste village.

C'est dans ce cadre que les politiques doivent agir, et il paraît difficile de les tenir pour pleinement responsables de leur incapacité. Nous pouvons pardonner à François Hollande son inaction en matière de programme socialiste. Sans aller aussi loin, nous devons plaindre Nicolas Sarkozy d'avoir atteint le pouvoir au moment même où les Français prenaient conscience de la baisse de leur niveau de vie. En revanche, la mise en accusation des économistes, qui fuient leur responsabilité sociale et contribuent à la paralysie des politiques, apparaît plus que légitime, nécessaire.

La phase populiste du système oligarchique

Jusqu'à l'élection de Nicolas Sarkozy, le système a pu naviguer au jugé, en laissant coexister les contradictions. L'équation à résoudre était simple : comment éviter que les consultations électorales ne fassent apparaître ce qui préoccupe vraiment les citoyens, la gestion économique, et que soit remis en question le libre-échange ? Facteurs spontanés ou escroqueries calculées suffisaient à neutraliser le suffrage universel : auto-éviction des plus défavorisés par la montée de l'abstention ou par le vote Front national, baratin chiraquien sur la « fracture sociale », promesses socialistes de défendre l'État social, campagnes à grand spectacle organisant des conflits titanesques entre personnalités dérisoires. Cette mécanique complexe a mené au choc final entre Nicolas Sarkozy et Ségolène Royal. Le système a alors visiblement atteint sa limite puisque Jacques Chirac a dû frapper d'interdit le débat sur le protectionnisme européen que Dominique de Villepin était prêt à ouvrir, tandis que Nicolas

Sarkozy commençait d'évoquer la préférence communautaire dans ses discours de campagne — pour n'en rien faire une fois élu, il est vrai.

L'équilibre précaire atteint par le système a cependant un coût très élevé. Les politiciens professionnels doivent faire preuve d'un degré exceptionnel d'attention : l'électeur reste, comme dans une démocratie normale, leur souci constant, mais pour être manipulé plutôt que servi. Contrôler les médias audiovisuels, séduire les journalistes, analyser inlassablement les sondages : la démocratie non pas d'opinion comme on la qualifie parfois, mais de manipulation de l'opinion, définit un métier, avec ses virtuoses et ses tâcherons[1]. Devenir chef de l'exécutif, en *démocratie de manipulation* implique que le candidat se concentre sur les moyens d'obtenir le pouvoir au détriment des fins, c'est-à-dire du programme et de l'action. Aucune contradiction en première analyse puisque l'élu devra présider sans réellement gouverner, laissant tourner la machine économique selon ses propres règles. L'absence de fin justifie les moyens.

La difficulté est que gérer la globalisation suppose quand même un minimum de compétence économique et, surtout, de connaissance du monde extérieur. C'est peu de dire que la politique étrangère garde de l'importance ; à l'âge de la globalisation, l'action économique ne s'en distingue plus. Si la France, par exemple, veut continuer de vendre ses produits de haute technologie — centrales nucléaires, avions, armements —, elle doit avoir la diplomatie indépendante qui garantit la neutralité politique et non pas simplement technique desdits produits. L'alignement de Sarkozy sur les États-Unis apparaît donc hautement dommageable, parce qu'il fait de la France un partenaire non fiable pour des pays comme la Russie, l'Iran, l'Inde ou la Chine. La grande faiblesse de la démocratie de manipulation, c'est donc qu'elle sélectionne des dirigeants très habiles pour ce qui concerne la gestion du corps électoral, mais radicalement incompétents en politique étrangère. Avant Sarkozy, Bush et Blair ont été des virtuoses électoraux pour arriver au pouvoir sans la moindre expérience dans le domaine international. C'est pourquoi ils ont pu entraîner leurs pays respectifs dans des échecs d'une ampleur que nous ne mesurons pas encore complètement. Sarkozy semble suivre, avec quelques années de retard, la même trajectoire : de la manipulation interne à l'égarement extérieur. Les États-Unis fonctionnent à une échelle qui leur permet d'errer librement dans le monde, de s'autodétruire sans frein. Le Royaume-Uni s'accommodera d'une Communauté européenne raisonnablement inefficace puisque chaque dysfonctionnement de l'Europe est perçu à Londres comme une garantie de liberté. Mais dans le cas de la France, l'existence de la zone euro abolit de fait la distinction entre politique économique et politique étrangère. Pour gérer l'économie française, même sur un mode libre-échangiste conventionnel, il faut collaborer de manière franche et intelligente avec l'Allemagne, l'Italie et l'Espagne.

L'irruption des classes moyennes et la fin du populisme

Le phénomène décisif de la période actuelle est l'entrée des classes moyennes dans une phase non pas simplement d'opposition, mais d'hésitation, qui déstabilise le système. Les années 1992-2005, entre les référendums sur le traité de Maastricht et sur le Traité constitutionnel européen, ont vu s'imposer une représentation dualiste de la société. L'opposition des élites et du peuple a caractérisé la phase Séguin, l'antagonisme entre France d'en haut et France d'en bas la phase Raffarin. Avec Sarkozy, nous avons atteint le stade berlusconien d'une France d'en haut qui prétend être la France d'en bas, le populisme au pouvoir : les gouvernants tentent de justifier leur complaisance envers les riches par la médiocrité de leur éducation, censée être en phase avec celle du « peuple ».

Mais, depuis 2005, se développe en fait une nouvelle représentation, de type ternaire, avec trois groupes principaux : le peuple, les classes moyennes, la classe supérieure. Les proportions 66 %, 33 % et 1 % découpent symboliquement la réalité sociale.

Nous ne savons pas encore comment les 33 % centraux vont évoluer idéologiquement. Le groupe est en formation. Dans ses tranches d'âge et de revenus élevées, on peut dire que son histoire est achevée et qu'il se contentera d'attendre l'âge de la retraite — statistiquement s'entend, car rien n'interdit de se révolter à cinquante-cinq ans. Les jeunes diplômés, mal employés et mal payés, constituent l'avenir de ce groupe. Leur choix concernant le néolibéralisme, le rapport à l'étranger, à la nation, bref leur orientation idéologique, déterminera la trajectoire du pays dans le siècle à venir. Ces nouvelles classes moyennes, dont le niveau d'éducation est égal à celui des dirigeants, ne seront pas longtemps manipulables, ou en tout cas pas de la même manière. Les efforts des médias sarkozistes de gauche et de droite pour intégrer Bertrand Delanoë (version managériale de gauche du narcissisme contemporain) ou Olivier Besancenot (version incantatoire d'extrême gauche) au grand spectacle de la politique sans programme économique ne suffiront pas à régénérer durablement la démocratie de manipulation. Avec son passage dans l'émission de Michel Drucker, Olivier Besancenot a atteint le cœur du système. Son « nouveau parti anticapitaliste et révolutionnaire [au sens contemporain du mot] » aura en commun avec le Parti socialiste et l'UMP de ne pas avoir de programme économique réaliste, c'est-à-dire capable de maîtriser la globalisation.

Nous projetant dans le futur, nous pouvons encore imaginer, pour le pur plaisir de l'esprit, un spasme ultime de la démocratie de manipulation. Laurent Joffrin fut, en tant que directeur de la rédaction du *Nouvel Observateur*, l'un des inventeurs de Ségolène Royal, meilleure candidate de la gauche. Bravo. Osera-t-il, en tant que directeur de *Libération*, lancer, contre Nicolas Sarkozy, son épouse, Carla Bruni, meilleure candidate d'une gauche encore plus féminine et mélodieuse? Au début de l'été 2008, les pages consacrées par son journal à la chanteuse-femme de président nous permettent d'espérer pour bientôt l'apothéose d'une crise conjugale élyséenne revitalisant l'opposition gauche-droite. Sans toucher bien entendu au dogme du libre-échange, auquel Joffrin adhère, comme tant d'autres. Je prévois dans ce cas une réélection de Nicolas Sarkozy...

Mais que va-t-il se passer ensuite?

La prospective au sens strict est impossible; nous sommes confrontés à trop de facteurs — économiques, éducatifs, anthropologiques — dont certains sont, de plus, indéterminés. Seule la catastrophe économique est certaine mais nous ne connaissons ni sa forme exacte ni son rythme. La seule hypothèse réaliste que nous puissions émettre est que le niveau de vie va baisser, mais nous ne sommes pas en mesure de dire si le phénomène sera progressif, ou si une crise d'échelle mondiale va l'accélérer et le dramatiser. Comment imaginer les attitudes futures vis-à-vis du libre-échange sans savoir quand le dollar disparaîtra en tant que monnaie de réserve internationale, et si l'économie américaine va, en conséquence, se replier ou s'effondrer? Que dire de l'économie chinoise? Rien ne garantit qu'elle adoptera à moyen terme un mode de croissance harmonieux. L'interaction économique avec les grands pays européens, notamment l'Allemagne, est un autre facteur d'incertitude. Tous ces facteurs vont peser sur le destin de la démocratie en France. C'est pourquoi prédire, sur le mode marxiste, un avenir certain — ou même probable — serait un exercice déraisonnable. Définir, sur le mode des scénarios, un ensemble de trajectoires historiques dont la somme représenterait la totalité des futurs possibles me semble un objectif tout aussi inaccessible, compte tenu de la multiplicité des paramètres et de leur indétermination. Ce que l'on peut faire, en revanche, c'est imaginer comment la classe politique, confrontée à un système social mouvant *et qu'elle ne comprend pas complètement*, risque de se comporter. J'ai retenu trois choix, dont deux, présentés dans ce chapitre, sont évidemment désastreux du point de vue démocratique. Le troisième sera esquissé dans une conclusion qui, sans être franchement optimiste, suggère que la démocratie pourrait survivre, mais au niveau supranational et sous une forme nouvelle.

Solution 1 : la République ethnique (blanche, postchrétienne...)

Quand une société ne parvient pas à affronter ses problèmes économiques, l'une des issues classiques qui s'offrent à elle est la fuite dans l'irrationnel. La définition d'un bouc émissaire, ethnique, religieux ou racial, est l'une des solutions les plus communément adoptées. Taper sur un faible pour se soulager les nerfs est un mécanisme de compensation éprouvé, à l'échelle individuelle ou collective. Le sarkozisme a marqué une avancée notable dans ce domaine. Les émeutes qui éclatèrent lorsque Sarkozy était ministre de l'Intérieur, les violents incidents de la gare du Nord durant la campagne électorale, les déclarations sur la fierté d'être français, l'invention d'un ministère de l'Immigration, de l'Intégration, de l'Identité nationale et du Développement solidaire peuvent apparaître comme autant d'étapes préliminaires d'une tentative de ressourcement ethnique de la démocratie française. Cette régression vers la forme primitive de la démocratie redéfinirait l'égalité des citoyens par l'inégalité d'un autre : les Français, inégaux par le revenu, deviendraient le groupe dominant d'une République menacée par une plèbe étrangère. Dans le contexte mondial, européen et national actuel, le levier doctrinal d'une telle politique ne pourrait être que l'islamophobie. Notre vide religieux active, on l'a vu, non seulement une peur des religions qui existent encore, mais surtout, et de manière plus perverse, un véritable *besoin* de combattre des religions vivantes.

Nous aurions tort de penser que l'échec de Sarkozy, impopulaire comme aucun président ne l'a jamais été après seulement un an de mandat, résout la question, et signe nécessairement la fin de cette tentative pour ethniciser la démocratie française. Cette politique n'a été qu'esquissée, malgré la cohérence déjà assez mûre de la posture anti-musulmane du gouvernement. L'islam nous est présenté comme une menace interne, par l'exagération systématique du problème de l'immigration, et externe, par une politique étrangère hostile à la Turquie, plus encore à l'Iran, et par l'envoi de troupes « civilisatrices » en Afghanistan. L'« occidentalisme » est une doctrine ethnocentrique d'extrême droite assez complète, qui a déjà eu des applications militaires et pourrait en avoir d'autres. Il rompt avec la tradition diplomatique française qui s'est toujours plus ou moins référée à la doctrine de l'homme universel, souvent de manière passablement hypocrite, il est vrai.

Commentant certaines des désignations de coupables qui semblent un ressort essentiel de la psychologie et de la politique de notre président — jeunes des banlieues, immigrés, fonctionnaires ou retraités des régimes spéciaux —, Patrick Weil me dit un jour de l'automne 2007 : « Sarkozy est un schmittien », attirant ainsi mon attention sur ce fantôme intellectuel venu d'un passé sinistre. Qui était Carl Schmitt ? L'un des innombrables penseurs, juriste dans son cas, qui ont travaillé à la chute de la république de Weimar. La petite bourgeoisie allemande névrosée semblait alors capable de produire de l'intellectuel d'extrême droite à l'échelle industrielle. Mais, selon Franz Neumann, Schmitt fut l'un des plus perspicaces constitutionnalistes nazis[2]. Il a accouché de quelques concepts simples et violents, dont celui de *désignation de l'ennemi comme essence du politique*. Inutile de finasser : aucune abstraction théorique, aucune scolastique universitaire ne nous fera oublier que l'ennemi structurant, dans l'Allemagne de Weimar, c'était le Juif.

On peut s'inquiéter de l'émergence de Schmitt

comme intellectuel « repère » dans la France actuelle. Les commentaires de son œuvre se multiplient. Théorie du partisan, de l'état d'exception, désignation de l'ennemi : le schmittisme, dans sa simplicité brutale, ne peut intéresser qu'une société instable, malade comme l'était l'Allemagne de Weimar[3]. Au rythme où évolue actuellement la philosophie politique, les intellectuels de tradition démocratique vont bientôt regretter le tocquevillisme banal.

Peut-on dire que la désignation schmittienne de l'ennemi guide effectivement l'action, intérieure et extérieure, de notre président ? Ses désignations de coupables sont-elles calculées, font-elles partie d'un projet d'ensemble ? On a du mal à le croire quand on connaît les circonstances dans lesquelles Sarkozy, en visite à La Courneuve, avait prononcé devant une barre de la Cité des 4000 la phrase fatidique : « Il faut la nettoyer au Kärcher. » Il était alors en pleine crise conjugale[4]. Si les jeunes des banlieues servirent effectivement de boucs émissaires, c'est comme substituts de Cécilia plutôt que d'une politique économique efficace. Ne surestimons pas le niveau de conscience du Président, ni sa cohérence. Mais il y a son entourage, et surtout le fait que, de toutes les violences verbales auxquelles il s'est livré, seule l'agression ethno-religieuse peut lui paraître avoir donné des résultats « positifs ». C'est une erreur bien sûr puisque, on l'a vu, le ralliement d'une partie de l'électorat du Front national résulte plutôt d'un retour progressif des alignements de classe. Mais la droite ne le sait pas. Elle agira en fonction de ce qu'elle croit être la vérité sociologique, non de la vérité elle-même.

Les attaques de type socio-économique direct contre les fonctionnaires ou les régimes spéciaux ont eu l'effet très visible de ramener les Français sur le terrain de la lutte des classes. Le régime Sarkozy pourrait donc devenir schmittien par tâtonnement, et en application d'une interprétation simpliste et fausse du comportement électoral des Français. Il affinerait sa désignation de l'ennemi — immigré, enfant d'immigré, musulman, noir, jeune, tous ces éléments étant pris séparément ou en combinaison —, pour aboutir à une politique consciente d'ethnicisation par accentuation des thématiques. Nous ne pouvons que nous inquiéter de l'empressement avec lequel le président de la République a fait de la question de l'immigration une priorité européenne lorsque la France a pris la présidence de l'Union en juillet 2008.

Aller plus loin dans le sens de l'identitaire conduirait cependant à une confrontation directe avec l'ensemble du système juridique français, et notamment avec l'article 24 de la loi sur la presse qui, dans le Code pénal, traite de l'incitation à la haine ethnique, nationale, raciale ou religieuse.

Il s'agirait de rassembler symboliquement, contre une minorité « menaçante », les vrais Français, désunis par des niveaux éducatifs et des intérêts économiques : les 1 % supérieurs, les 33 % de la classe moyenne, une partie des classes populaires. L'*Autre* collectif, l'anti-France, serait constitué d'un ensemble d'immigrés, de leurs enfants, regroupés, non moins symboliquement que les « vrais » Français, dans une cohue conceptuelle confondant Arabes, Noirs et musulmans, surestimée à 10-12 % de la population de l'Hexagone. Une tentative de marche à la démocratie ethnique, entreprise sur la base d'une représentation fausse des comportements électoraux et pour cette raison refusée par la société, pourrait quand même créer beaucoup de confusion et d'immenses souffrances.

Échec vraisemblable de la solution ethnique

Une politique visant à ethniciser la démocratie ne pourrait sans doute qu'échouer en France, pour un ensemble de raisons. L'analyse de l'effet électoral des émeutes de banlieue nous a montré que la variable ethnique n'avait pas transcendé les déterminants économiques et démographiques du vote. Les ouvriers n'ont pas suivi Sarkozy au premier tour, au contraire des petits commerçants et des électeurs âgés. Par ailleurs le candidat musulman au rôle de bouc émissaire est déjà trop vague en France, généralement non pratiquant et soudé par le mariage mixte au reste de la population. Dans une société préoccupée non seulement par la baisse du niveau de vie, mais par la montée des inégalités, les jeunes discriminés d'origine maghrébine ou africaine ne constituent pas un coupable collectif convaincant, surtout pour des classes moyennes en cours d'appauvrissement. Car, ne l'oublions pas, dans l'imaginaire collectif, l'ennemi doit être responsable. Il faut que les classes moyennes puissent délirer sur sa supériorité sociale. C'est ainsi que les Juifs furent désignés par la société allemande, entre 1870 et 1933, comme responsables d'abord du désarroi engendré par la déchristianisation et la naissance de la société industrielle, puis de la défaite de 1918 et des souffrances économiques qui s'ensuivirent. Mais les Juifs allemands étaient alors en cours d'intégration aux classes moyennes, ils ne constituaient pas un sous-prolétariat misérable.

Le cas des États-Unis actuels nous montre que, même en l'absence d'un trait égalitaire dans le système anthropologique, le racisme n'est plus aujourd'hui l'issue de secours efficace d'une démocratie ébranlée par la montée des inégalités et par la baisse du niveau de vie.

Dans *What's the Matter with America ?* Thomas Frank montre bien que la fuite dans l'irrationnel qui caractérise l'électorat populaire américain n'a pas le racisme comme thème fondamental. Ce livre concerne en réalité le Kansas où un électorat blanc et ouvrier — jusque vers 1970 les ouvriers faisaient partie de l'immense classe moyenne américaine — a peu à peu glissé dans le camp républicain, en votant systématiquement contre son intérêt de classe. À la lecture de cette description vivante mais rigoureuse, on serait tenté d'ajouter aux notions de « classe en soi » (inconsciente de ses intérêts) et de « classe pour soi » (consciente de ses intérêts) la notion de « classe contre soi » (masochiste quant à ses intérêts). Ce que propose la nouvelle droite républicaine, c'est de la religion, le rejet de l'avortement et de la théorie darwinienne de l'évolution, *mais elle ne désigne pas les Noirs comme groupe paria*[5]. Si un groupe est désigné comme responsable, c'est sur une base éducative : les « suréduqués » de l'*establishment*, blancs ou noirs, considérés comme des profiteurs décadents. L'anti-intellectualisme existe à l'état latent dans toutes les droites néopopulistes, ainsi au cœur du berlusconisme auquel le sarkozisme ressemble par tant d'aspects.

Dans le cas de la France, l'absence de certitude quant à la permanence du système de valeurs égalitaire ne doit pas nous faire oublier que des politiques jouant le jeu d'une ethnicisation de la démocratie risquent de provoquer une réémergence consciente de cet égalitarisme latent. La tentation inégalitaire pourrait doper, par réaction, l'aspiration à l'égalité. Elle pourrait se retourner violemment contre ces politiques imprudents et plus généralement contre la classe des 1 % supérieurs.

L'une des séductions dangereuses des politiques « ethniques » est qu'elles apparaissent tout d'abord peu coûteuses financièrement, au regard des politiques économiques de redistribution. Dans un premier temps, elles semblent n'agiter que le vent de la parole ; dans un deuxième, elles font lever dans la société des forces d'une puissance, d'une violence et d'une direction incontrôlables. Le recours à l'irrationnel finit par se révéler plus coûteux que le pire des conflits économiques. La fierté d'être français ne pèse pas lourd dans le budget de l'État et peut donner à certains l'impression de rapporter gros. Mais la thématique identitaire a sa dynamique propre ; elle peut déraper, dévier, muter en antisémitisme, revenir à la stigmatisation du Juif, bouc émissaire traditionnel des classes moyennes européennes.

Solution 2 : la suppression du suffrage universel

Le suffrage universel semble désormais produire de l'incertitude plutôt que des choix rationnels. L'élection présidentielle de 2002 avait vu l'extrême droite l'emporter au premier tour sur une gauche fragmentée parce que démobilisée. Celle de 2007 nous a offert, au premier tour, le spectacle nouveau d'un affrontement principal entre deux candidats existant par l'image plutôt que par le programme, le choc de deux vides. Puis, au second tour, par un effet d'emballement, pathologique, les électeurs ont été confrontés à un choix fondamental ne relevant plus de la compétition ordinaire dans une démocratie libérale : on pouvait voter soit pour un candidat du conflit, Nicolas Sarkozy, soit pour une candidate de la paix civile, Ségolène Royal. Ce genre de choix est typique d'une société qui se pose la question de la violence et de la sortie de l'alternance des partis. Entre les deux tours, le pluralisme est passé, sans transition, d'une opposition superficielle mise en scène par les médias à un antagonisme de fond sur la nature même de ce que doit être la vie sociale et politique. La participation électorale est donc montée à un niveau élevé, mais pour alimenter une vie politique angoissée, et négative.

Les électeurs qui avaient peur de l'incompétence de Ségolène Royal l'ont finalement emporté sur ceux qui avaient peur de la brutalité de Nicolas Sarkozy. Il n'y a donc pas eu retour du politique, mais irruption d'une « antipolitique », phénomène qui explique l'effondrement de la participation électorale lors des législatives qui ont suivi.

Après quoi, confirmant la divergence devenue structurelle entre résultats nationaux et locaux, le PS a obtenu d'excellents résultats aux municipales de 2008. La droite parlementaire, affaiblie par rapport à 2002, s'énerve, traîne les pieds et commence à s'émanciper d'un président déconsidéré. Par l'absentéisme, les députés font un temps barrage à certains projets gouvernementaux, dont la loi sur les OGM au printemps 2008. Le Président perd de l'influence dans l'État mais son pouvoir sur les médias privés semble s'accroître et inclure désormais un droit de regard sur les nominations de présentateurs, ainsi qu'en témoigne le renvoi de Patrick Poivre d'Arvor et son remplacement par Laurence Ferrari à TF1. Le président de la République voudrait désormais nommer le P-DG de France Télévisions, c'est-à-dire être aussi puissant dans le secteur public que dans le secteur privé !

Les gens de gauche auraient tort de se réjouir de ces dysfonctionnements et des accès d'autoritarisme d'un président déconsidéré dans l'opinion. Le système patine. Dans des circonstances nouvelles, la France manifeste sa faible aptitude traditionnelle au dualisme politique. Dans l'Hexagone, ainsi qu'on l'a vu, et au contraire de ce que l'on observe dans les pays anglo-saxons, la division en deux camps s'affrontant sur des questions d'intérêts, mais à l'intérieur d'un système de valeurs reconnu par tous, ne découle pas naturellement du système anthropologique. Aujourd'hui, le couple droite-gauche peine à mettre en scène l'opposition qui ferait vivre, au moins en apparence, un jeu pluraliste.

L'incapacité du Parti socialiste à définir un programme provient peut-être tout simplement de ce qu'au fond il ne veut plus gouverner. Parti d'élus locaux, il se satisfait de jouir du pouvoir local, niveau auquel il peut apaiser des tensions sociales nées de la désintégration des structures économiques. Cette option basse cependant devient elle-même problématique parce que les moyens financiers se contractent à mesure que la pression sur les salaires augmente.

D'horizontal, le dualisme politique français devient vertical : au pouvoir local de la gauche répond le pouvoir national de la droite ou plutôt son impuissance nationale. L'activisme forcené de Nicolas Sarkozy a en effet le mérite de mettre en évidence l'absence de pouvoir effectif du plus volontariste des présidents, dans un contexte de libre-échange et de capitalisme financier parvenu à maturité.

La mécanique de neutralisation du suffrage universel se détraque. Du point de vue des hommes politiques, qui ont de plus en plus de mal à se faire élire pour ensuite ne pas gouverner, une solution possible serait que cesse la comédie. Le refus d'obéir au peuple pourrait être officialisé par une suppression du suffrage universel, par l'instauration d'un régime politique franchement autoritaire. L'hypothèse paraîtra à certains exagérée. Mais nous devons avoir à l'esprit la violence des tensions auxquelles est soumis le corps social, et qui vont s'accroître avec la baisse du niveau de vie du plus grand nombre.

On commence à peine à réfléchir aux implications de la croissance chinoise pour la théorie du libre-échange ; on n'a pas encore envisagé ses implications pour la théorie politique, ce que nous devons faire brièvement. La Chine combine croissance par les exportations et dictature du Parti communiste. Nous nous inquiétons de la date à laquelle elle acceptera, sous l'effet de l'élévation de son niveau de vie et de ses contacts avec « l'Occident civilisateur », de se conformer à une vision américaine ou européenne de la démocratie. Nous attendons avec impatience que la Chine modernisée combine dans sa pratique politique suffrage universel et pluralisme des partis. Mais, au point où nous en sommes arrivés de notre réflexion sur les difficultés de la démocratie en France, nous devons faire preuve d'audace et renverser la problématique routinière des droits de l'homme.

Nous devons, à l'inverse, nous demander — compte tenu de la taille de la Chine, du rôle de plus en plus central qu'elle joue dans la détermination des niveaux de revenus américains et européens —, si le Parti communiste chinois ne nous indique pas aussi l'objectif politique à atteindre : la dictature, appelée chez nous gouvernance. En France, et ailleurs dans le monde développé, l'opposition entre population et classe dirigeante s'exaspère, et il devient de plus en plus difficile de neutraliser le suffrage universel par le spectacle. Les affaires européennes donnent régulièrement l'occasion à nos classes dirigeantes — entendues en un sens large : financières et médiatiques autant que politiques — de laisser transparaître la vigueur de leur tropisme antidémocratique. Chaque « non » à un référendum sur l'Europe, entraîne, en 2008 dans le cas des Irlandais, comme en 2005 dans celui des Français, un déchaînement de commentaires exaspérés sur le mauvais usage que font les populations du droit de vote.

Supprimer, dans les dix à trente ans qui viennent, le suffrage universel ne serait certes pas une tâche aisée. Bien des facteurs sociaux semblent exclure cette possibilité : tout le monde sait lire et le tiers de la population aura bientôt fait des études supérieures. Mais nous vivons dans une société d'un genre nouveau, dénuée de croyances collectives et de forces intermédiaires organisées, dans laquelle, en outre, la conscription a été remplacée par une armée de métier.

La montée vraisemblable de conflits de classes

immatures, c'est-à-dire sans programme, ne pourrait qu'engendrer un climat de violence et de peur, dont le seul effet politique serait une autonomisation de l'État sur fond d'anarchie.

L'atomisation résultant de la forme narcissique de l'individualisme contemporain fait de la société une masse inerte, fragile, vulnérable. Nous avons déjà constaté qu'elle est incapable de s'opposer à une politique étrangère qu'elle désapprouve, non seulement en France avec l'envoi de troupes en Afghanistan, mais quelques années plus tôt, quand les gouvernements anglais, italien et espagnol décidèrent que leurs pays devaient participer activement à la guerre en Irak. Et si les Français ont eu la force de voter non au Traité constitutionnel européen, ils n'ont pas trouvé l'énergie nécessaire pour refuser le traité simplifié promu par Nicolas Sarkozy.

Il n'est pas certain que des individus isolés, soumis à une baisse substantielle de leur salaire, ou de leur retraite, soient capables de s'opposer vigoureusement à une suppression de leurs droits politiques dans un climat par ailleurs de plus en plus sécuritaire. Comment ne pas voir en effet qu'un ensemble de forces sociales poussent les sociétés postindustrielles à toujours plus surveiller, contrôler, incarcérer ? Jusqu'à présent, en France, on s'est contenté de surpeupler les prisons sans réaliser les investissements nécessaires, ni même augmenter de façon significative les effectifs de la police. Mais on sent que la dynamique sécuritaire n'a pas atteint son terme. Nous ne devons pas à cet égard nous féliciter de la fusion en cours de la DST et des Renseignements généraux, ou à vrai dire de toute mesure qui tend à réduire le pluralisme policier, ordonné autour du couple police nationale/gendarmerie, élément constitutif de l'équilibre républicain.

Nous avons eu la surprise, au lendemain de l'élection de Nicolas Sarkozy, de voir dans *Le Nouvel Observateur* Henri Guaino vanter le coup d'État du 18 Brumaire de Napoléon Bonaparte comme l'un des trois grands moments de l'Histoire de France[6]. Merci pour l'avertissement. L'exemple du bonapartisme nous rappelle qu'un régime autoritaire peut conserver certaines des formes extérieures de la démocratie. Le bonapartisme cher à Guaino inclut le maintien d'un suffrage universel bidon parce que indirect, ou privé de la pluralité des candidatures. À l'âge de l'informatique, le vote électronique semble offrir bien des possibilités pour détourner ou mutiler le droit de suffrage. Et toute réforme constitutionnelle doit être considérée comme une menace.

Dans le contexte politique français actuel, envahi par l'image démultipliée du Président, ce serait cependant une grave erreur d'analyse que de situer à droite de l'échiquier politique l'aspiration la plus violente au dépassement de la démocratie. Le sarkozisme semble plutôt s'orienter vers le choix d'une ethnicisation de la démocratie. Ce genre d'option aboutit il est vrai à la restriction en pratique ou en théorie du droit de suffrage d'une partie de la population, la minorité ethnique choisie comme bouc émissaire. Mais le gros du peuple garde son droit de vote. Il ne s'agit au fond que de faire revivre une forme primitive de démocratie, en faisant appel à tout ce qu'il y a de mauvais en nous. On peut parler de démocratie régressive, ou négative.

La gauche est privée de cette option. Ses bons sentiments internationalistes la conduisent au contraire, avec raison, à stigmatiser les réflexes ethnicisants de la population lorsqu'ils s'expriment. Mais que faire si l'on refuse de s'appuyer sur les mauvais instincts du corps électoral ? Une logique alarmante menace le Parti socialiste s'il persiste dans son attachement à ce libre-échange qui attise les réactions xénophobes de la population : qu'il finisse par conclure que le peuple est par nature mauvais et qu'il faut lui retirer le droit de suffrage, ou du moins en limiter sérieusement l'exercice.

Le côté bon élève de beaucoup de dirigeants socialistes s'allie souvent à une arrogance qui pourrait virer en sentiment antidémocratique. Une étude statistique serait évidemment nécessaire, mais il me semble que les hommes politiques de droite prennent avec plus de philosophie leurs échecs électoraux. Le retrait enfantin et vexé de Jospin, au soir de son élimination en 2002, a été extraordinairement significatif. Il a démissionné dans tous les sens du mot. Mais plutôt que de démissionner, les dirigeants socialistes humiliés préféreront peut-être un jour démettre ce peuple incapable de les comprendre. On décèle chez des socialistes ou d'anciens socialistes d'autres signes inquiétants d'une hostilité latente à la démocratie, comme, par exemple, la prédilection qu'ils manifestent pour les fonctions internationales échappant à tout processus électif : Strauss-Kahn au FMI, Lamy à l'OMC. Trichet est passé, brièvement sans doute, par le PSU et la CFDT avant de servir Balladur puis la Banque centrale européenne. Et n'oublions pas le plus important, le beau modèle de l'antidémocratisme socialiste que fut Jacques Delors, réfractaire d'instinct aux procédures électorales. Il fut à la tête de la Commission européenne et capable, durant le débat sur le traité de Maastricht, de dénier à ses adversaires le droit de participer à la — pardon — à sa démocratie[7].

La suppression des élections poserait évidemment autant de problèmes qu'elle en résoudrait car il faudrait ensuite trouver des moyens de nommer, à tous les échelons, des responsables. Ainsi que l'a remarqué Max Weber, sans enthousiasme, les procédures électorales ont le mérite d'empêcher la fossilisation bureaucratique des systèmes politiques. Mais n'oublions pas que la démocratie ne représente après tout qu'une infime période de l'histoire humaine et que bien des régimes politiques se sont passés d'élections. La cooptation existe. Afin de réduire au minimum le risque évoqué par Weber, on pourrait conserver aux Français le droit de voter aux élections locales. Dans l'hypothèse d'un coup d'État, nous pouvons faire confiance aux militants socialistes pour se présenter en défenseurs acharnés de cette démocratie locale au sein de laquelle ils tiennent tant de place.

Je ne plaisante pas. La menace d'une suppression du suffrage universel me paraît beaucoup plus sérieuse que celle d'une république ethnique. Le fonctionnement anarchique de valeurs égalitaires mène le plus souvent, dans un contexte de régression économique, à des solutions de dictature. La tradition française, dans la longue durée de l'Histoire, ce n'est pas seulement l'individualisme et la République, c'est aussi l'absolutisme louis-quatorzien et la dictature des deux Bonaparte.

D'ailleurs un système à deux niveaux combinant autorité supérieure sans contrôle et suffrage local existe déjà : l'Europe. Tandis qu'à l'échelon inférieur de la nation le suffrage universel subsiste, à l'échelon supérieur des institutions communautaires la cooptation règne. En lui-même, cependant, le cadre européen est neutre. Il a servi jusqu'à présent à expérimenter une gouvernance non démocratique. Il pourrait être utilisé pour sauver la démocratie.

CONCLUSION

Le protectionnisme, dernière chance de la démocratie européenne

Avant d'évoquer une solution de survie pour la démocratie, nous devons poser une question simple mais fondamentale pour la science politique : celle de la nécessaire correspondance entre espaces économiques, sociaux et politiques. La démocratie achevée du milieu du XXe siècle les faisait coïncider dans le cadre national. L'économie, la société et la République françaises constituaient un empilement harmonieux dans un espace géographique unique. Progrès et tensions économiques se répercutaient dans l'évolution sociale, qui elle-même se projetait dans la représentation politique, laquelle agissait en retour sur la société et l'économie. Le monde de la globalisation est différent. Le libre-échange détermine peu à peu une économie dont les tensions se manifestent à l'échelle planétaire. Un niveau intermédiaire, *continental* dans la terminologie française, *régional* dans celle des économistes anglo-saxons, est cependant encore perceptible. Le gros des échanges induits par l'ouverture des frontières a donné naissance à un espace économique européen, à un espace économique extrême-oriental et à un espace économique nord-américain. L'espace social et l'espace politique n'ont pu suivre. La désorganisation actuelle de la vie politique française découle tout simplement de la dissociation géographique entre une société française qui n'a pas changé d'échelle et une économie qui hésite entre échelles européenne et planétaire.

Nous pouvons évidemment, par jeu, imaginer un réajustement utopique maximal des trois espaces : pour sauver la démocratie, élargissons l'espace politique au monde économiquement globalisé, avec des élections mondiales, une Assemblée mondiale, un président mondial. Hypothèse peu réaliste ne serait-ce que parce que les deux acteurs les plus massifs de la globalisation, les États-Unis et la Chine, s'orientent dans des directions tout à fait différentes. Les États-Unis, agent initial de la globalisation, se contentent de vivre en parasite planétaire, pompant l'épargne mondiale pour financer leur consommation. La Chine, elle, combine croissance par les exportations et dictature du Parti communiste.

La démocratie planétaire est une utopie. La réalité, c'est, à l'opposé, la menace d'une généralisation des dictatures. Si le libre-échange engendre un espace économique planétaire, la seule forme politique concevable à l'échelle mondiale est la « gouvernance », désignation pudique du système autoritaire en gestation. Mais pourquoi alors, puisqu'il existe un espace économique européen déjà bien intégré, ne pas élever la démocratie à son niveau ? Des institutions européennes existent déjà, dont il suffirait que des élites politiques responsables s'emparent pour réorienter l'économie dans un sens favorable aux peuples, et les réconcilier avec l'Europe.

Retourner l'Europe

L'Europe est perçue, actuellement, comme l'un des instruments qu'utilisent les classes dirigeantes françaises pour neutraliser le suffrage universel. Bruxelles est censé produire des directives qui s'imposent aux citoyens français sans que leur Parlement ou leur président les contrôlent. En réalité, voilà de longues années que les classes dirigeantes françaises se servent du « pouvoir » bruxellois comme d'une sorte d'homme de paille. Il réalise leurs désirs en leur évitant d'être désignées comme responsables. La France sera ainsi sommée par des bureaucrates surpayés, nommés au moyen de procédures opaques, d'effectuer telle ou telle réforme structurelle d'inspiration néolibérale. Les institutions européennes ne sont plus guère qu'une vaste machine carburant à la doctrine panglossienne du libre-échange. Intellectuellement, Bruxelles est une périphérie, mieux, l'intersection des périphéries de l'Allemagne, de la France, du Royaume-Uni et des autres. La capitale de l'Europe présente donc la caractéristique fondamentale des zones périphériques, bien connue des linguistes et des anthropologues : le retard, le conservatisme.

L'Europe cependant pourrait être bien autre chose. Entre le déclin des États-Unis et l'arrivée à maturité de la Chine, elle représente à nouveau, et pour quelques décennies encore, la concentration la plus considérable de savants, d'ingénieurs, de techniciens et d'ouvriers qualifiés de la planète. Fragmentée politiquement, elle est quand même la masse économique la plus importante du monde, ce qui explique l'irrésistible montée en puissance de l'euro. Mais l'euro surévalué fait de l'Europe une sorte de navire fou. Avec l'euro fou (plus encore que fort), l'Europe réussit le tour de force d'utiliser sa propre puissance économique pour se torturer.

L'Europe pourrait décider, si ses nations les plus importantes le voulaient, de devenir un espace de régulation économique se protégeant des importations et des délocalisations vers les pays à bas salaires. Un protectionnisme européen ne poserait guère de problèmes techniques. L'Europe équilibre ses échanges extérieurs. Elle peut donc financer sans difficulté ses importations d'énergie et de matières premières. Ce trait la distingue fortement des États-Unis, qui sont eux lourdement déficitaires. Dans *The World is Flat*, Thomas Friedman, champion au *New York Times* du journalisme ultraconformiste, fait l'inventaire de tous les maux que l'Amérique doit au libre-échange, pour finalement conclure, comme Patrick Artus, qu'il n'existe pas d'autre solution[1]. Mais Friedman, lui, n'a pas forcément tort, pour son pays. L'industrie y est tellement affaiblie que le passage des États-Unis au protectionnisme provoquerait, pendant de longues années, un abaissement considérable du niveau de vie. Rien de tel n'est à redouter en Europe, continent qui peut encore tout produire efficacement, et où le moindre quota, la moindre barrière tarifaire aurait pour effet de provoquer le développement rapide, ou le redémarrage, du secteur de production correspondant.

Le but du protectionnisme n'est pas, fondamentalement, de repousser les importations venues des pays situés à l'extérieur de la préférence communautaire, *mais de créer les conditions d'une remontée des salaires*. Tant que les frontières sont ouvertes, les salaires doivent baisser et la demande intérieure se contracter. Si la pression des salaires très bas des pays peu avancés cesse, les revenus européens, ceux des individus, puis ceux de l'État peuvent recommencer à s'élever. *La hausse des revenus implique une relance par la demande intérieure européenne, conduisant elle-même à une relance des importations*. Il s'agit d'échapper au cauchemar actuel : la chasse à la demande extérieure, la contraction indéfinie des salaires pour faire baisser les coûts de production, la baisse résultante de la demande intérieure, la chasse à la demande extérieure, etc., etc.

Une telle réorientation de l'économie européenne demanderait une bonne quantité de travail économétrique, et la fondation d'instituts de recherche européens où ne seraient pas admis les économistes ayant des liens trop évidents avec le système financier. Elle serait l'œuvre d'une génération. Aucune objection technique n'est sérieusement recevable. La Chine ne peut se passer des biens d'équipements allemands, ou même français si l'on pense à Airbus et aux centrales nucléaires, parce qu'elle ne peut se permettre de tomber dans la dépendance technologique exclusive du Japon ou des États-Unis. Face à une Europe décidée, elle n'aurait aucun moyen de rétorsion.

Les véritables difficultés sont idéologiques, sociologiques, psychologiques. La principale est l'incapacité structurelle de l'individu européen actuel à penser et à agir collectivement, véritable mal du siècle. La prédominance de la doctrine du libre-échange doit en dernière analyse beaucoup plus à la « narcissisation » des comportements qu'à l'influence des économistes. Si le protectionnisme n'est pas techniquement un problème, il suppose quand même, parmi ses conditions de réalisation, une transformation de la posture psychologique narcissique. Il exige un dépassement conscient de l'intérêt individuel à court terme, soit dans la ploutocratie des 1 % d'en haut, soit dans le tiers éduqué supérieur des classes moyennes en cours d'appauvrissement. Dans l'un ou l'autre cas, nous aurions affaire à un saut qualitatif de la conscience humaine ; nous assisterions au début d'une nouvelle phase de l'Histoire.

Faisons un rêve. Un rêve pragmatique rempli, plutôt que de grands sentiments, d'une action concrète qui tienne compte de la réalité des rapports de force économiques en Europe. Imaginons que les élites françaises, redevenues de vraies élites, se décident à assumer leurs responsabilités sociales, se convainquent de la nécessité de passer au protectionnisme pour éviter une destruction totale de l'industrie et du tissu social sur le vieux continent. La droite fournirait l'idée de défense de la nation et du territoire, la gauche ajouterait une dimension internationaliste, l'indispensable coopération des nations européennes.

Comment les dirigeants français devraient-ils procéder ? D'abord admettre que l'Allemagne est le cœur de l'industrie européenne et qu'il suffirait de convaincre les dirigeants allemands pour faire virer le continent, sans le Royaume-Uni, vers le protectionnisme. En Angleterre, le libre-échange est une composante, et non la moindre, de l'identité nationale. Londres ne pourrait changer d'attitude que plus tard, dans le contexte d'une réorientation effective des systèmes d'échanges et de paiements internationaux.

L'Allemagne actuelle est libre-échangiste. Mais son adhésion à la doctrine n'a pas de caractère identitaire. L'Allemagne politique est elle-même née d'une application de la doctrine protectionniste. Pour réaliser l'unité de la nation, la Prusse a utilisé la barrière douanière commune du *Zollverein*. Le grand théoricien de la doctrine protectionniste, Friedrich List, était allemand.

Au contraire de l'Angleterre, capable de sacrifier son industrie à sa croyance libre-échangiste l'Allemagne, si son intérêt le commande, changera de cap. La République fédérale souffre comme la France de la contraction des salaires, et déjà de délocalisations. On aurait tort de s'imaginer qu'elle ignore l'appauvrissement des classes moyennes. Ses spectaculaires excédents commerciaux ne sont qu'un leurre, la possibilité d'aller gaspiller sur les marchés financiers américains les profits tirés de son efficacité industrielle.

L'existence de l'euro autorise certes l'Allemagne à faire, sans crainte de rétorsion, une politique non coopérative en Europe. Ses salariés sont plus capables que d'autres d'accepter une baisse volontaire de leurs revenus. L'Allemagne prend donc à la France, à l'Italie, à l'Espagne des parts de marché[2]. Celles-ci, prisonnières de l'euro, ne peuvent plus se protéger par une politique de change. La dévaluation serait pour la France et pour d'autres une méthode imparfaite de protection permettant de se repositionner de façon optimale non seulement en Europe, mais à l'échelle mondiale.

Pour des dirigeants français qui voudraient réellement agir, la négociation avec l'Allemagne devrait donc inclure les éléments suivants :

— Admettre que l'Allemagne est le cœur industriel de l'Europe et cesser de se comporter comme si la France pouvait protéger quoi que ce soit toute seule.

— Faire comprendre à l'Allemagne qu'elle a plus à gagner à une relance de la demande intérieure européenne qu'à une poursuite indéfinie de la demande extérieure chinoise ou même mondiale.

— Avertir les dirigeants et le patronat de la République fédérale que dans le cas où ce travail de persuasion échouerait, en l'absence de réorientation protectionniste de la politique commerciale européenne, la France devra quitter la zone euro, ou plus exactement la détruire, puisqu'elle serait immédiatement suivie par l'Italie, encore plus asphyxiée qu'elle par l'euro fou. L'Allemagne doit accepter ses responsabilités de puissance industrielle dominante et ne plus se contenter de gérer, à la japonaise, et plutôt mal, sa force économique sans prendre de responsabilités politiques. Affronter l'Allemagne sur la question du protectionnisme, ce n'est pas être agressif, c'est au contraire admettre son importance et exiger d'elle qu'elle tienne son rang politique et se sente responsable de l'Europe.

— Souffrant elle-même de l'euro fort, des délocalisations, de l'effritement de ses classes moyennes, l'Allemagne choisira alors inévitablement de façon pragmatique, c'est-à-dire absolument bénéfique pour elle, le protectionnisme européen[3].

Pour des politiques français, ce serait cela gouverner, plutôt que de faire avec dix ans de retard des discours impuissants et ringards sur les méfaits de l'euro fort et de la Banque centrale européenne.

Au sein des classes dirigeantes françaises, il est d'usage de compenser un sentiment d'infériorité économique par rapport à l'Allemagne en ricanant discrètement sur le dogmatisme de nos partenaires d'outre-Rhin, de se rassurer en se disant que nous Français avons la souplesse d'esprit et la finesse qui leur manquent. Quelle blague ! Il suffit de penser à Jean-Claude Trichet et à Pascal Lamy, deux des plus beaux cas de rigidité mentale *made in France* du circuit international.

À tous ceux qui pensent que l'Allemagne ne peut changer d'avis, rappelons l'époque où l'on disait que jamais la République fédérale n'abandonnerait le droit du sang. Confrontée à l'établissement de nombreux immigrés, elle est passée au droit du sol. Rappelons-leur aussi qu'avant la guerre d'Irak il était entendu que toujours l'Allemagne serait le caniche des États-Unis...

Instauré à l'échelle du continent, entre Grande-Bretagne et Russie, le protectionnisme européen permettrait à toutes les sociétés qu'il abrite d'échapper dans la durée à la compression des salaires, à l'insuffisance de la demande et à la montée indéfinie des inégalités. Le sentiment d'asphyxie sociale qui mine la démocratie disparaîtrait. La dénonciation des élites perdrait son sens. La pression sur le suffrage universel cesserait avec la pression sur les salaires. Espaces économique et politique coïncideraient à nouveau. La forme politique ainsi créée serait d'un genre nouveau, impliquant des modifications institutionnelles complexes. Mais on peut affirmer que dans ce cas, et dans ce cas seulement, après la démocratie, ce serait toujours la démocratie.

NOTES

CHAPITRE 1

1. T. Tackett, *La Révolution, l'Église, La France*, Éditions du Cerf, 1986, p. 70.

2. On trouvera une analyse détaillée de ces mouvements dans Emmanuel Todd, *La Nouvelle France*, Seuil, 1988, au chapitre 3.

3. André Siegfried, *Tableau politique de la France de l'Ouest sous la troisième République*, Paris, 1913 ; Slatkine Reprints, Genève-Paris-Gex, 1980.

4. F.-A. Isambert et J.-P. Terrenoire, *Atlas de la pratique religieuse des catholiques en France*, Presses de la Fondation nationale des sciences politiques et Éditions du CNRS, Paris, 1980.

5. *Le Monde*, 10.01.2007.

6. B. Delanoë, *De l'audace*, Robert Laffont, 2008.

7. Voir *infra* p. 227.

8. Samuel P. Huntington, *Le Choc des civilisations*, Odile Jacob, 1997; *The Clash of Civilisations and the Remaking of World Order*, Simon and Schuster, 1996.

9. M. Gauchet, *Le Désenchantement du monde*, Gallimard, Paris, 1985.

10. M. Gallo, *Fier d'être français*, Fayard, 2006 ; Le Livre de Poche, p. 22.

CHAPITRE 2

1. Article Wikipédia, consultation 18 juin 2008. Il est difficile d'obtenir des informations fiables sur la partie non exemplaire de la vie des femmes et des hommes politiques. Les biographies récentes, souvent hagiographiques, polémiques ou hâtives, sont en pratique moins précises sur la question des diplômes que les notices biographiques du site Wikipédia. Sans être absolument sûres, celles-ci constituent cependant une sorte d'enquête permanente ouverte à tout contributeur qui le désire. Leur caractère standardisé, incluant le champ « études », appelle de l'information sur le sujet.

2. *Ibid.*

3. *Ibid.*

4. C'est-à-dire sans compter les secrétaires d'État.

5. 95e sur 100 selon Wikipédia.

6. J.-P. Rivière, *Illettrisme, la France cachée*, Gallimard, Folio, 2001, p. 63-106.

7. *Ibid.*, p. 99.

8. V. Troger et coll., *Une histoire de l'éducation et de la formation*, Éditions Sciences Humaines, 2006, p. 252; ministère de l'Éducation nationale, *L'Éducation nationale en chiffres* 2006-2007, et *Le Monde*, 15.3.2008.

9. J.-C. Emin et P. Esquieu, « Un siècle d'éducation », *Données sociales*, INSEE 1999, p. 40-48. Voir notamment p. 45-46.

10. A. Finkielkraut, *La Défaite de la pensée*, Gallimard, 1987; Ph. Muray, voir par exemple, les recueils de la collection « Tel » chez Gallimard qui reprennent un choix de textes auparavant publiés aux Belles Lettres; *Désaccord parfait* et *Après l'histoire*, Gallimard, 2000 et 2007.

11. J.-C. Michéa, *L'Enseignement de l'ignorance*, Climats, 1999.

12. N. Baverez, *La France qui tombe*, Perrin, 2003.

13. F. Lenglet, *La Crise des années 30 est devant nous*, Perrin, 2007.

14. « La République des Idées/Le Seuil ».

15. M. Cohen, *Histoire d'une langue, le français, Hier et aujourd'hui*, 1947, p. 188-192.

16. M. Fleury et P. Valmary, « Les progrès de l'instruction élémentaire de Louis XIV à Napoléon III d'après l'enquête de Louis Maggiolo (1877-1879) », *Population*, 1957, vol. 12, n° 1, p. 71-92. Voir aussi F. Furet et J. Ozouf, *Lire et écrire. L'alphabétisation des Français de Calvin à Jules Ferry*, Éditions de Minuit, 1977.

17. Statistique générale de la France. Résultats statistiques du recensement général de la population effectué le 5 mars 1911, Imprimerie nationale, t. I, p. 45.

18. L'analphabète fonctionnel peut déchiffrer des mots mais ne peut lire couramment. L'analphabète absolu ne connaît pas les lettres de l'alphabet.

19. C. Lelièvre, *Histoire des institutions scolaires, 1789-1989*, Nathan, 1990, p. 129.

20. *De la démocratie en Amérique*, t. I, Gallimard, coll. « Folio histoire », p. 51.

21. *Ibid.*, p. 40.

22. C.M. Cipolla, *Literacy and Development in the West*, Penguin, Harmondsworth, 1969, p. 99. Ce livre est un classique indispensable.

23. R.D. Mare, « Changes in Educational Attainment and School Enrollment », *in* R. Farley et coll., *State of the Union. America in the 1990s*, vol. I, Russel Sage Foundation, New York, 1995, p. 164, et *Statistical Abstract of the United States 2007*, p. 143.

24. *Statistical Abstract of the United States 2007*, p. 166.

25. R.S. Schofield, « Dimensions of Illiteracy in England, 1750-1850 », *in* H.J. Graff et coll. *Literacy and Social Development in the West*, Cambridge University Press, 1981, p. 201-213; graphiques p. 205 et 207.

26. L. Stone, « Literacy and Education in England, 1640-1900 », *Past and Present*, n° 42, févr. 1969, p. 69-139; voir notamment pour la comparaison France-Angleterre et sur les origines d'Ancien Régime de l'élite bourgeoise en France, p. 135.

27. National Statistics, *Social Trends 2007*, p. 30; *Annuaire statistique de la France 2007*, p. 222.

CHAPITRE 3

1. G. Hermet, *L'Hiver de la démocratie ou le Nouveau Régime*, Armand Colin, 2007, p. 200.

2. Traité constitutionnel européen.

3. Sur la montée en puissance du tocquevillisme, voir l'excellent livre de Claire Le Strat et Willy Pelletier, *La Canonisation libérale de Tocqueville*, Syllepse, 2005.

4. G. Coq, *La démocratie rend-elle l'éducation impossible ?*, Parole et Silence, 1999, p. 13.

5. M. Fleury et P. Valmary, « Les progrès de l'instruction élémentaire... », *art. cit.*, p. 6-7.

6. L. Stone, « Literacy and Education in England, *op. cit.*, p. 69-139, p. 138.

7. L. Stone, « The Educational Revolution in England, 1560-1640 », *Past and Present*, n° 28, juillet 1964, p. 41-80, p. 68.

8. M. Fleury et P. Valmary, « Les progrès de l'instruction élémentaire... », *art. cit.*, p. 86.

9. A. Burns, « Athenian Literacy in the Fifth Century B.C. », *Journal of the History of Ideas*, vol. 42, n° 3, juillet-septembre 1981, p. 371-387.

10. M. Gauchet, *L'Avènement de la démocratie*, t. II : *La Crise du libéralisme*, Gallimard, 2007; E. Gellner, *Nations et nationalisme*, Payot, 1989.

11. P. Rosanvallon, *Le Sacre du citoyen. Histoire du suffrage universel en France*, Gallimard, 1992.

12. É. Maurin, *La Nouvelle Question scolaire. Les bénéfices de la démocratisation*, Seuil, 2007.

13. A. Kriegel, *Les Communistes français. Essai d'ethnographie politique*, Seuil, 1968.

14. Éditions du Croquant, 2006.

15. *Ibid.*, p. 185-186.

16. *La Culture du narcissisme*, Climats, 2000. La première édition américaine date de 1979. Nous en avions publié, Georges Liébert et moi-même, la traduction chez

Robert Laffont en 1981 sous le titre *Le Complexe de Narcisse*.

17. OCDE, 2005.

18. Pour une analyse détaillée et nuancée du rôle de la famille conjugale et de la parenté dans le monde ouvrier, voir O. Schwartz, *Le Monde privé des ouvriers*, Presses universitaires de France, 1990.

CHAPITRE 4

1. P. Laslett, *The World We Have Lost*, Methuen, 1965. Peter Laslett, décédé en 2001, fut mon directeur de thèse à Cambridge.

2. A. Macfarlane, *The Origins of English Individualism*, Blackwell, 1978. Alan Macfarlane, qui fut l'un de mes deux examinateurs de thèse, est à la fois historien, auteur d'une thèse sur la sorcellerie à l'époque des Tudors et des Stuarts, et anthropologue, auteur d'une deuxième thèse sur les Gurungs du Népal. Il a arrêté à l'Angleterre et à son individualisme sa formidable thèse sur le lien entre la famille et la structure sociale ou idéologique. Prisonnier d'une certaine insularité impériale, il est plus proche de l'Inde que de l'Europe et pense peut-être qu'au-delà du Pas-de-Calais tous les paysans se ressemblent. La différence anglaise, si elle est considérée comme unique, peut conduire à une certaine forme d'ethnocentrisme.

3. J.-L. Viret, *Valeurs et pouvoirs...*, Presses de l'Université Paris-Sorbonne, 2004, p. 51.

4. P. Rosanvallon, *Le Sacre du citoyen*, *op. cit.*, p. 256.

5. Sur la datation et les nuances des systèmes familiaux russe et chinois, voir mon ouvrage à venir sur *L'Origine des systèmes familiaux*.

6. Il y a évidemment des nuances en Angleterre, mais dont l'intensité est sans commune mesure avec ce que l'on observe en France. Si l'on considère l'ensemble de la Grande-Bretagne, la différence la plus importante concerne la famille souche, assez bien représentée en Écosse. Mais

nulle part on ne trouve de système anthropologique franchement égalitaire.

CHAPITRE 5

1. Tocqueville, *De la démocratie en Amérique*, *op. cit.*, t. 1, p. 55-56.

2. M. Lind, *The Next American Nation. The New Nationalism and the Fourth American Revolution*, The Free Press, New York, 1995. Mais le taux de mariage mixte des femmes « noires » américaines n'augmente plus que très lentement et atteint à peine 2,5 % vers 2006. Si l'on intègre au calcul le nombre des mères célibataires, on tombe largement au-dessous de 2 % (*Statistical Abstract of the United States*, 2008, p. 52).

3. J'ai traité en détail la question de l'exclusion démocratique et du racisme dans *Le Destin des immigrés*, Seuil, 1994, notamment au chapitre 2, « Différentialisme et démocratie en Amérique (1630-1840) ».

4. P. van den Berghe, *Race and racism. A Comparative Perspective*, John Wiley, New York, Londres, 1967.

5. D. Schoenbaum, *La Révolution brune. Une histoire sociale du IIIe Reich*, Robert Laffont, 1979 ; nouvelle édition, Gallimard, collection « Tel », 2000. Le titre original est *Hitler's Social Revolution*.

6. Ceci ne concerne que l'Hexagone au sens strict. En Algérie, la IIIe République a pris la forme locale d'une *Herrenvolk democracy*. Les « Européens » y ressemblaient beaucoup, du point de vue sociopolitique, aux Blancs d'Afrique du Sud.

7. Un ancien électeur varois du Front national, rallié dès le premier tour au candidat de la « droite républicaine », m'a confié avoir été séduit par Sarkozy parce qu'il était « pire que Le Pen ».

8. Sondage « sortie des urnes » TNS Sofres, publié dans le *Figaro* du 24 avril.

CHAPITRE 6

1. E. Izraelewicz, *Quand la Chine change le monde*, Grasset, 2005.

2. *Flash*, n° 2004-53, CDC IXIS Capital Markets.

3. *Flash*, n° 2005-08, IXIS, Corporate & Investment Bank, Groupe Caisse d'Épargne.

4. *Flash*, n° 2005-193, IXIS, Corporate & Investment Bank, Groupe Caisse d'Épargne.

5. P. Artus, *Les Incendiaires. Les banques centrales dépassées par la globalisation*, Perrin, 2007.

6. P. Artus, M.-P. Virard, *Globalisation. Le pire est à venir*, La Découverte, 2008. Voir aussi son entretien dans *Libération* du 9 juin 2008.

7. Collection « Folio actuel », 1999, Gallimard.

8. J.M. Keynes, « National Self-Sufficiency », *Collected Writings*, vol. XXI, p. 233-246.

9. P.A. Samuelson, « Where Ricardo and Mill Rebut and Confirm Arguments of Mainstream Economists Supporting Globalization », *Journal of Economic Perspectives*, vol. 18, n° 3, été 2004, p. 135-146.

10. J.-L. Gréau, *L'Avenir du capitalisme*, Gallimard, 2005.

11. Sur le caractère trivial de la loi de Heckscher-Ohlin qui associe les proportions relatives des facteurs travail et capital à la spécialisation d'une nation dans le commerce international, voir E. Todd, *L'Illusion économique*, *op. cit.*, p. 217.

12. Ce thème des débouchés extérieurs, dérivé de la problématique marxiste, est central dans l'*Histoire de la pensée économique* d'Henri Denis, Presses universitaires de France, publié en 1966 mais qui retrouve une actualité saisissante.

13. Sur la guerre comme effet possible du « laisser-faire » économique, voir Keynes, *Théorie générale de l'emploi, de l'intérêt et de la monnaie*, Payot, 1969, p. 374.

14. Pour une critique ancienne mais définitive d'une science économique détachée de l'histoire, et des nations,

voir l'ouvrage classique de Friedrich List, *Système national d'économie politique*, réédition Gallimard, coll. « Tel », 1998.

15. Grasset, 2007.

16. D. Smith, *The Dragon and the Elephant*, Profile Books, Londres, 2007, p. 80.

17. *Ibid.*, p. 90.

18. H. El Karoui, *L'Avenir d'une exception*, Flammarion, 2006.

19. *Le Monde*, 6.12.2006.

20. Sur la pensée d'Henri Guaino avant congélation, voir H. Guaino, *L'Étrange Renoncement*, Albin Michel, 1998. À comparer aux discours de Sarkozy candidat et de Sarkozy président.

CHAPITRE 7

1. Novembre 1994, note reprise dans *Les Notes de la Fondation Saint-Simon. Une expérience intellectuelle* (1983-1999), Calmann-Lévy, 1999.

2. *Le Débat* n° 60, mai-août 1990, repris dans *La Démocratie contre elle-même*, Gallimard, coll. « Tel », 2002, p. 207-228

3. R. Reich, *L'Économie mondialisée*, Dunod, 1993, p. 17, 285 (édition américaine, 1991, sous le titre *The Work of Nations*) ; J.K. Galbraith, *La République des satisfaits*, Seuil, 1993 (en anglais, *The Culture of Contentment*, Penguin Books, 1992, p. 14) ; C. Lasch, *La Révolte des élites*, Climats, 1996, édition de poche Champs-Flammarion, p. 44 (édition américaine : *The Revolt of the Elites and the Betrayal of Democracy*, 1995).

4. T. Piketty, *Les Haut Revenus en France au XX*e *siècle. Inégalités et redistribution, 1901-1998*, Grasset, 2001. C. Landais, « Les hauts revenus en France (1998-2006) : une explosion des inégalités », École d'économie de Paris, juin 2007.

5. Le revenu médian définit une division en deux groupes des revenus : 50 % des gens gagnent plus, 50 % moins.

6. INSEE, *Les Salaires en France*, éditions 2007, p. 14, 85, 91, 93.

7. *Ibid.*, p. 38.

8. *Ibid.*, p. 87.

9. R. Rieffel, *Sociologie des médias*, Ellipses, 2005, p. 121. Pour la Grande-Bretagne, voir P. Osborne, *The Triumph of the Political Class*, Simon and Schuster, 2007, p. 254.

10. Sur l'évolution de la profession, voir P. Cohen et E. Lévy, *Notre métier a mal tourné*, Mille et Une Nuits, 2007.

11. *International Herald Tribune*, 15.4.2008, p. 9 et 11.

12. A. Routier, *L'Ange exterminateur : la vraie vie de Bernard Arnault*, Albin Michel, 2003 ; L. Mauduit, *Petits conseils*, Stock, 2007 ; J. Bothorel, *Vincent Bolloré, une histoire de famille*, Jean Picollec, 2007. Pour une vision d'ensemble, nettement moins ennuyeuse que les cas particuliers, voir M. Villette et C. Vuillermot, *Portrait de l'homme d'affaires en prédateur*, La Découverte, 2005 et 2007.

13. A. Barnave, *Introduction à la Révolution française*, Armand Colin, 1960. Première édition publiée en 1843.

14. Cf. Ph. Cohen et L. Richard, *La Chine sera-t-elle notre cauchemar ?* Mille et Une Nuits, 2005.

15. G. Chaussinand-Nogaret, *La Noblesse au XVIIIe siècle*, Éditions Complexe, 1984, p. 48-49.

CHAPITRE 8

1. F. Denord, *Néolibéralisme, version française. Histoire d'une idéologie politique*, Démopolis, 2007.

2. Le Seuil.

3. Grasset.

4. Sur la fécondité des pays européens, voir la somme d'Alain Monnier, *Démographie contemporaine de l'Europe*, Armand Colin, 2006, chapitre 6.

5. *INSEE Première* n° 1089, juillet 2006.

6. D. Méda, *Le Temps des femmes*, Flammarion 2001, réédition Champs, 2008.

7. J.-P. Rivière, *Illettrisme, op. cit.*, p. 5.

8. R. Pferfferkorn, *Inégalités et rapports sociaux. Rapports de classes, rapports de sexes*, La Dispute, 2007.

9. Je fais ici appel à des recherches non publiées sur l'origine des systèmes familiaux.

10. La règle de la demi-part réservée aux filles par le Coran n'est, en pratique, pas appliquée par les communautés rurales arabes.

CHAPITRE 9

1. Excellent exemple de l'obsession du sondage dans l'équipe de campagne de Ségolène Royal, dans *La Femme fatale* de R. Bacqué et A. Chemin, Albin Michel, 2007, p. 115-126.

2. F. Neumann, *Béhémoth, structure et pratique du national-socialisme*, Payot, 1987. Traduction de l'édition augmentée de 1944. La première édition date de 1942. Sur Schmitt, voir p. 62 et 77.

3. Voir par exemple l'excellent livre de Jean-Claude Monod, *Penser l'ennemi, affronter l'exception. Réflexions critiques sur l'actualité de Carl Schmitt*, La Découverte, 2006.

4. D. Demonpion et L. Léger, *Cécilia, la face cachée de l'ex-première dame*, Pygmalion, p. 224.

5. T. Frank, *What's the Matter with America ? The Resistible Rise of the American Right*, Secker and Warburg, 2004. C'est le titre de l'édition anglaise, celui de l'édition américaine était *What's the Matter with Kansas ?*

6. *Le Nouvel Observateur*, n° 2229, 26 juillet au 1er août 2007. Débat avec Jacques Julliard.

7. Voir E. Todd, *L'Illusion économique, op. cit.*, p. 277.

CONCLUSION

1. T. Friedman, *The World is Flat*, Penguin Books, 2005, 2006.

2. X. Timbeau, « Comment le projet européen s'égare », *Le Débat* n° 141, septembre-octobre 2006, p. 154-163.

3. Sur l'hésitation de l'économie allemande entre le monde et l'Europe, voir la note de la fondation Res Publica qui rend compte du colloque du 17 mars 2008 : « Commerce extérieur allemand, l'Allemagne au sommet de l'Europe ? », et notamment l'introduction d'Édouard Husson.

DU MÊME AUTEUR

Aux Éditions Gallimard

L'ILLUSION ÉCONOMIQUE. Essai sur la stagnation des sociétés développées, 1997. Nouvelle édition augmentée d'une préface de l'auteur en 1999, Folio actuel (nº 66).

APRÈS L'EMPIRE. Essai sur la décomposition du système américain, 2002. Nouvelle édition avec une postface inédite de l'auteur, Folio actuel (nº 107), 2004.

APRÈS LA DÉMOCRATIE, 2008. Folio actuel (nº 144).

Chez d'autres éditeurs

LA CHUTE FINALE. Essai sur la décomposition de la sphère soviétique, 1976 *(Robert Laffont)*.

LE FOU ET LE PROLÉTAIRE, 1979 *(Robert Laffont)*.

L'INVENTION DE LA FRANCE, en collaboration avec Hervé Le Bras, 1981 *(Hachette-Pluriel)*.

LA TROISIÈME PLANÈTE. Structures familiales et systèmes idéologiques, 1983 *(Le Seuil)*.

L'ENFANCE DU MONDE. Structures familiales et développement, 1984 *(Le Seuil)*.

LA NOUVELLE FRANCE, 1988 *(Le Seuil)*.

L'INVENTION DE L'EUROPE, 1990 *(Le Seuil)*.

LE DESTIN DES IMMIGRÉS, 1994 *(Le Seuil)*.

LE RENDEZ-VOUS DES CIVILISATIONS, en collaboration avec Youssef Courbage, 2007 *(La République des Idées/Le Seuil)*.

DANS LA COLLECTION FOLIO/ACTUEL

76 Jean-Arnault Dérens : *Balkans : la crise.*
77 Gérard et Jean-François Dufour : *L'Espagne : un modèle pour l'Europe des régions ?*
78 Jean-Claude Grimal : *Drogue : l'autre mondialisation.*
79 Jocelyne Lenglet-Ajchenbaum et Yves Marc Ajchenbaum : *Les judaïsmes.*
80 Greil Marcus : *Lipstick Traces (Une histoire secrète du vingtième siècle).*
81 Pierre-Antoine Donnet et Anne Garrigue : *Le Japon : la fin d'une économie.*
82 Collectif : *Questions économiques et sociales.*
83 Maryvonne Roche : *L'année 2000 dans* Le Monde *(Les principaux événements en France et à l'étranger).*
84 Roger Cans : *La ruée vers l'eau.*
85 Paul Santelmann : *La formation professionnelle, nouveau droit de l'homme ?*
86 Raoul Vaneigem : *Pour une internationale du genre humain.*
87 Philippe Meirieu et Stéphanie Le Bars : *La machine-école.*
88 Habib Souaïdia : *La sale guerre.*
89 Ahmed Marzouki : *Tazmamart (Cellule 10).*
90 Gilles Kepel : *Jihad (Expansion et déclin de l'islamisme).*
91 Jean-Philippe Rivière : *Illettrisme, la France cachée.*
92 Ignacio Ramonet : *La tyrannie de la communication.*
93 Maryvonne Roche : *L'année 2001 dans* Le Monde *(Les principaux événements en France et à l'étranger).*
94 Olivier Marchand : *Plein emploi, l'improbable retour.*
95 Philippe Bernard : *Immigration : le défi mondial.*
96 Alain Duret : *Conquête spatiale : du rêve au marché.*
97 Albert Memmi : *Portrait du colonisé* précédé de *Portrait du colonisateur.*

98 Hugues Tertrais : *Asie du Sud-Est : enjeu régional ou enjeu mondial ?*
99 Ignacio Ramonet : *Propagandes silencieuses (Masses, télévision, cinéma).*
100 Olivier Godard, Claude Henry, Patrick Lagadec, Erwann Michel-Kerjan : *Traité des nouveaux risques.*
101 Bernard Dupaigne et Gilles Rossignol : *Le carrefour afghan.*
102 Maryvonne Roche : *L'année 2002 dans* Le Monde *(Les principaux événements en France et à l'étranger).*
103 Mare-Agnès Barrère-Maurisson : *Travail, famille : le nouveau contrat.*
104 Henri Pena-Ruiz : *Qu'est-ce que la laïcité ?*
105 Greil Marcus : *Mystery Train (Images de l'Amérique à travers le rock'n'roll).*
106 Emmanuelle Cholet-Przednowed : *Cannabis : le dossier.*
107 Emmanuel Todd : *Après l'empire (Essai sur la décomposition du système américain).*
108 Maryvonne Roche et Jean-Claude Grimal : *L'année 2003 dans* Le Monde *(Les principaux événements en France et à l'étranger).*
109 Francis Fukuyama : *La fin de l'homme. (Les conséquences de la révolution biotechnique).*
110 Edwy Plenel : *La découverte du monde.*
111 Jean-Marie Chevalier : *Les grandes batailles de l'énergie (Petit traité d'une économie violente).*
112 Sylvie Crossman et Jean-Pierre Barou : *Enquête sur les savoirs indigènes.*
113 Jean-Michel Djian : *Politique culturelle : la fin d'un mythe.*
114 Collectif : *L'année 2004 dans* Le Monde *(Les principaux événements en France et à l'étranger).*
115 Jean-Marie Pernot : *Syndicats : lendemains de crise ?*
116 Collectif : *L'année 2005 dans* Le Monde *(Les principaux événements en France et à l'étranger).*
117 Rémy Rieffel : *Que sont les médias ? (Pratiques, identités, influences).*

119 Jean Danet : *Justice pénale, le tournant.*
120 Mona Chollet : *La tyrannie de la réalité.*
121 Arnaud Parienty : *Protection sociale : le défi.*
122 Jean-Marie Brohm et Marc Perelman : *Le football, une peste émotionnelle (La barbarie des stades).*
123 Sous la direction de Jean-Louis Laville et Antonio David Cattani : *Dictionnaire de l'autre économie.*
124 Jacques-Pierre Gougeon : *Allemagne : une puissance en mutation.*
125 Dominique Schnapper : *Qu'est-ce que l'intégration ?*
126 Gilles Kepel : *Fitna (Guerre au cœur de l'islam).*
127 Collectif : *L'année 2006 dans* Le Monde *(Les principaux événements en France et à l'étranger).*
128 Olivier Bomsel : *Gratuit ! (Du déploiement de l'économie numérique).*
129 Céline Braconnier et Jean-Yves Dormagen : *La démocratie de l'abstention (Aux origines de la démobilisation électorale en milieu populaire).*
130 Olivier Languepin : *Cuba (La faillite d'une utopie)*, nouvelle édition mise à jour et augmentée.
131 Albert Memmi : *Portrait du décolonisé arabo-musulman et de quelques autres.*
132 Steven D. Levitt et Stephen J. Dubner : *Freakonomics.*
133 Jean-Pierre Le Goff : *La France morcelée.*
134 Collectif : *L'année 2007 dans* Le Monde (*Les principaux événements en France et à l'étranger*).
135 Gérard Chaliand : *Les guerres irrégulières* (*XX*e-*XXI*e *siècle. Guérillas et terrorismes*).
136 *La déclaration universelle des droits de l'homme* (Textes rassemblés par Mario Bettati, Olivier Duhamel et Laurent Greilsamer pour *Le Monde*).
137 Roger Persichino : *Les élections présidentielles aux États-Unis.*
138 Collectif : *L'année 2008 dans* Le Monde *(Les principaux événements en France et à l'étranger).*
139 René Backmann : *Un mur en Palestine.*
140 Pap Ndiaye : *La condition noire (Essai sur une minorité française).*

Composition CMB Graphic.
Impression CPI Bussière
à Saint-Amand (Cher), le 5 octobre 2010.
Dépôt légal : octobre 2010.
Numéro d'imprimeur : 102790/1.
ISBN 978-2-07-034153-5./Imprimé en France.

169793